삼
포
시
대

1

삼포시대 1권

1판 1쇄 발행 2016. 6. 10

지은이 문성근
발행인 한수흥
발행처 효민디앤피 http://www.hyomindnp.com
47283 부산광역시 부산진구 신천대로 102번길 17 (부전동)
Tel. 051) 807-5100

디자인 이영환, 윤서영, 이윤아
교정·교열 윤망울
출판등록 3-329호
ISBN 979-11-85654-36-2 04810
979-11-85654-35-5 (세트)

값 11,000원

오늘을 움직일 혁신적인 역사소설
THREE PORTS TIME

삼포시대

문성근 지음

효민디앤피

삼포시대

차례

1. 의방유취^{醫方類聚} · · · · · · · 7

2. 은둔 · · · · · · · · 31

3. 어의^{御醫} · · · · · · · · 51

4. 해금^{海禁} · · · · · · · · · 67

5. 변법^{變法} · · · · · · · · · 89

6. 여정^{旅程} · · · · · · · · 115

7. 주연^{酒宴} · · · · · · · · · 137

8. 불길 · · · · · · · · · 153

9. 군역^{軍役} · · · · · · · · 175

10. 인연 · · · · · · · · 197

11. 이앙법^{移秧法} · · · · · · · 217

12. 연정^{戀情} · · · · · · · 235

13. 옥사^{獄事} · · · · · · · 257

14. 단풍놀이 · · · · · · · 277

15. 회임 · · · · · · · · 301

1장

의
방
유
취

醫方類聚

醫方類聚

의방유취

　　6월의 해는 부지런하기도 하다. 닭 울음소리를 듣고 눈을 떠 기지개도 채 피기 전에 아침 햇살은 성큼 집안으로 들어서 있었다. 영학은 홑이불을 대충 개어 방구석에 밀어 놓은 후 마당으로 나왔다. 하지만 눈부신 햇살에 얼른 눈을 뜨지 못하고 연방 하품만 터뜨렸다.

　　오늘은 마을 앞 섬진강으로 나들이를 가는 날이었다. 200년 전 왜구가 바다로부터 강을 거슬러 올라와 노략질을 하려고 하자 어디선가 새까맣게 몰려 든 두꺼비 떼가 일제히 울부짖으며 날뛰는 바람에 왜구들이 혼비백산 바다로 도망간 사건이 있었는데, 이후로부터 이 강은 두꺼비 섬(蟾)자에 언덕 진(津)자를 붙여 섬진강으로 불리게 되었다.

　　집에서 섬진강까지는 십리길이다. 영학은 햇살이 뜨거워지기 전에 서둘러야겠다고 생각하고, 바가지로 물독의 물을 떠서 항아리 뚜껑에 부었다. 그리고 대충 고양이 세수를 한 뒤 곧 바로 부엌으로 갔다.

항아리 속의 재첩 한 사발을 솥에 넣고, 물을 부은 후 부시로 잔솔가지 더미에 불을 붙였다. 불이 붙으면서 연기가 잦아지자 영학은 한 손으로 눈물을 훔치고 다른 손으로는 주걱으로 막 뜨거워지기 시작한 솥 안의 재첩을 저었다.

영학은 기둥에 매달린 바구니의 보리밥 한 줌을 재첩국에 말아 사발에 담은 뒤 배추절임과 함께 개다리소반에 얹었다. 그리고 부엌문에 딸린 방 앞에서 얼기설기 문살에 달린 문고리를 당기며 말했다.

"어머니, 아침 드시지요. 어제 선돌이가 항아리 가득 재첩을 가져왔는데, 재첩으로 영양보충을 해야지요."

영학의 어머니 이 씨는 아들의 부축을 받으며 일어나 개어 놓은 이불 위에 벽을 기대고 앉았다. 핏기 없는 얼굴에 병색이 완연했지만, 아들의 얼굴만 보면 저절로 미소가 떠오르며 생기가 돈다.

"아이고, 재첩이구나. 밥 잘 먹고 얼른 기운을 내야지. 그런데 영학이 너는 오늘 무엇을 할 생각이냐."

영학은 숟가락을 어머니 앞으로 내밀면서 말했다.

"오늘은 섬진강에 갈 것입니다. 나선 김에 재첩도 잡고요. 지금 재첩에 살이 많이 올랐을 때니까요."

"그래. 벌써 여름이 오는구나."

"어머니, 요즘 몸은 좀 어떠십니까."

"어제 뜸을 뜬 뒤로는 훨씬 낫구나. 모내기철이니 오늘부터는 일어나야지."

"그 몸으로 어떻게 일을 하신단 말입니까? 신경 쓰지 말고 푹 쉬세요. 논일은 선돌이와 제가 알아서 할 것입니다."

"뜸을 뜨고 약을 먹으니 몸이 아주 좋아졌다니까. 이제 재첩으로 영양보충하면 금방 가뿐해질 거다. 그런데 내 아들! 참 용하구나."

"용하기는요. 아직 걸음마 단계입니다. 책은 30권이나 되는데, 이제 겨우 7권 째인 걸요. 적어도 앞으로 2~3년은 더 걸릴 겁니다. 그리고 진짜 공부는 책을 다 읽고 난 뒤부터지요."

"그럴 바엔 차라리 과거공부를 하는 게 낫지 않겠느냐?"

"과거 보면 뭐합니까. 전 아버지처럼 되고 싶지 않습니다."

"아버지는 올곧고 강직한 선비였단다. 시대를 잘못 만나서 그렇지…."

"전 선비가 되고 싶지 않습니다. 선비들이 하는 일이 대체 뭐가 있습니까? 선돌이가 기다리고 있습니다. 누워서 쉬세요. 점심은 재첩회가 좋겠습니다."

영학은 집 밖으로 나왔다. 영학을 기다리던 선돌은 호미 두 개와 소금장을 친 보리쌀 주먹밥이 담긴 목그릇을 칡넝쿨로 엮은 바구니에 담았다. 바구니를 왼쪽 어깨에 메고, 콧노래를 흥얼거리면서 발걸음을 옮겼다. 선돌은 영학이 손에 든 대나무바구니도 자기가 들겠다고 고집을 부렸지만, 영학은 못 들은 체하고 앞장서서 팔자걸음으로 길을 나섰다.

선돌은 어머니 때부터 영학의 집안 노비였다. 선한 얼굴에 6척 장신의 큰 키와 딱 벌어진 어깨를 가진 건장한 청년이다. 10년 전 영학의 어머니 이씨는 5살짜리 아들을 데리고 경상도 산음의 시댁을 떠나 하동으로 이사를 했다. 그때 선돌의 어머니인 분이는 주인인 이 씨를 따라 열 살 난 아들 선돌을 데리고 따라왔다. 분이는 행동거지에 교양과 기품이 있었다. 어미를 닮아서인지 분이의 아들 선돌도 총기 있고 준수한 외모를 가졌다.

분이(糞伊)는 어미가 밭에서 일하다 똥이 마려워 급히 변소에 갔다가 딸을 낳았다 해서 똥 분(糞)자가 이름에 붙었다. 분이의 어미는 태어날 때부터 노비였지만, 할머니는 한양의 뼈대 있는 양반가의 규수였다고 한다. 그런데 벼슬을 하던 분이의 할아버지가 을사사화(乙巳士禍) 때 줄을 잘못 서는 바람에 역적으로 몰려 사형을 당하고, 집안의 여자들은 모두 노비가 되었다.

분이는 경상도 상주의 양반집에서 종으로 태어났다. 그녀가 14살 때 한양에서 나들이 온 주인마님의 과거 급제 동기에게 열흘 동안 잠자리 시중을 들었고, 그 때문에 아이를 배었다. 그런데 분이가 임신한 사실을 알게 된 주인마님은 단단히 입막음을 시킨 후 새끼 밴 암소 한 마리 값으로 산음의 남평 문 씨 집안에 서둘러 팔아 치웠다. 그 뒤 분이의 부지런함은 곧바로 이 씨의 눈에 띄었고, 그때부터 분이는 이 씨의 몸종이 되었다.

분이네는 여느 노비들과는 달리 주인과 나란히 집을 맞대고 살았다. 아침마다 주인에게 문안인사를 할 필요도 없었고, 끼니때마다 밥상을 차려주는 일도 없었다. 그러다보니 분이의 마음 한구석에는 '종이 이렇게 편하게 살아도 되는 걸까?' 하는 불안감이 들 지경이었다.

게다가 분이와 선돌은 다른 양반들이나 상민들로부터 괄시를 당할 일이 없었다. 주인인 영학의 고조할아버지가 참판을 지냈고 아버지가 문과에 합격했으며, 이웃 고을인 산음에 든든한 본가가 있는 뼈대 있는 집안의 자손이기 때문이다.

섬진강 모래톱까지는 영학이 살고 있는 두치마을에서 채 10리도 되지 않는다. 두치마을은 남쪽으로 섬진강을 마주하고 북으로 지리산과 이어진다. 3면이 산으로 둘러 싸여 있지만, 산 높고 골 깊은 지리산 자락에 있어 가뭄을 구경하기 어렵다.

마을의 논이 700마지기나 되는데다 산기슭에는 매실이나 딸기를 심은 밭이 많아 60호 남짓한 백성들은 굶주림을 겪지 않았다. 그런데다 마을 사람들은 섬진강에서 재첩, 참게, 다슬기, 은어를 잡고, 지리산에서 매실이나 약초, 차를 수확했기 때문에 다른 지방에 비하면 살림살이가 아주 풍족한 편이었다. 그래서 섬진강 주변의 고을에는 '양반보다 상놈이 더 오래 산다'는 속설이 있었다.

들판에는 모내기를 마친 논이 드문드문 보였지만, 아직은 모내기를 기다리는 논이 훨씬 더 많았다. 논에는 올챙이들이 떼를 지어 한가로이 노닐고 있었다. 밤 사이 맺힌 이슬은 아침의 햇살을 받아 영롱한 무지개를 만들어내었다.

짙은 잎이 무성한 오른쪽 길가의 양지에는 하얗고 둥근 꽃을 피운 토끼풀이 양쪽으로 팔을 길게 벌린 채 한가로이 드러누워 있었다. 왼쪽에는 보라색 꽃을 피운 벌깨덩굴이 깻잎냄새를 물씬하게 풍기며, 지나가는 나그네의 코끝을 자극했다. 문득문득 보이는 찔레나무 그늘 밑에는 족두리풀이 싱그럽고 앙증맞은 자태로 시커먼 양분 덩어리 흙을 새파랗게 치장하고 있었다.

토끼풀은 소나 양의 먹이로 쓰면 좋고, 거름으로 이용하면 농사가 풍요롭다. 벌깨덩굴은 냄새와 모양으로 사람의 기분을 좋게 하고, 족두리풀은 목의 가래를 없애주며 진통제나 감기약으로 쓰인다. 찔레나무의 새싹이나 꽃잎은 배고픈 아이들의 간식거리가 되고, 햇볕에 말린 열매는 소변을 잘 보게 하는 약이다. 영학은 자신이 알고 있는 풀에 대한 지식들을 되새기면서 들판을 걸었다.

섬진강에 이르니 강줄기를 따라 길게 펼쳐진 하얀 모래사장이 사람들을 반기고, 강물은 아침의 햇살에 현기증을 느낀 듯, 눈부신 햇살을 튕겨 내고 있었다. 섬진강의 모래는 채로 친 떡쌀처럼 곱고 부드럽다. 손가락에 모래를 찍어 입속에 넣으면 혓바닥 위에서 살살 녹아버릴 것 같다.

영학은 강가에 닿자마자 짚신을 훌쩍 벗어 던지고 모래 속에 발을 얹은 채 천천히 물가를 거닐었다. 선돌은 어깨에 메고 있던 바구니를 모래 위에 내려놓고 바지가랑을 걷어 올리고선 호미와 뚝배기를 들고 곧장 물속으로 들어갔다.

영학은 손바닥을 눈썹 위에 올리고 실눈을 뜨면서 은어 뱃살처럼 하얗게 빛을 내며 숨 쉬는 강물을 바라보았다. 물속에는 남녀노소 없이 수많은 사람들이 부지런히 재첩을 캐고 있었다.

일각도 지나지 않아 선돌은 뚝배기 가득 담긴 재첩을 강가의 대나무

바구니로 옮기느라 분주했다. 해가 중천에 닿기도 전에 대나무바구니 2개에는 벌써 암갈색으로 반짝거리는 재첩이 가득했다.

강둑의 여기저기에는 얼기설기 쌓은 돌 아궁이에 가마솥을 얹고 싱싱한 재첩을 삶고 있었다. 재첩은 사람의 오장육부를 다스리고 피를 만드는 간에 특히 좋다. 그렇지만 맑은 민물과 바닷물이 만나는 곳에서만 자라기 때문에 강과 바다가 함께 있는 곳이 아니면 나라님이라도 싱싱한 재첩을 맛볼 수 없다. 해마다 봄부터 여름까지 재첩 건더기를 배불리 먹는 것은 가진 것 없고 내세울 것 없는 이 땅의 백성들이 누리는 자연의 축복이었다.

영학의 어머니 이 씨는 10년 전 '서방 잡아먹은 년'이라는 시댁 식구들의 따가운 눈총과 이유 없는 박대를 견딜 수 없어 남편의 고향인 산음을 떠나 하동으로 이사를 왔다. 그때 영학의 나이 다섯 살이었다. 사람들은 회임을 할 때 용이나 돼지, 산신령 등이 나오는 태몽을 꾸었다고 했지만, 이 씨는 뚜렷이 기억할만한 태몽이 없었다. 굳이 떠올리자면 뱃속에 아이가 생길 무렵 개울에서 서답을 빨다가 물속의 실뱀을 보는 꿈을 꾼 적이 있었다. 그런데 시어머니는 꿈속의 실뱀을 용으로 둔갑시키고, 서답통의 개짐을 여의주로 바꾸어 주변 사람들에게 자랑하고 다녔다.

아들은 무엇이 그리 급한지 한 달 일찍 세상에 나왔다. 그래서 그런지 갓 태어난 아이는 너무도 작았으며 첫 울음소리는 가까이 있는 사람에게 겨우 들릴까말까 했다. 자라면서 아들은 찬바람만 불었다하면 어김없이 고뿔에 걸려 고열에 시달렸고, 유난히 엄마 치맛자락을 잡고 졸졸 따라 다니기를 좋아했다. 그러다 보니 아들은 어머니와 할머니 곁에 머물기 위해 일부러 책 읽는 시늉을 내었다. 그렇지만 이 씨와 시어머니는 그 모습을 보고 신동이 났다고 입에 침을 튀기며 동네방네 자랑을 했다.

산음은 논농사 말고도 목화농사가 많은 곳이라 겨울에도 일손이 딸렸고, 지천에 솜이 널려 있어 추운 겨울도 두렵지 않은 고장이었다. 그런데다 지리산에는 수많은 진귀한 약초가 널려 있기에 산음 사람들은 보릿고개를 몰랐다. 그렇지만 그런 풍요로움도 과부의 설움을 달래주지는 못했다.

점심을 먹은 후 영학은 선돌을 데리고 집 앞의 논으로 갔다. 논이라고 해봤자 일곱 마지기가 전부이지만, 농사지을 땅이 있다는 게 어딘가? 게다가 영학은 양반인지라 수확의 절반 이상을 조세나 도조로 바쳐야 하는 마을의 양민들과 달리 아무런 세를 내지 않아도 되었다. 그래서 일곱 마지기의 논으로도 먹고사는 데 부족함이 없었다.

마을사람들은 농사를 공동으로 지었는데, 순서는 항상 영학이네 논이 제일 먼저였다. 선돌이 외양간에서 키우는 누렁이도 논갈이나 밭갈이에 나갈 일이 없어 살이 피둥피둥했다. 그래서 선돌은 일하는 게 너무 재미있었다.

선돌은 나들이도 즐겼다. 명문양반가의 도령인 주인의 뒤를 따라 걷노라면 남녀노소를 불문하고 양민들은 인사를 하느라 바빴다. 그러나 영학은 길가의 풀에 정신이 팔려 이웃사람들을 먼저 보지 못했다. 그럴 때마다 선돌은 이웃 어른들로부터 대신 인사를 받느라 바빴다.

논에 가 보았자 막상 영학이 할 일은 없었다. 논갈이는 잘 되었고, 모내기를 위해 물을 가득 담아 놓은 논에서는 올챙이가 여유롭게 놀고 있었다. 이따금 제 새끼를 돌보는 개구리들이 인기척에 놀라 첨벙 물속으로 뛰어드는 소리가 한낮의 적막을 깨고 있었다.

논을 둘러보고 난 후 선돌에게 "욕봤다"고 한마디 하는 게 영학이 한 일의 전부였다. 그렇지만 선돌은 그 말 한마디에 입꼬리가 귀에 걸린다.

영학은 뒷짐을 진 채 천천히 걸어서 집으로 돌아오면서, '어머니 몸이 좀 나았으니 수일 내로 화엄사로 행차를 해야겠다'고 마음을 먹었다. 어머니는 10년 전 하동으로 이사를 하면서 아버지의 신주를 화엄사에다 모셨다. 그 뒤 초여름 때마다 아버지 신주를 맞으러 가는 일은 영학이나 어머니에게 연중 가장 큰 행사였다.

화엄사는 1,000년 전인 백제 성왕 때 천축국에서 온 연기(緣起) 스님이 창건했다고 한다. 지금도 서역의 천축국이 얼마나 먼 곳에 있는 나라인지 가늠조차 할 수 없다. 영학은 화엄사에 갈 때마다 아득한 옛날에 천축국의 스님이 어떻게 이곳으로 왔을지 궁금했다.

화엄사는 두치마을에서 100리길이니 병약한 어머니에게는 보통 먼 길이 아니다. 그래서 영학은 큰 골에 사는 동갑나기 친구 최성진으로부터 나귀를 한 마리 빌리기로 했다.

성진의 집안은 증조할아버지가 군수벼슬에 올랐지만, 할아버지와 아버지는 과거에 붙지 못했다. 그런데 성진이 작년 식년에 치러진 향시 초시에 붙어 3대 만에 과거합격자를 내리라는 희망에 부풀어 있었다.

성진은 영학과 함께 공부하기를 좋아했다. 성진은 11세 때 천자문을 떼고 동몽선습을 공부했다. 그렇지만 그때 영학은 이미 동몽선습을 떼고 논어와 맹자를 공부하고 있었다.

성진은 영학의 암기력에 부러움과 함께 은근한 질투심도 가지고 있었다. 그런데 영학은 12세가 되면서부터 책을 내팽개치고, 약초와 의술을 공부한답시고 산이나 들로 헤매고 다녔다. 성진은 그런 영학의 모습이 이해되지 않았지만, 한편으로 묘한 매력과 호기심을 느꼈다.

한편, 영학은 성진의 여동생인 민지를 좋아하고 있었다. 13세 막 피어나는 꽃봉오리 같은 민지의 얼굴을 본지도 벌써 석 달이나 지났다. 마지막으로 영학이 민지를 만난 것은 지난 초봄 성진의 집에서 사흘을 지낼 때였다. 성진과 같이 공부를 한다는 핑계였지만, 사실은 민지를 보기 위해서였다. 갓 피어난 목련꽃처럼 이제 막 여인의 티를 내는 민지의 모습을 볼 때마다 영학의 머릿속은 온통 하얗게 변했다.

집을 떠나 산속에서 의술을 공부할 때에도 민지의 모습은 한시도 뇌리에서 떠나지 않았고, 그 그리움은 오히려 더 간절해졌다. 샘솟는 정념을 견디다 못해 으슥한 밤그늘에서 매일 밤 수음을 해봐도 그 순간뿐이었다. 그렇지만 영학은 공부에 집중하기 위해 온갖 애를 다 썼다.

'의방유취 요결' 30권은 스승의 가르침이 없으면 공부할 수가 없다. 그런데 스승은 이미 재작년에 환갑을 넘긴 노인인지라 공부를 서둘러야 했다. 그러나 3년이 다 된 지금도 30권의 책 중 7권을 공부하고 있을 뿐이다.

'의방유취 요결'은 지금으로부터 150년 전에 만들어진 의학대백과사전인 '의방유취(醫方類聚)'를 요약한 것으로, 고려와 조선의 의학서적은 물론 당·송·원과 명에서 발간된 의학서적을 전부 참고하여 만든 책이다. 여기에는 진찰법, 처방법은 물론 모든 질병의 원인, 증상, 치료법, 약, 침, 뜸, 식사요법, 신체단련법이 담겨져 있기 때문에 365권이나된다.

스승은 의방유취 365권을 간추려 요점만 적은 30권의 책을 가지고있었다. 영학은 이 30권의 책을 '의방유취 요결'이라고 불렀는데, 간단하게 요약한 책이라 스승이 살을 붙여 설명해 주어야만 공부를 할 수 있었다.

스승은 30권에 이르는 요결서의 낱말 하나하나까지 다 외우고 있을뿐만 아니라 모든 임상증상을 모두 머릿속에 넣고 있었다. 어떻게 그많은 내용을 통달할 수 있는지 놀라울 따름이었다. 그러나 이러한 스승의 존재는 평소 자신의 두뇌와 지식에 자부심이 강한 영학을 맹렬한 도전의식과 학구열에 불타게 했다.

영학이 스승을 만난 것도 벌써 3년이 넘었다. 영학은 12세 무렵 서당에서 4서(논어, 맹자, 대학, 중용)와 3경(시경, 서경, 역경)을 마쳤다.

보통의 양반가 자제들은 서당에서 천자문과 동몽선습 등을 익힌 후16세 무렵 관에서 운영하는 향교에서 사서삼경을 끝낸 뒤, 소과에 응시하는 과정을 거쳤다. 이에 비하면 영학의 학습 속도는 놀라울 정도로 빨랐다. 그래서 마을사람들은 영학의 소년등과를 믿어 의심치 않았다.

그런데 영학이 3년 전 설을 맞아 고향인 산음을 다녀온 뒤부터 무슨 이유인지 공부에는 손을 놓고, 산과 바다로 방황하기 시작했다. 영학은 어디를 가든 항상 선돌을 데리고 다녔지만, 선돌에게도 아무런 이유를 말하지 않았다.

3년 전의 초봄, 영학은 선돌을 데리고 지리산의 한 능선에 올랐다가 땅 밑에 묻힌 채 녹지 않은 얼음에 미끄러져 발목이 접질리고 오른쪽 다리 골반뼈가 부서지는 부상을 입었다.

때는 해가 저물어 으스름한 시각이었다. 반시진이면 날이 어두워지는데, 선돌이 아무리 힘이 세다하더라도 영학을 업고 10리가 넘는 가파른 산길을 내려간다는 것은 불가능했다.

그렇다고 노숙할 수도 없었다. 봄이 왔다고는 하지만 깊은 산골에는 아직 얼음이 녹지 않을 날씨라 노숙하다가는 얼어 죽기 십상이었다. 설사 얼어 죽지 않는다 하더라도 산속을 돌아다니는 굶주린 이리나 호랑이를 어떻게 피한단 말인가?

낭패감에 빠진 선돌과 영학은 주변에 심마니라도 있을지 모른다고 생각하고 양손을 입에 대고 손나팔을 만들어 "게 누구 없소", "사람 살려"라며 목이 쉬도록 고함을 쳤다. 그렇지만 그 소리는 메아리조차 남기지 않고 속절없이 바람 속으로 사라져 버렸다.

영학은 땅 속 얼음이 스며든 젖은 낙엽 더미 위에 누워 꼼짝을 할 수 없었다. 앙다문 어금니 사이로 신음소리가 절로 새어 나왔다. 부싯돌은 있었지만, 주변의 낙엽이 죄다 젖어 있어 불을 붙일 수가 없었다.

선돌은 꼼짝 없이 얼어 죽거나 짐승들 밥이 될지 모른다는 두려움에 표정이 굳었다. 어두워지기 전에 산을 내려간다는 것은 어림도 없었다. 손만 조금 닿아도 아파서 자지러지는 영학을 업을 수도 없었다. 선돌은 혼자 산을 내려가서 사람을 불러 올까 생각해 보았다. 그렇지만 산을 내려가서 사람을 불러온다면 아무리 빨라도 내일 아침은 되어야 한다. 그때까지 거동을 못하는 사람을 혼자 두면 필시 얼어 죽거나 산짐승의 먹이가 될 게 뻔했다.

결국 아무 것도 할 수 없다고 생각한 선돌은 깊은 한숨과 함께 그 자리에 털썩 주저앉았다. 그리고선 무릎에 팔꿈치를 받치고 손으로 이마를 짚었다. 그러나 한참을 그렇게 있던 선돌은 아차! 싶어 얼른 일어났다. 어둠이 내리기 전에 대비를 해야 한다는 생각이 들었다. 그래서 젖었건 말건 주변의 낙엽을 부지런히 긁어모았다. 그리고 괴나리봇짐에서 토시 세 개를 꺼내 낫으로 찢어 낙엽더미 위에 펼쳤다. 다행히 양반집 도령들이 활쏘기를 할 때 쓰던 소가죽 토시라 젖은 낙엽의 물기를 막아주었다.

선돌은 펼쳐진 토시 위에 영학을 눕혔다. 괴나리봇짐을 뒤지니 마침 솜을 누빈 두루마리 한 벌이 있었다. 선돌은 누비 두루마리로 영학의 배와 얼굴을 덮고, 그 위를 낙엽으로 다시 덮었다.

어둠이 내리자 선돌은 싸리비광주리에 든 낫을 꺼내 들고 주변의 나뭇가지를 잘라 다듬었다. 5척 길이의 나무창을 만들고 끝에 손잡이를 만들었다. 그런 뒤 선돌은 일말의 희망으로 어두워진 산속에서 "게 누구 없소", "사람 살려"라고 다시 목청껏 소리쳐 보았다. 그렇지만 들려오는 것은 적막한 바람소리뿐이었다.

점점 차가워지는 바람은 애써 긁어모은 낙엽마저 흩뿌리며, 을씨년스러운 분위기를 자아내었다. 차가운 어둠이 희미한 빛마저도 몰아내고 있었다. 선돌은 멍하니 칠흑같이 어두운 허공을 바라보았다. 형체라고는 아무 것도 보이지 않았다. 이윽고 짙은 숲 사이로 드문드문 보이는 하늘의 별들이 차례차례 모습을 드러내고 있었다.

어둠을 응시하고 있노라니 칠흑 같은 장막 위로 수많은 얼굴들이 나타났다. 어머니, 주인마님, 길례, 성진 도령님, 민지 아씨, 누렁이, 점박이……. 불과 한 시진 전만 해도 까마득하게 잊고 있었는데, 칠흑 같은 어둠 속에 잠기니 왜 이리도 그 얼굴들이 보고 싶어지는 것일까?

길례의 미소 짓는 얼굴이 떠올랐다. 언제 봐도 곱고 어여쁜 여인이다. 선돌의 나이 열일곱, 한창 힘이 샘솟는 나이이다. 낮에는 밭고랑에 엎어지고, 밤에는 색시 품에 엎어지는 게 모든 평범한 사내들의 하나같은 꿈이다. 그러나 그것은 이루어질 수 없는 한낱 꿈일 뿐이었다.

선돌은 노비이다. 성(性)도 없고 이름도 없다. 소나 개에게 붙이는 것처럼 별명이 있을 뿐이다. 노비는 시키는 대로만 살아야 하고 스스로 생각할 수 없다. 감정을 가져서도 안 된다. 특히 남녀 간에는 더욱 그렇다.

노비의 혼인에 애틋한 감정은 걸림돌이 될 뿐이다. 그보다는 가장 먼저 주인들이 의기투합해야 했다. 혼인한 노비가 어느 집에서 종노릇을 할지, 태어난 자식은 누구의 소유로 해야 할지를 정하지 않으면 노비의 혼인은 절대로 이루어지지 않았다.

길례는 양민이고, 노비와 양민의 혼인은 국법으로 금지되어 있었다. 만약 이를 어겼다가 발각되는 날에는 국법에 따라 강제이혼과 함께 여자는 다른 남자에게 보내지고, 남자는 죽도록 곤장을 맞은 후 변방으로 쫓겨난다.

청송에 사는 가이라는 양민 여인이 부금이라는 노비와 정을 통해서 자식을 낳은 일이 있었다. 이 일이 관에 알려지자 관에서는 양천통혼의 죄를 물어 둘을 강제로 이혼시키고, 가이를 왜인인 손다(孫多)에게 강제로 시집을 보냈다. 그렇지만 가이는 밤낮으로 들이대는 낯선 사내가 진저리가 나도록 싫었다. 게다가 어린 자식이 걱정되어 밤잠을 이룰 수가 없었다. 그래서 견디다 못한 가이는 전 남편과 이내근내(李乃斤乃)라는 귀화 왜인에게 남편을 살해할 것을 부탁했다. 그렇지만 이 살인극은 곧 발각되어 가이와 이내근내는 교수형에, 부금은 참형에 처해졌다.

이 사건의 재판 과정에서 정상참작이 있었다. 원래 가이는 법에 따라 사지를 찢어 죽이는 능지처참(凌遲處斬)에 처해야 하나, 관의 명령에 따라 억지로 말도 통하지 않는 왜인에게 시집가는 바람에 벌어진 사단이라는 점이 참작되어 능지처참을 면했다. 선돌은 이 일을 잘 알고 있었다.

길례는 가난한 소작농의 딸이다. 그렇지만 선돌은 명문 양반집의 종이라 굶주림을 잊고 산다. 그런데 그게 무슨 소용인가? 아무리 그래도 종은 종일뿐이다.

이런 생각이 들자 갑자기 선돌은 콧날이 시큰거리는 서러움에 잠겼다. 그런데다 어두운 밤중에 오갈 데 없는 처지가 한심스러워 목청을 놓고 꺼이꺼이 울었다. 내심으로는 자신의 팔자가 더 원망스러웠다. 선돌은 그렇게 한참을 울다 울음을 그칠 때면 손으로 주변의 낙엽을 긁어모아 주인의 몸을 덮었다.

이윽고 선돌은 영학의 체온을 지켜야 한다고 생각하고, 주인의 왼쪽 옆에 비스듬히 누워 오른팔로 영학의 목에 팔베개를 하고, 왼손으로는 주인의 배를 감쌌다. 왼쪽 다리는 주인의 왼쪽 다리 위에 올린 뒤 무게를 느끼지 않도록 무릎을 세웠다. 평소 같으면 종놈이 주인의 몸 위에 다리를 올리는 것은 맞아 죽어도 싼 불경스러운 행동이지만 이 상황에서는 어쩔 수 없었다.

숲 사이로 보이는 하늘의 별들은 드넓은 밤하늘에 티끌만한 자리를 잡고서 제가 제일 잘났다고 우쭐거리고 있었다. 평소에는 밤하늘에 별이 저렇게 많고, 저토록 아름답다는 것을 깨닫지 못했다.

낮의 봄바람을 쫓아내고 산을 독차지한 차가운 바람은 온 산을 휘젓고 있었다. 깜빡 잠이 들었던 선돌은 등짝에 스며드는 한기에 눈을 떴다. 곁에서 신음소리가 들리자 오히려 안심이 되었다. 밤이 깊어 달이 중천에 오르자 초저녁의 칠흑 같은 어둠 대신 희미한 달빛이 온 산을 덮고 있었다. 희미한 달빛이 이렇게 고맙게 느껴진 일은 일찍이 없었다.

멀리서 울부짖는 늑대의 울음소리가 들렸다. 그 소리를 들은 선돌은 갑자기 머리털이 쭈뼛하면서, 온몸에 소름이 돋았다. 선돌은 얼른 일어나 앉아 한 손에는 나무창을 쥐고, 다른 손으로는 영학의 몸을 주물렀다. 반시진이나 지났을까? 견딜 수 없는 추위가 온몸으로 몰려왔다. 선돌은 그 자리에서 벌떡 일어나 나무창으로 창술을 흉내 내며, 부지런히 몸을 움직였다.

한기를 쫓기 위해 한참을 움직이던 선돌은 숨을 고르기 위해 앉았다가, 밀려드는 지루함과 두려움을 털어 내려고 목청껏 노래를 불렀다. 구슬프고 청승맞은 청산별곡의 가락은 희미한 달빛을 받으며, 바람을 타고 계곡으로 퍼져 나갔다. 그 소리에 잠을 깼는지 영학이 손을 내저어 선돌에게 부축하여 앉혀 달라는 신호를 보냈다. 그러면서

"산속에서 네 노래를 들으니 새로운 맛이구나. 이제 만전춘별사를 불러 보거라."

라고 짐짓 여유를 부렸다.

영학의 목소리를 들은 선돌은 마음 놓고 노래를 부르면서 나무창으로 장단을 맞췄다. 영학도 손을 까딱이며 호응했다.

복사꽃은 시름없이 봄바람 비웃네 봄바람 비웃네

넋이라도 님과 함께 사는 모습 그리더니

우기시던 이 누구이옵니까 누구이옵니까

남산에 자리 봐서 옥산을 베고 누워

금수산 이불 안에 사향 각시를 안고 누워

약 든 가슴을 비비옵니다 비비옵니다

아! 님이시여 평생토록 여의지 말고 지냅시다.

갑자기 어디선가 개 짖는 소리가 희미하게 들렸다.

'그렇지만 이 깊은 산속에 개가 있을 리 없지 않은가? 혹시 늑대 소리를 잘못 들은 걸까?'

퍼뜩 이런 생각이 든 선돌은 무기로 낫이 좋을까 나무창이 좋을까 고민했다. 달은 중천을 지나 서쪽으로 기울고 있었다. 저 달이 봉우리 뒤로 내려가면 또다시 어둠이 내릴 것이다. 선돌은 더욱 긴장했다.

'맹수들은 칠흑 같은 어둠 속에서 눈에 불을 뿜지. 그래서 아무리 어둠 속이라도 맹수의 눈은 보이기 때문에 정신만 차리면 늑대 한 두 마리쯤은 얼마든지 물리칠 수 있어.'

그렇게 마음을 먹었지만 등에 굵은 땀방울이 맺히게 하는 두려움을 떨쳐 버릴 수는 없었다. 그런데 이번에는 저 너머 산등성이에서 어른거리는 불빛이 보였다. 선돌이 벌떡 일어나 그 쪽을 바라보니 불빛은 순식간에 사라져 버렸다.

헛것을 보았다고 생각한 선돌이 다시 주저앉으려 할 때 또다시 불빛이 어른거렸다. 도깨비불인가 싶어 다시 그 쪽을 바라보니 개 짖는 소리도 희미하게 들렸다. 이런 깊은 산속에 사람이 있을 리 없지만, 개 짖는 소리와 함께 불빛이라면 틀림없이 사람이라고 생각했다. 혹시 지리산에 숨어 사는 도적 떼가 아닐까? 그렇지만 지리산에 도적이 있다는 소문은 듣지 못했던 터였다.

순간 오만 가지 생각이 들었다. 그러는 사이에 불빛은 하나가 아닌 두 개로 뚜렷하게 보였고, 점점 더 가까워지고 있었다. 그 순간 선돌은 "사람 살려!"라며, 마구 소리를 질렀다.

불빛에 앞서 개 두 마리가 먼저 달려 와서 꼬리를 흔들었다. 곧 이어 횃불을 손에 든 두 사람이 나타났다. 한 사람은 오십이 넘어 보이는 늙은이였고, 다른 사람은 순박한 얼굴의 떠꺼머리총각이었다.

늙은이는 모습만 보고도 충분히 짐작이 된다는 듯 자신이 입고 있던 짐승가죽 겉옷을 벗어 영학에게 덮어 준 후 떠꺼머리총각과 선돌에게 횃불을 맡겼다. 그리고선 망설임 없이 허리춤에서 침통을 꺼내어 영학의 발목, 허벅지와 정수리에 침을 놓았다.

그 뒤 노인은 말없이 영학의 옆에 퍼져 앉더니 아무 일도 없다는 듯이 선돌에게 노래를 다시 부르라고 재촉했다. 선돌은 안도감에 신이 나서 주저하지 않고 노래를 불렀다. 힘 있고 맑은 노랫가락은 때마침 고요해진 바람을 타고 온 산속으로 퍼져나갔다.

선돌이 노래하는 동안 노인은 지그시 눈을 감고 고개를 끄덕거렸다. 몇 곡의 노래가 끝나자 노인은 영학의 몸에 꽂힌 침을 뽑았다. 신기하게도 영학의 통증은 씻은 듯 사라졌고, 발목의 부기도 가라앉았다. 그 뒤 영학은 선돌에게 업혀 노인과 총각을 따라 산길을 걸었다.

한 시진이나 걸었을까? 울창한 숲속에 토굴 같은 집이 여러 채 보이면서, 동쪽하늘에 서서히 먼동이 트고 있었다. 노인은 영학을 토굴 속의 방에 누인 뒤 다리와 배꼽 주위에 쑥뜸을 놓았고, 영학은 쑥 향기를 맡으며 깊은 잠의 나락으로 빠져들었다. 영학이 잠을 깬 것은 그날 어둠이 내릴 무렵이었다.

노인은 영학에게 앞으로 열흘 동안 걸어서는 안 되고, 그 뒤 보름 동안은 뛰어서는 안 된다고 했다. 영학은 노인에게 수없이 감사함을 표시

했지만, 마음 한 편에서는 노인과 마을의 정체에 대한 궁금증을 누를 수가 없었다. 그래서 영학은 다리가 완전히 나을 때까지 신세를 지겠다고 은근히 떼를 썼다. 그러자 노인네는 영학을 물끄러미 쳐다보다가 입을 떼었다.

"도령은 뉘시오?"

"저는 하동에 사는 남평 문가 영학이라 하옵고, 무진(서기 1568년)생이온데 홀어머니를 모시고 살고 있습니다."

"저 젊은이는 누구요?"

"저 아이는 가노(家奴)인 선돌이라 하옵고, 저보다 다섯 살 위인 계해생입니다."

"어쩌다 이 깊은 지리산 골짜기까지 오게 되었소?"

"어릴 때 입신양명을 위해 공부에 전념하다가 얼마 전 출세의 덧없음을 느끼고 산과 바다를 유랑하다 그만 산길에 미끄러져 오도 가도 못하는 신세가 되었습니다."

"아직 앞길이 구만리 같은데 어찌 출세의 덧없음을 느끼게 되었소?"

"저의 집안은 비록 지금은 가난하고 사정이 변변치 못하나 고조할아버지이신 근자 어른께서 참판에 이르렀고, 선친은 문과에 급제한 뒤 홍문록에 오를 정도로 전도양양한 관리였습니다. 하지만 무고를 당해 억울하게 목숨을 잃었습니다. 저는 아버지의 죽음을 알고 난 뒤 올곧은 사람은 제 명대로 살기 힘든 세상이라는 것을 알게 되었습니다. 그 뒤 저의 미천한 지식으로는 벼슬에 나아간들 혼탁한 세상에 맞설 자신도 없고, 그렇다고 세상의 불의와 타협할 재간도 없다는 것을 느꼈습니다. 그래서 그저 정처 없이 산천을 떠돌아다니다 이렇게 어르신과 인연이 닿게 되었습니다."

노인은 좌정한 채 한동안 영학의 얼굴을 뚫어지게 응시했다. 노인의 눈빛이라고는 믿기 어려울 만치 맑고 힘찬 눈빛이었다. 이윽고 노인은 얼굴에 잔잔한 미소를 띠며 입을 떼었다.

"오래 동안 집을 비우면 홀어머니께서 걱정하실 텐데……."

"내일 날이 밝는 대로 저 아이는 집으로 돌려보낼까 합니다."

"산중의 생활이 보기보다 쉽지 않소. 그리고 저 젊은이에게는 입단속을 단단히 시켜야 하오. 여기에는 스물 두 가구의 양민들이 살고 있다오. 이 곳 사람들은 서로 출신이나 고향에 대해서 물어보지 않소. 아마 대부분 도망한 노비들이거나 세금이나 부역을 피해 세상을 등진 처지라 그럴 것이오. 만약 관아에서 알게 되면, 이 마을을 결코 그냥 두지 않을 것이오."

"그건 걱정하지 마십시오. 선돌이는 영리한데다, 제게는 혈육이나 마찬가지입니다."

이렇게 해서 영학은 노인이 기거하는 토굴에서 함께 지내게 되었다. 그런데 그 토굴에는 놀랍게도 150년 전 세종조 때 조선의 국력을 바쳐 만든 의학대백과사전인 '의방유취'의 내용을 요약하여 기록해 놓은 책이 있었다. 정음과 한문을 섞어 만든 책이었다. 처음 이 책을 본 영학은 눈이 번쩍 뜨여 다리를 못 쓰는 불편을 느낄 틈도 없이 고려와 조선, 당, 송, 원 시대의 의학세계 속으로 빠져들었다.

그로부터 보름 뒤 영학은 노인에게 제자가 되기를 간청했다. 이 일이 있고서 3년이라는 세월이 흘렀다.

2장

은둔

은둔

　6월 하순이다. 오늘은 전라도 구례의 화엄사에 가는 날이다. 영학은 점심 전에 화개장터에 도착하기 위해 어머니를 모시고 새벽에 일찌감치 길을 나섰다. 빌린 나귀에 짐을 싣고 걸어가려고 했지만, 성진의 부친이 고맙게도 굳이 가마를 내어주는 바람에 어머니를 가마로 모셨다.

　나귀의 등에는 절에 공양할 인절미와 시루떡, 무명, 물을 담은 조롱박, 짚신 꾸러미와 옷가지를 실었다. 몸이 아파 먼 걸음을 걱정했건만 뜻밖에 가마를 타고 나들이를 하게 된 이 씨는 너무 기뻐 가슴이 설렜다.

　인간은 누구나 짧은 행복의 시간을 보내고, 나머지 긴 시간을 추억으로 보낸다. 그리고 행복한 순간에는 막상 행복이라는 것을 알아차리지 못하고 투정만 부리다가 지나간 후에야 비로소 아쉬워하고 그리워한다.

　이 씨 역시 마찬가지였다. 족두리 쓰고 시집갈 때 말고는 가마타고 나들이하는 것은 평생 꿈도 꾸지 못하는 것이 조선 여인의 삶이다. 그렇지만 이 씨는 신랑을 잘 만난 덕분에 해마다 가마를 타고 친정나들이도 하고, 봄놀이나 단풍놀이를 다니는 호사를 누렸다. 그런데 그 세월이 너무 짧았다. 혼인을 한지 4년, 아들이 두 돌을 지날 무렵 야속하게도 남편은 혼자 먼저 세상을 떠났다. 남편의 3년상을 끝내고 하동으로 이사를 한지 10년이 지났건만, 남편과 함께했던 옛일이 마치 어젯밤의 일인 양 생생했다.

　가마를 수행하는 아들은 걷는 모습까지도 영판 남편을 닮아 있었다. 무심한 서방이지만 대신 꼭 닮은 아들을 남겨 두고 갔으니 원망만 할 수는 없는 노릇이다. 이 씨는 자라는 아들을 보면서 세월이 흐를수록 남편의 그림자가 점점 더 뚜렷해지는 것을 느꼈다.

　일찍 서두른 탓인지 해가 중천에 닿기도 전에 화개마을에 당도했다. 때마침 화개에는 장이 섰다. 화개장터에는 구례 평야의 농산물과 지리산의 임산물, 섬진강을 거슬러 올라온 남해의 해산물이 모인다. 이곳에서는 1,000년 전 아득한 옛날부터 산과 강, 바다의 물산이 한데 모였다가 섬진강 나루를 통해 사방팔방으로 흩어졌다.

　강변의 공터에서는 남사당패의 어름(줄타기)이 삼현육각(피리2, 대금, 해금, 장구, 북)의 연주에 맞추어 한창 신명나게 돌아가고 있었다. 줄타기는 얼음 위를 걷는 것처럼 조심스럽다 하여 어름이라는 이름이 붙여졌고, 신라, 백제 시대에 먼 서역(西域)의 아라비아로부터 전래되

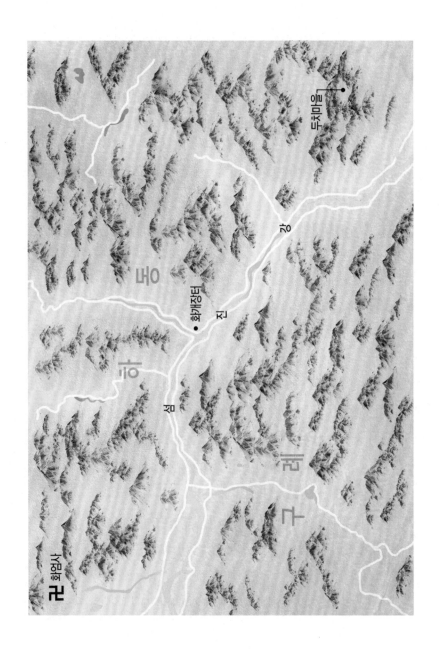

두치마을

강

봉

뒤

화개장터
진

섬

함

밤

군

지리산
권

었다고 한다.

고려시대 불교행사인 팔관회에서는 광대들이 주로 고관대작들과 파계승들을 풍자하여 사람들을 웃겼다. 그런데 불교를 억압하는 조선왕조가 들어서면서부터는 팔관회가 폐지되었다. 이때부터 광대들은 남사당이나 어름놀이에서 백성들의 고혈을 빨아 먹는 양반들을 풍자하면서, 민초들의 가슴 속 응어리를 풀어주었다.

영학은 공연을 보면서 마음 한 구석에 '민지하고 같이 보면 얼마나 좋을까' 하는 아쉬움이 들었다. 작년 봄 영학은 민지와 함께 화개장과 매화십리길을 구경했었다. 성진과 함께 나선 나들이인데, 민지는 결코 그 틈을 놓치지 않고 따라나섰다. "오라버니 나들이에 왜 계집애가 끼냐"고 성진이 힐난했지만, 영학이 민지를 두둔하고 나서는 바람에 같이 나들이를 할 수 있었다.

그때 민지는 눈치 없는 오빠를 무시하고, 영학에게 고맙다는 눈웃음을 보냈다. 그런데 그 순간 영학은 온몸의 신경이 마비되고, 숨이 턱 막히는 것을 느꼈다. 그때부터 영학의 가슴속에서 민지는 친구의 여동생이 아니었다. 십리에 걸쳐 꽃망울을 터뜨린 매화와 벚꽃을 몽땅 다 합쳐도 비교조차 할 수 없는 어여쁜 여인으로 오롯이 영학의 마음을 사로잡아버렸다.

해가 뉘엿뉘엿 질 무렵 화엄사의 불이문에 들어섰다. 화엄사는 지금으로부터 1,000년 전인 백제 성왕 22년에 창건되었다고 한다. 고사에 따르면, 어떤 농부가 밭을 갈다가 피부가 까무잡잡하고 두 눈이 큰 승려가 길을 가는 것을 보았다. 그 기이한 승려는 어머니와 함께 서역의 천축이라는 나라에서 수륙만리(水陸萬里)를 거쳐서 지리산에 당도했다고 농부에게 손짓, 발짓으로 설명하였고, 그 농부는 그 스님의 정성과 경건함에 감복하여 아들과 함께 제자가 되었다. 그 후 그 스님은 단 며칠 만에 농부로부터 우리말을 배워 깨우친 뒤 대중들에게 설법을 시작하였는데, 삽시간에 제자들이 구름처럼 모였다고 한다. 이 스님이 화엄사를 세운 연기존자(緣起尊者)이다.

수년 후 가람이 지어졌을 때 제자들은 이 절의 이름을 스님의 법호를 따서 연기사(緣起寺)로 정하자고 했다. 그러나 연기조사는

"빈도가 이곳에 온 것은 개인의 욕심 때문이 아니라 부처님의 화엄법문을 세상에 펼치기 위 함이니 가람의 이름을 화엄사(華嚴寺)라고 짓자."

라며 제자들의 청을 거절했다. 그 후 이 절은 화엄사라는 이름을 가지게 되었다.

영학은 선돌과 함께 화려하고 웅장한 각황전의 뒤로 나 있는 108계단을 거쳐서 효대(孝臺)에 올랐다. 반송과 동백의 숲이 싱싱하고 짙은 푸르름을 한창 뽐내고 있었다.

사사자삼층석탑 앞에 이르렀다. 머리에 탑을 이고 있는 네 마리 사자의 중앙에는 연기조사가 두 손에 여의주를 받든 채 어머니를 향해 서 있고, 맞은편 석탑의 중앙에는 한쪽 무릎을 세우고, 무릎 위에 찻잔을 올린 어머니가 아들을 바라보고 있었다.

영학은 불법을 펴기 위해 머나먼 이국땅으로 온 아들을 바라보는 어

머니의 심정을 알아볼 요량으로 석상의 얼굴을 자세히 살펴보았다. 그러나 어머니의 얼굴에는 비바람을 감내하며 묵묵히 지나온 천년의 세월처럼 아무 표정이 없었다. 탑의 형상을 보면 중생을 구제하기 위해 속세를 버린 아들이지만 어머니를 향한 효심만큼은 차마 내려놓지 못한 듯했다. 그의 어머니 또한 다시 못 볼 아들을 차마 혼자 떠나보내지 못해 아예 이역만리 먼 길을 따라 나섰으리라.

곁에 있던 선돌은 문득 질문을 던졌다.

"도련님, 여기 있는 사자라는 짐승은 진짜 있습니까?"

영학도 사자라는 짐승이 어디서 사는지 알지 못했다. 게다가 실재하는 동물인지, 전설의 동물인지도 알지 못해 대답을 머뭇거렸다. 그러자 선돌이 아는 체하며 말했다.

"1,000년 전 이 탑을 만든 사람들은 이 짐승을 알았겠지요. 그런데 왜 지금 사람들은 모를까요?"

선돌은 계속 말을 이었다.

"이 석탑을 보면 1,000년 전이나 지금이나 효를 아주 중요시했는데, 유독 조선에서 효를 더 더욱 강조하는 이유가 뭘까요?"

그 질문에는 영학이 자신 있게 대답했다.

"그야 백성에 대한 사상통제 때문이지."

그 말에 선돌은 이해가 되지 않는다는 듯이 되물었다.

"인간의 도리로 지극히 당연한 효가 어떻게 사상통제수단이 됩니까? 그건 말도 안되지요."

영학은 고개를 돌려 선돌의 얼굴을 응시하면서 말했다.

"과유불급! 아무리 좋은 것이라도 넘치면 부족함만 못한 것, 효는 인간의 본심으로서 마음 속에서 진정으로 우러나오는 것이지 남에게 자랑하거나 법이나 제도로 강제하는 것이 아니지 않나?"

"아니, 누가 효를 남에게 자랑하거나 법이나 제도로 강제합니까?"

"자랑하는 것은 물론이고 법이나 제도로 강제하고 있지 않느냐? 조선에서 불효는 곧 대역죄 다음가는 대죄이다. 그게 강제가 아니냐?"

"에이, 불효자식은 당연히 대역죄 이상으로 처벌을 받아야지, 그게 무슨 사상통제입니까?"

"군사부일체(君師父一體)라는 말이 있지 않느냐? 너는 이 말의 숨은 의미를 아느냐? 엄밀히 볼 때 임금과 스승과 아버지가 같으냐?"

"임금이나 스승이나 아버지나 다 같은 공경의 대상이 아닙니까?"

"천만에, 완전히 다르다. 임금은 충(忠)의 대상이고, 스승은 경(敬)의 대상이지만 아버지는 효(孝)의 대상이다. 그런데 왜 충과 경과 효가 모두 같은 것이냐?"

"그게 그 말 아닙니까?"

"천지차이다. 거꾸로 생각해봐라. 불충은 죽음을 면치 못하는 죄이다. 그런데 불경과 불효가 죽을 죄냐?"

"불경과 불효가 죽을죄라고 하는 건 너무 심하지요."

"군사부일체에 따르면 불경과 불효는 곧 불충이라 죽어 마땅한 죄가 된다. 그런데 효는 본능적이고 무조건적인 것이라 선택을 할 수가 없지만 충과 경은 선택할 수 있는 것이다. 그렇지만 군사부일체는 백성들에게서 충과 경에 대한 선택권을 앗아 버린다. 이 때문에 조선의 양반들은 백성들의 불경을 불충과 같이 다루면서, 백성들에게 무조건적인 복종을 요구하고, 이를 어기면 형벌을 이용하여 백성들을 예사로 죽여 버린다. 이게 얼마나 사회를 경직시키는 무서운 사상인줄 아느냐?"

영학의 말에 선돌은 조금 수긍을 하는 표정을 지으며 말했다.

"그럴 수도 있겠네요."

선돌의 마지못한 수긍에 영학은 덧붙여 말했다.

"군사부일체가 사상통제수단으로 이용되지만 더 심각한 문제가 있다. 그것은 법과 도덕의 경계를 무너뜨려 도덕으로부터 벗어난 법이 제 마음대로 설치는 바람에 이 사회에 도덕이 설자리를 잃도록 만들었다는 것이다."

그 말에 선돌은 놀란 듯 대꾸했다.

"그게 그렇게 됩니까?"

"원래 스승에 대한 공경이나 부모에 대한 효는 인간의 본성으로서 도덕의 영역이다. 그렇지만 임금에 대한 충성은 인간의 본성이 아닌 법으로 강제되는 규범이다. 그런데 군사부일체는 법과 도덕을 동일시함으로써 강제성이 본질인 법과 자율성이 본질인 도덕을 혼동시키고, 관이 법을 이용하여 백성들의 생활에 무한정으로 간섭하는 구실을 제공한다. 이 때문에 조선은 법이 과도하게 설치고, 도덕은 뒤로 숨어 버리는 사회가 되었다. 이게 얼마나 심각한 문제인지 아느냐?"

"아, 종놈인 제가 그걸 어떻게 압니까? 잘난 양반들이 만든 법을 두고 우리가 입이라도 뻥긋할 수 있습니까?"

"하긴, 네 말이 맞다. 조선의 백성들은 모두 귀머거리에다 벙어리고 눈 뜬 장님인데, 어떻게 하겠느냐?"

"그건, 그렇고 도련님에게 문제가 많습니다. 남들은 양반이 못되어 안달인데, 도련님은 양반이면서도 왜 양반세상을 그렇게 빼딱하게 보십니까? 이러다간 도련님이 출세를 하고 그 덕에 제가 면천한다는 건 꿈도 못 꾸겠네요. 제발 다른 사람에게는 그런 말 절대로 하지마세요."

선돌의 말을 듣고 영학은 더 이상 대꾸할 말이 없었다. 그러면서 왠지 모르게 대꾸를 못하는 자신의 모습이 서글프게 느껴졌다.

다음 날 영학은 화엄사의 뒷산 너머 산수유로 유명한 산동마을에 들렀다. 아득한 옛날 중국 산동반도에 살던 처녀가 전라도 구례로 시집올 때 결혼선물로 산수유나무를 가져와 앞뜰에 심었더니 무럭무럭 자라온 동네에 퍼졌다는 전설이 깃든 곳이다.

산수유나무는 키가 다섯 길까지 자라는데, 나무의 열매에서 씨를 빼내고 햇볕에 말린 것을 산수유라고 한다. 산수유는 강장제와 해열제로 약효가 탁월하다. 특히 잘 때 식은땀을 흘리거나 오줌이 너무 자주 마려운 증상에 특효약이다. 열매를 술에 쪄서 달인 뒤 지리산의 꿀과 버무려 만든 산수유액은 먹기도 좋고, 건강한 사람의 몸보신에도 좋다.

영학은 병중인 어머니와 토굴마을의 허약한 아낙들을 위해서 몇 단지의 산수유를 샀다. 그러면서 민지를 위해 제일 색깔이 곱고 향이 좋은 것을 골라서 별도로 챙겼다.

스승은 입버릇처럼 식약동원(食藥同原)을 입에 올렸다. '음식과 약은 그 뿌리가 같은 것이며, 음식으로 고치지 못하는 병은 없다'고 했다. 그리고 모든 병의 근원은 '잘못된 음식과 삐뚤어진 마음'에서 오고, 사람의 몸은 그 자체가 우주로서 음양의 조화를 이루고 있으며, 맞지 않는 음식과 꼬인 마음은 음양의 조화를 해쳐 몸에 병을 불러들인다고 했다.

스승은 문종대왕의 예를 들기도 했다. 문종대왕은 아버지인 세종대왕에 이어 학문을 좋아하고 백성을 사랑하는 임금이었다. 세자 때 섭정을 맡아 밤낮을 가리지 않고 정사를 돌보면서 사람을 신분으로 차별하지 않고 능력에 따라 인재를 등용하는 선정을 베풀어 백성들의 살림을 살찌우고 나라를 부강하게 만들었다.

그렇지만 몸에 종기가 있는데도 찬물과 꿩고기를 먹은 후 찬바람을 맞으면서 밤새 펼쳐지는 명나라 사신 환영행사에 참석했다가 갑자기 악화된 종기로 어린 세자를 남겨 놓고 졸지에 목숨을 잃었다.

이로 인해 조선의 정치는 피바람 몰아치는 광풍에 휩싸이면서 국운 상승의 절호의 기회를 순식간에 날려 버리고, 백성들의 삶은 얼마나 도탄에 빠져들었던가? 스승으로부터 이 말을 듣고 영학은 식약동원이라는 말에 진심으로 공감했다. 그 후 영학에게는 주변의 식물이나 약재는 물론 사람들이 먹는 음식을 유심히 관찰하는 버릇이 생겼다.

화엄사를 다녀온 뒤 영학은 지리산으로 들어갈 채비를 했다. 어머니와 분이에게 시루떡과 가래떡을 부탁했다. 그리고 선돌을 데리고 남쪽 50리길인 광양만에서 나는 해산물을 구하러 하동의 남쪽 끝인 금성마을로 갔다. 금성마을은 섬진강이 끝나고 드넓은 바다가 시작되는 곳이다.

오백 리를 거푸 달려 온 섬진강의 맑은 물이 소금기 가득한 바닷물로 성급하게 뛰어드는 것을 말리려는 것인지 금성마을의 맞은편에는 배알도라는 섬이 허리춤에 양손을 얹은 채 떡하니 버티고 서 있었다.

영학은 장을 보면서 선돌에게 농을 걸었다.

"길례가 요즘 많이 예뻐졌더구나."

"에이, 예쁘면 뭐해요? 인연이 아닌데"

선돌이 뾰로통하게 대답했다.

"왜 인연이 아니냐?"

"길례는 양민이지 않습니까."

"양민과의 혼인이라도 관에서 모르면 되는 것 아니냐?"

"그게 그렇게 됩니까? 양반들이 모두 도련님 같은 줄 아세요? 양반들이 양민과 천민의 혼례를 가만히 보고 있을 리가 없지요. 그리고 그보다도 길례 부모가 종을 사위로 맞을 리가 없지요."

"어찌 아느냐. 곧 세상이 바뀔지."

"세상이 바뀌어도 종은 종일뿐이지요."

"세종대왕님 때 장영실 대감도 노비였지만, 크게 출세했지 않느냐."

"아이고, 그건 150년 전이죠. 세종대왕이나 문종대왕 같은 그런 어질고 현명한 임금이 앞으로 나오겠습니까? 지금은 양반들끼리 서로 치고받고 싸우기 바쁘고, 백성들은 안중에도 없는데⋯. 그렇게 성군이신 세종대왕님도 노비제도를 없애지는 못했잖습니까?"

영학은 선돌의 말에 선뜻 대꾸할 수 없었다. 요즘 정세로 보면 노비가 인간답게 사는 세상은 다시 오기 어렵다는 현실을 부정할 수 없었기 때문이다. 그래도 어떻게든 선돌의 기를 살려 주고 싶어서 말했다.

"혹시 네 조상의 신원이 회복될 수도 있지 않느냐."

"아이고 도련님, 속 시끄러운 소리 마십시오. 그냥 이렇게 살렵니다. 아버지가 누군지도 모르는데 무슨 신원회복입니까? 그런 말 하는 대신 도련님이 출세하세요. 도련님이 높은 자리에 가면 이 놈 하나 면천시켜주겠지요. 종이 주인 따라 사는 거지, 별 수 있습니까."

그 말을 들은 영학은 갑자기 서글픈 생각이 들었다. 이 혼탁한 세상에 벼슬을 하고 자리를 지키기 위해서는 얼마나 아귀다툼을 벌여야 하는가?

3년 전 산음의 할머니가 불렀던 무당이 생각났다. 그 무당은 실눈을 뜨고 입을 조물거리며 말했었다.

"도련님은 일찍 출세하지 마십시오. 그 뻣뻣한 성품으로 일찍 벼슬에 나갔다간 선친처럼 죽음을 당하는 것에 그치지 않고, 자칫 멸문지화를 불러 올 수 있습니다."

옆에서 그 말을 들은 할머니는 놀라서 화다닥 뒷걸음질을 쳤다. 영학은 겉으로는 천한 무당의 말이라 애써 무시했지만, 꺼림칙한 기분을 떨쳐버릴 수 없었다. 벼슬자리에 나가 세상의 부조리를 못 본 체 눈감고 조용히 살기에는 세상을 너무 많이 알아버렸다는 생각이 들었다. 그 무당의 말이 아니라도 얼마 전 친척들로부터 들은 아버지의 죽음은 영학을 충격에 휩싸이게 만들었다.

영학의 아버지인 문광우는 17세에 소과에 합격하고, 22세 때 문과에 장원으로 합격했으며, 28세 때 홍문관 부교리에 오른 수재였다. 홍문관은 왕에 대한 자문을 맡은 중요기관이라 수재 중의 수재로 인정받지 못하면 홍문록에 오르지 못한다.

그런데 퇴계 이황 선생이 타계한 그 해 충청도 단양에서 세금을 체납하고 환곡을 제때 상환하지 못한 죄로 죽도록 곤장을 맞은 한 농민이 예순 노모와 처 그리고 세 명의 자식을 밑바닥에 구멍이 난 배에 태우고 강으로 들어가서 함께 빠져 죽어 버린 사건이 있었다.

이 사건의 진상을 알게 된 문광우는 의분을 참지 못하고 임금에게 상소를 올렸다. 나라에서 경제를 전담하는 관청을 설치하고, 해외무역과 광업을 진흥하며, 자유로운 어업과 임업을 허용하고, 신분보다는 능력에 따른 인재등용을 주장했다. 이런 주장은 퇴계 이황 선생의 가르침을 그대로 옮긴 것에 불과했지만, 세상의 변화를 두려워하는 집권양반들에게는 위험하고 불경스러운 무모한 짓이었다.

그들은 장래의 재상감으로 손꼽히는 홍문록의 관리가 이런 상소를 올린 사실에 아연했다. 그들은 화근의 싹을 일찌감치 제거하기로 뜻을 모았고, 그가 올린 상소는 왕에게 올라가지도 않았다.

그로부터 며칠 후 문광우가 궁궐에서 숙직을 마치는 날 새벽에 일곱, 여덟 명 정도 되는 내시부 소속 별감들이 갑자기 들이닥쳤다. 그리고 다짜고짜 주먹과 발길질에 곤봉세례를 퍼부어 거의 초주검을 만든 뒤 그를 끌고 가서 의금부의 옥에 처박아 버렸다.

문광우로서는 도대체 무슨 영문인지 알 수가 없었다. 그런데 그날 아침 문초를 당하면서 대비마마가 도둑맞은 옥비녀가 문광우의 숙소 앞에서 발견되었으며, 그 전날 대비의 숙소에 괴한이 잠입한 사건이 있었다는 소식을 듣게 됐다.

그 말을 듣게 된 문광우는 이미 자신은 죽은 목숨이라고 단정했다. 대비마마라면, 3년 전 아무도 왕위계승의 가능성을 점치지 않던 덕흥대원군의 셋째 아들을 하루아침에 왕으로 만든 조선의 최고 권력자가 아닌가?

그러나 그는 자신의 죄를 자백할 수 없었다. 자백했다가는 연좌제에 따라 집안의 남자들은 모두 죽음을 당하고 여자들은 노비로 떨어진다는 것을 뻔히 알고 있었기 때문이었다. 그렇다고 자진을 할 수도 없다. 자진을 하게 되면 죄를 자백한 것으로 몰릴 수 있기 때문이다. 그래서 그는 죄를 인정하지 않고 버티다가 맞아 죽는 길을 선택했다. 그래서 그는 계속되는 고문에도 죄를 자백하지 않고 버티다가 열흘 만에 운명을 달리했다.

이렇게 해서 장래의 재상감으로 손꼽히던 한 젊은 관리의 명줄이 끊겼다. 그렇지만 그가 목숨을 잃은 뒤 문중의 일가들은 더 분주하게 뛰어다녀야 했다.

그들은 운 좋게도 대비마마의 친정 동생인 심 영감과 연줄이 닿았다. 산청의 문 씨 집안은 심 영감에게 전 재산의 절반이 넘는 비단 7필과 무명 70필 그리고 50마지기의 논문서를 갖다 바쳤고, 심 영감은 바로 다음날 궁궐에서 대비마마를 알현했다.

그 뒤 이 사건의 진상은 역모가 아니라 대비를 모시는 상궁이 야밤에 먹이를 찾아 침입한 들고양이를 괴한으로 오해했고, 궁궐 숙직실 앞에서 발견된 옥비녀는 들고양이가 물고 간 것으로 밝혀졌다.

그렇지만 남평 문 씨 일가가 그 사건의 충격에서 벗어나는 데는 십년이 넘는 세월이 걸렸다. 그래서 영학은 할머니에게 앞으로 한동안 과거를 보지 않겠다고 약속할 수밖에 없었다. 그런데 선돌은 그런 사정도 모르고 벼슬을 하라고 재촉해대니 영학으로서는 참으로 답답한 심정이었다.

다음 날 아침 영학은 짐을 챙겨 길을 나섰다. 짐은 선돌이 어깨에 메고 영학은 가벼운 모시적삼 차림에 책 한 권을 옆구리에 끼고 길을 나섰다. 지난 3년 동안 산을 들락거리면서 제법 산길에 익숙해졌기에 발걸음은 가벼웠다.

영학은 집을 나서자마자 오른쪽의 분지봉으로 올랐다. 분지봉에 이르러 오르막 능선을 타고 구제봉과 거사봉의 작은 봉우리를 넘은 뒤 고려의 도선국사와 조선의 무학대사가 '신선이 푸른 학을 타고 노니는 별유천지의 선경(仙境)'이라며 탄복하였다는 청학동(靑鶴洞)으로 가기로 했다. 청학동에는 산을 내려온 명원과 영호가 기다리고 있었다.

명원의 성은 김 씨라고 했다. 그렇지만 진짜 김 씨인지는 확인할 길이 없었다. 명원은 3년 전 영학이 산속에서 다리를 다쳤을 때 스승인 전 노인과 함께 횃불을 들고 온 아이인데, 영학보다 두 살이 어렸다. 영호는 명원보다 한 살이 어리지만 둘은 아침부터 하루 종일 붙어 다닐 정도로 친하게 지냈다.

명원과 영호는 영학을 보자마자 서둘러 짐을 챙기면서 스승과 사람들이 눈이 빠지도록 기다린다며 길을 재촉했다. 그래서 선돌은 명원과 영학을 만나자마자 금방 작별을 해야 했다.

토끼봉에 이르러 천왕봉 쪽으로 300보가량 걸어가서 왼쪽으로 방향을 꺾은 뒤 짙은 관목 숲을 헤치고 일천 보 정도 가파른 산길을 내려가면 제법 우묵하고 편평한 지점이 나온다. 그곳에 마을이 있다. 마을에서 왼쪽 능선을 따라 5리쯤 가면 얕은 골짜기와 연결되고, 그 골짜기를 따라 쭉 내려가면 뱀사골 계곡으로 이어지는 곳이다.

마을에서는 잔치가 벌어졌다. 영학이 가져온 시루떡과 가래떡은 사람들의 입에서 저절로 군침이 돌게 만들었다. 이틀 전에 올무에 걸린 어린 멧돼지를 잡고 야산에서 기른 배추와 오이를 곁들인 산적구이가 구수한 냄새를 풍겼다.

말린 조갯살을 넣고 끓인 미역국에 쌀밥이 나왔다. 거기에다 산에서 담근 머루주를 곁들이니 이 순간만큼은 아무 것도 부러울 게 없는 산신령이 된 듯했다.

이 마을의 사람들은 궁핍함을 겪지 않았다. 올무나 덫을 이용하여 짐승을 잡기 때문에 고기도 부족하지 않았다. 야산에서 기르는 야채도 마을 사람들이 먹기에 부족함이 없었다. 쌀도 부족하지 않았다. 산에서 잡은 짐승의 가죽이나 약초를 산 아래 마을에서 쌀이나 보리로 얼마든지 바꿀 수 있기 때문이다.

그런데다 마을 사람들은 심심찮게 인삼을 캤다. 캔 인삼을 들고 산 아래 고을에 가면 한 뿌리에 쌀 10가마는 쉽게 바꿀 수 있었다. 그럴 때마다 사람들은 쌀은 필요한 만큼 조금만 받고, 운반과 보관이 편한 무명을 받았다. 이곳에 사는 사람들은 세상을 등지고 사는 사람들이라 산 밑의 고을로 나들이 하는 것은 되도록 피하고, 산에서 약초 캐는 일을 즐겼다.

영학도 틈틈이 약초를 캐는 일에 따라 나섰는데, 약초를 공부하기에는 더할 나위 없이 좋았다. 스승은 가끔 올무에 걸려 죽은 짐승의 배를 갈라 뱃속의 장기를 영학에게 보여주었다. 그러면서 동물의 장기의 모양과 기능은 사람의 것과 별반 다르지 않다고 설명했다. 그리고 틈만 있으면 영학에게 죽은 짐승의 배를 갈라서 오장육부를 식별하고 그 기능을 설명을 해보라고 시켰다.

영학은 올무에 생포된 짐승의 상처를 치료하기도 했다. 상처가 클 때는 외과수술을 하기도 했는데, 이때는 마취성분이 있는 풀을 먹이거나 마취침을 놓았다. 그럴 때마다 영학은 약초나 침으로 육체에 고통을 느끼지 않도록 하는 것이 너무 신기했다. 게다가 상처부위의 피부를 찢고 살 속을 치료한 후 다시 꿰매면 그곳에 새 살이 돋는 것을 보고, 생명의 경이로움을 느꼈다.

동물이나 사람의 몸속에 한 움큼의 목화솜을 넣어도 생명이나 활동에 아무런 지장이 없으며, 때로는 생명의 유지에 오히려 도움이 된다는 사실도 알았다. 그럴 때마다 영학은 스승의 의술의 깊이와 지식에 탄복했다.

스승은 삼국지연의에 나오는 관우가 어깨에 박힌 화살을 빼는 수술을 받을 때 마비산 없이도 고통을 내색하지 않고 태연히 바둑을 두었다는 일화를 들면서 마비산에 대한 이야기를 했다. 그런데 위왕인 조조가 편두통을 치료하려는 것이 아니라 자신을 죽이려 한다는 의심에 사로잡혀 화타를 죽여 버리는 바람에 마비산의 존재가 후세에 전해지지 않는다고 한다. 그렇지만 스승은 양귀비 풀의 열매인 아편과 마취침을 이용하면 마비산의 효과를 볼 수 있다고 한다.

그렇게 영학은 스승의 가르침을 받을 때마다 이렇게 훌륭한 의술과 해박한 지혜를 가진 사람이 도대체 무슨 큰 죄를 지었기에 이런 깊은 산 속에 은둔하고 사는지 자꾸만 궁금증이 커져갔다.

3장

어의

御醫

御醫

어
의

계미년(서기 1583년) 가을, 영학은 추석을 쇠기 위해 집
에 왔다. 그런데 웬일인지 명절 분위기가 나지 않았다. 사람들은 이웃
끼리도 서로 쉬쉬하며 말을 조심하였고, 낯선 사람을 극도로 경계했다.
얼마 전에 있었던 노비쇄환(刷還) 사건 때문이었다.

세종대왕 때 조정은 북방의 국경지대에 사군육진(四郡六鎭)의 군사
도시를 건설하고, 그 도시에 둔전민의 수를 대폭 늘렸다. 둔전민은 평
시에는 농민이지만, 외적이 침입하면 수비군사가 된다.

조정에서는 둔전민을 늘리기 위해 강력한 사민정책(徙民政策)을 실
시하여 전라도, 경상도, 충청도의 하삼도 노비들에게 변방국경지역으
로 이사하는 대가로 면천(免賤)을 약속했다. 이때 옥비라는 여인의 부
모가 면천을 약속받고, 경상도에서 저 멀리 북쪽의 두만강 하류지역인

경원부로 이사를 했다. 그 후 그들은 손발이 부르트도록 열심히 일해서 옥수수밭을 개간하는 데 성공했다.

그런데 30여 년의 세월이 지난 성종 임금 때 사민정책의 부작용을 개선한다는 구실로 선왕의 법을 모두 폐지해버렸다. 그리고 사민들에 대한 면천과 개간한 토지에 대한 소유권을 회수했다. 이 때문에 사민정책에 따라 북방으로 이주했던 백성들의 자식은 양민으로 태어났지만 신왕의 등극 후 정책이 바뀌는 바람에 다시 노비로 전락하였다.

그런데 옥비는 노비에서 빠져 나와 양민으로 살 수 있었다. 관비인 옥비를 몸종으로 부리다 그녀를 사랑하게 된 경상도 진주 출신의 한 고위 군관이 변덕스러운 정부정책에 불만을 품고 파견근무 후 한양으로 돌아갈 때 옥비를 몰래 빼돌린 것이다. 옥비는 그 군관의 아내가 되어, 전처가 낳은 5명의 자식을 키우면서 7명의 자식을 더 낳았다.

그로부터 근 100년의 세월이 흘렀다. 그 사이에 옥비의 자손은 거의 1,000명에 육박했고, 후손들은 양반가는 물론 왕실의 종친과도 혼맥이 닿았다. 그런데 올해 초 진주출신의 강경필이라는 군관이 함경도 지역에 발령을 받고 파견을 갔다가 그 지역에서 떠도는 풍문을 조사하여 옥비의 도주사건을 파헤쳤다.

사건의 전말을 보고받은 조정에서는 비록 오래 전의 사건이기는 하나 반상의 구별은 결코 포기할 수 없는 국가의 근본이념이기에 도망간 노비의 후손들을 하나도 남김없이 찾아내서 다시 노비로 환천(還賤)하라는 추상같은 어명을 내렸다. 그러나 옥비의 후손들 중에는 힘 있고 세상물정에 밝은 사람들이 많았다.

판서를 배출한 한 권세가는, 옥비의 후손인 며느리가 칠거지악(七去之惡)에 해당하여 일찌감치 이혼을 했고, 그 뒤 새로운 아내로 맞아 자식들을 낳았기 때문에 옥비와는 피한방울 섞이지 않았다고 변명하여 쇄환에서 제외되었다.

또 어떤 집안은 옥비의 남자 후손을 사위로 맞았고, 이 사람이 문과에 합격하여 벼슬이 종5품 목민관에 이르렀고, 그 후손들은 목민관인 조상의 피를 받았기 때문에 노비종모법(奴婢從母法)의 적용대상이 아니라고 항변했다.

또 어떤 사람은 왕가의 인척으로서 종친인데, 감히 종친을 노비로 만들겠다는 것은 왕을 능멸하는 짓이라고 눈을 부라렸다. 다른 사람은 옥비의 후손인 여자를 아내로 맞았지만, 아이를 낳지 못해 다른 집안에서 입양을 한 자식이라고 둘러댔다. 혹자는 첩이 낳은 자식이지만 적서차별법(嫡庶差別法)을 피하기 위해 본 부인이 낳았다고 호적을 위조했다고 죄를 만들어 이실직고했다.

처음 이 사건을 처결하는 경차관으로 임명된 윤승길은 골치가 아팠다. 그는 성격이 곧고 양심적인 사람이었는데 아무리 생각해 보아도 먼 조상의 죄를 아무런 죄가 없는 후손들이 뒤집어쓴다는 것은 도리가 아니라고 생각했다.

그래서 그는 고민했다. 그렇다고 왕명을 거역할 수도 없어 하릴없이 시간만 질질 끌었다. 그러던 중 그의 형이 죽었다. 그러자 그는 상을 치른다는 핑계로 경차관의 직위를 벗었다. 그 뒤 후임으로 성영(成泳)이라는 자가 부임했다. 그런데 그는 한양을 출발하여 충청도의 진천에 도달하자마자 갑자기 중병에 걸렸다며, 즉각 사직상소를 올렸다.

조정에서는 고르고 고른 끝에 김위(金偉)를 경차관으로 임명했다. 김위는 앞뒤 사정을 보지 않고 오직 어명에만 충실했다. 이로 인해 400명이 넘는 양반이 하루아침에 노비가 되어 북방의 국경지대로 끌려갔다.

그 일로 스스로 목숨을 끊은 이가 속출했다. 조사 과정에서 고문을 이기지 못하고 명줄을 놓은 사람도 부지기수였다. 그러다보니 민심은 흉흉할 수밖에 없었고, 조정에서는 민심을 안정시키기 위해 백성들에게 철저한 함구령을 내렸다. 그리고 함구령을 어길 시 엄벌에 처해진다는 것을 보여주기 위해 본보기로 8도의 감영마다 몇 명씩 죄인의 목을 쳤다. 이 때문에 백성들은 추석에도 명절 분위기는커녕 마음 놓고 이야기도 할 수 없었다. 영학도 추석 아침 차례를 지내자마자 살벌한 분위기를 피해 예정보다 일찍 지리산으로 들어갔다.

영학이 사흘이나 일찍 돌아온 때문인지 산중에 스승이 보이지 않았다. 명원도 보이지 않았다. 영호에게 영문을 물어보니 스승은 명원과 함께 출타 중이라고 했다. 소식을 듣고 영학은 '산속에만 계시는 줄 알았더니 바깥세상에도 연을 갖고 있구나'라고 생각하며 지금까지 3년을 한방에서 생활을 해왔지만 정작 스승에 대해 너무 아는 게 없다는 것을 깨달았다.

영학은 처음으로 지리산의 토굴 방에서 혼자 밤을 맞았다. 가을이지만 깊은 산 속의 밤은 차가웠다. 그러나 잘 만들어진 온돌이 방을 따뜻하게 데웠다. 토굴, 또는 움집과 유사했는데, 가만히 살펴보면 경사지를 이용해서 참 경제적이고 효율적으로 지은 집이었다.

경사지에 집을 짓는 것은 평지보다 훨씬 더 쉽다. 비탈의 높은 부분을 파고 거기서 나온 흙으로 낮은 곳을 메울 수 있기 때문이다. 또 비탈을 파서 만든 집은 평지에 지어진 집보다 여름에는 시원하고, 겨울에는 따뜻하다.

축사도 마찬가지다. 산중에서도 가축을 키운다. 닭장과 돼지우리, 외양간 역시 경사지를 이용해서 만든다. 경사지에 우리를 만드는 것은 너무 쉽다. 경사지를 파고 그 앞에 나무로 된 문을 달면 된다. 그리고 가장자리에 두세 자 높이의 나무말뚝을 박으면 그만이다.

가축을 키우는 공간은 사람이 사는 곳보다 좀 더 깊었다. 먹이를 찾아 헤매던 산짐승들이 굶주린 배를 채우려고 우리 속으로 뛰어드는 경우에 대비해서 아무리 날쌘 짐승이라도 우리 안으로 뛰어든 후 밖으로 뛰쳐나갈 수 없도록 깊이 만들었다. 그러다보니 가축을 잡아먹기 위해 우리에 뛰어든 짐승들은 그야말로 최후의 포식을 즐기는 셈이다.

언젠가 큰 송아지만한 호랑이가 돼지우리에 뛰어든 적이 있었다. 그 호랑이는 급하게 굶주린 배를 채운 후 남은 먹이를 물고 밖으로 뛰쳐나가려고 했다. 그렇지만 좁은 우리 안에는 발돋움할 곳이 없다. 아무리 날쌘 호랑이라 해도 입에 먹이를 물고 6척이 넘는 울타리를 뛰어 넘을 수는 없었다.

뛰어 넘으려고 몸부림치는 바람에 사람들의 잠을 깨웠다. 우리에 갇힌 호랑이를 본 사람들은 그물을 이용해서 가죽에 상처 하나 남기지 않고 포획할 수 있었다. 영학은 이 마을에 대해서 알면 알수록, 사람의 지혜라는 게 정말 무궁무진하다는 것을 실감했다.

이 마을에는 믿기 힘든 기적이 일어나고 있었다. 겨울에도 상추, 토마토, 오이, 가지 따위의 야채를 기르고 있었다. 스승은 이를 '온실농법(溫室農法)'이라고 했다. 그런데 알고 보면 온실농법은 참 간단하다.

경사지를 깎아 움집을 만들고, 벽을 세운다. 그리고 앞 벽과 천장에 기름 먹인 창호지를 바르고 바닥에 구들을 설치하면 온실이 된다. 창호지는 햇빛을 투과시키지만 바람은 통과하지 못한다. 이 때문에 온실 안은 겨울에도 따뜻해서 식물들이 무럭무럭 자랐다. 한 겨울에 토마토, 오이나 상추쌈을 먹는 호사라니….

영학은 너무 신기해서 온실농사에 대해 스승에게 물은 적이 있었다.

"온실농사를 어떻게 알게 되셨습니까?"

"이미 150년 전에 발명되었고, 궁궐에서 실험까지 한 것이다. 나는 책에 있는 대로 흉내를 내었을 뿐이다."

"어디에 그 비법이 있습니까?"

"이건 비법이 아니다. 150년 전 어떤 사람이 백성들에게 알리기 위해 산가요록(山家要錄)이라는 책에 자세히 적어 놓은 것이다. 그렇지만 후손들이 그 책을 무시하고 있을 뿐이다."

"후손들이 왜 그 책을 무시합니까?"

"책을 읽을 줄 아는 양반들은 농사에 신경 쓸 필요가 없으니까 그런 거다. 그들은 백성들이 농사지어서 갖다 바치는 걸 받아먹기만 할 뿐, 정작 백성들이 어떻게 농사를 짓고 무얼 먹고 사는지는 관심이 없다.”

“그럴 리가 있습니까? 믿을 수 없습니다.”

“책 만드는 게 얼마나 힘든지 알고 있지?”

“예, 잘 알고 있습니다.”

“그게 잘못 된 거다. 책 만드는 게 왜 힘드냐?”

“책을 만들려면 글을 알아야 하는데, 아무나 글공부 할 수 있는 게 아니지 않습니까? 글을 아는 사람들은 나랏일을 보는데 바쁘고, 바쁘다 보면 백성들의 생활을 돌아볼 여유가 없겠지요.”

“진정 아무나 글공부를 할 수 있는 게 아니더냐?”

“그렇지 않습니까? 저도 공부를 해봤지만 수천 자의 문자를 외우고 익히기 위해서는 아무것도 하지 않고 몇 년을 공부해야 합니다.”

“답답한 녀석아, 왜 글공부가 어렵냐? 글 하나 깨치는 데 왜 아무 일도 안하고 몇 년을 공부만 해야 하느냐? 그건 양반 놈들이 만들어 놓은 함정일 뿐이야.”

“농사일 해가면서 틈틈이 공부해서 몇 달 만에 글을 깨우치는 사람이 이 세상에 어디 있습니까? 스승님처럼 천재라면 몰라도 범인들에게는 불가능합니다. 저도 머리 좋다는 말을 많이 들었지만, 이천 자 이상의 글을 깨우치는 데 3년 넘게 걸렸습니다.”

“야, 이놈아, 한문만 글이냐? 세종대왕께서 만드신 정음을 공부해봐라, 농사일 다 하고, 저녁에 배불리 밥 먹고 배 두들기며 소화시킨 뒤에 한 시진만 공부해도 보름이면 깨우칠 수 있는 것이야. 정음은 공부해봤느냐?”

"정음을 왜 공부합니까? 공부 안 해도 저절로 알게 되는데…"

"정음이 왜 쉬우냐?"

"그건 우리가 그냥 생활에서 쓰는 말이니까 그렇지요."

"그래, 잘 알고 있구나. 그런데 왜 양반들은 백성들이 쓰는 말을 글로 적을 수 없도록 막느냐? 왜 백성들한테서 글을 뺏으려고 그리 안간 힘을 쓰느냐? 한 번 대답해 봐라, 영학아. 넌 똑똑하니까 그 이유를 알겠지?"

"……"

"이 땅의 백성들은 수천 년 전부터 고유의 말을 사용해왔다. 신라 때 설총은 이두문자를 만들어 이 땅의 백성들이 쓰는 말을 쉽게 글로 적는 방법을 만들었다. 이 문자는 왜국으로 전해져서 왜의 백성들은 700년 전부터 가나문자라는 고유의 문자를 만들어 사용해왔다. 그런데 150년 전 세종대왕은 사람의 성대와 입모양을 본 따 정음을 만들었다. 이는 이두문자나 가나 문자보다도 훨씬 과학적이고 쓰기 좋은 글자이다. 그런데 양반들은 '백성들이 글을 알면 양반의 체통과 권위가 상한다'면서 목숨을 걸고 정음의 보급을 반대하지 않았느냐? 세종 때 이조판서라는 자는 '간악한 백성들이 율문을 알게 되면 겁도 없이 죄의 크고 작은 것을 미리 알고, 법을 빠져 나가려고 꾀를 쓰는 무리가 생길 것'이라면서 정음을 폐기하라고 목숨을 걸고 왕에게 대들었다."

"……"

"그때 세종대왕께서는 '그렇다면 과연 백성들에게 법을 알지 못하게 하는 것이 옳은 것이냐? 백성들이 법을 아는 것을 막고, 법을 모른다고 해서 마음대로 벌을 내리면, 그건 얄팍한 술책이나 사기가 아니냐?'고 반문하셨다."

"……"

"솔직히 말하면, 양반들은 그들의 특권을 지키기 위해서 백성들이 수천 년 동안 사용해 온 말에 맞추어 합리적이고 과학적으로 만든 글도 못 쓰게 만드는 인간들이다. 뼈 빠지게 일해서 겨우 먹고 사는 백성들에게 기생하여 온갖 영양분과 피를 빨아먹고 '이러다 배가 터지지 않을까' 걱정하는 부류들이다. 그들은 숙주인 백성들이 똑똑해지면 자기네 마음대로 양분을 빨아먹기 힘들다는 것을 본능적으로 아는 영악한 기생충들이다."

"……"

"왜 아무 말이 없느냐?"

"미처 생각하지 못한 일입니다."

"그렇구나, 오늘은 이 노인네가 괜히 흥분해서 성질을 부렸구나. 그렇지만 이왕 말이 나온 김에 하고 싶은 말이 있다. 이 나라 강토는 아름답고 비옥하며, 땅의 기운은 넘쳐난다. 그리고 무엇보다도 백성들이 영민하고 착하다. 비옥한 땅과 기운, 착하고 영민한 백성들이 있기에 이 나라가 사해만방(四海萬方)에 기운을 펼치는 날이 반드시 온다. 양반의 탐욕은 결국 끝이 난다. 그게 오십 년 뒤가 될지 백년 뒤가 될지 혹은 오백 년 뒤가 될 지 알 수 없지만, 분명한 것은 백성들이 정음을 자유로이 쓰고, 반상의 구별과 차별이 없어지는 날 이

나라는 세상의 중심국가로서 사해만방에 찬란한 문화의 꽃을 피울 것이다. 그런 희망이 있기에 이 노인네는 살아오면서 얻었던 지식을 후진에게 전할 기회를 가진 것을 하늘에 감사하고 있다."

"듣고 보니 스승님의 말씀이 구구절절 옳습니다. 그런데, 왜 반상(班常)의 차별을 말씀하시면서 양천(良賤)의 차별은 언급하지 않습니까?"

"양천의 차별은 반상의 차별을 확고하게 하기 위한 수단으로 만들어진 게야. 그렇기 때문에 반상의 차별이 없어지면 양천의 차별은 저절로 없어지는 것이다."

그날 영학은 스승의 말에 큰 정신적 충격을 받았다. 조선이라는 나라는 상상 이상으로 근본부터 잘못된 나라라는 생각이 들 정도였다.

그 무렵 영학은 유리라는 물건에 관한 이야기도 들었다. 유리는 돌가루를 녹여서 물처럼 만든 뒤 둥근 것, 편평한 것, 꾸불꾸불한 것, 울퉁불퉁한 것, 볼록한 것, 오목한 것, 가는 것, 굵은 것 등 온갖 모양의 물건을 만들 수 있다고 했다. 그런데 유리는 맑은 물보다 더 투명하여 안에 든 것을 숨길 수 없으며, 빛은 통과할 수 있지만 공기나 물은 일절 통과하지 못한다고 했다. 또 단단하기가 돌과 같아 온실농사에 유리를 쓰면, 창호지처럼 바람이나 비와 눈에 쉽게 찢기거나 구멍이 생기는 일이 없다는 것이다.

그런데다 빛의 투과율과 단열효과는 창호지와는 비교할 수 없을 정도로 뛰어나 아무리 차가운 겨울날씨라도 유리 안에서는 추위를 느끼기 힘들다고 한다. 그리고 편평한 유리 뒤에 수은을 바르면 구리거울과는 비교가 되지 않을 정도로 맑고 깨끗한 거울이 되어 얼굴에 있는 주근깨 하나까지 다 보인다고 한다.

아라비아의 대식국이나 서양의 대진국에는 우리나라의 대장간처럼 유리공장이 수없이 많고, 고려 때는 우리나라에도 유리제품이 흔했다. 그렇지만 조선이 들어선 이후 상공업이 천시되고 외국과의 무역이 금지되는 바람에 지금 백성들은 유리라는 것을 구경도 못하게 됐다.

스승은 우리나라에 유리 재료로 쓰이는 돌이 많다고 했다. 그 돌로 유리를 만들면 백성들의 생활이 엄청나게 발전하겠지만, 안타깝게도 그 제조법이 사라져버렸다고 했다. 만약 그 제조법을 안다고 하더라도, 호화롭고 아름다운 상감청자는 선비정신에 맞지 않는다면서 못 만들게 하고 대신 투박한 백자만 만들라고 강요하는 조선에서 어떻게 유리를 만들겠느냐고 탄식을 했다.

지금도 왜인들은 청자나 백자를 만드는 기술이 없어 구리나 은을 가득 배에 싣고 와서 도자기를 사겠다고 아우성을 치지만 조선의 백성들은 관의 눈치를 보느라 이러지도 저러지도 못한다. 그 바람에 조선의 산업과 물산은 세월이 흐를수록 눈에 띄게 쇠퇴하고 있다고 한다. 스승과 이런 대화를 나눈 것도 벌써 2년 전의 일이다.

영학이 혼자서 잠을 청하려니 잠은 오지 않고, 지나간 기억들이 생생하게 떠올랐다. 그래서 억지로 잠을 청하는 것을 단념하고, 앉아서 책이나 보자는 생각으로 자리에서 일어나 호롱불을 밝혔다. 그런데 갑자기 방구석에 보자기로 쌓인 물건이 눈에 띄었다. 예전부터 그 자리에 있던 것이지만 그냥 무심코 지나쳤던 것이다.

영학은 그 보따리를 풀어 보았다. 놀랍게도 그 속에는 낡은 사모관대와 띠가 있었고, 첫눈에 보더라도 높은 벼슬아치들이 입는 관복이라는 것을 알 수 있었다.

자주색에다 가슴과 등에는 청색바탕에 흰 실로 학 두 마리가 자수된 흉배를 단 옷이었다. 조복의 허리띠인 각대의 길이는 넉 자쯤 되었는데, 놀랍게도 테두리가 모두 순금으로 장식되어 있었다.

중앙에는 지름이 두 치나 되는 큰 자수정이 박혀 있었고, 머리 부분에는 선사지기(宣賜之記)라는 글자가 선명하게 새겨져 있었다. 상아로 만든 홀도 있었고, 잘 접혀 진 조복 사이에는 문서 한 장이 보관되어 있었다.

그 문서를 살펴 본 영학은 자신도 모르게 아! 하는 탄성을 뱉었다. 그것은 고신(告身)이었다. 조정에서 벼슬에 임명하는 사령장은 4품 이하의 벼슬은 직첩(職帖)이라고 하지만, 4품 이상은 고신이라고 한다.

그 고신의 내용은 어의(御醫) 전순의(全循義)를 자헌대부(資憲大夫)에서 좌익원종공신(佐翼原從功臣) 1등에 녹신하는 것이었다. 자헌대부라면 문산계(文散階)의 18등급 중 정1품과 종1품 다음인 정2품의 품계로서 판서와 동렬이다. 그런데 자헌대부에서 품계가 더 올라 좌익원종공신 1등에 봉한다면, 이는 왕의 왼팔이라는 의미가 아닌가?

더욱이 전순의라는 사람의 직책은 어의이다. 아무리 임금의 건강을 챙긴다고는 하나 천업에 속하는 일개 의관이 어떻게 이런 높은 벼슬에 이를 수 있단 말인가?

순금과 자수정으로 장식된 각대는 정승들의 것보다도 더 화려했다. 도대체 전순의라는 사람이 누구이기에 이런 대우를 받았단 말인가? 그리고 스승님이 왜 이 물건을 가지고 있을까?

고신의 주인공이 스승님의 성씨와 같은 전 씨인 것을 보면 분명 그는 스승님의 조상임에 틀림없다. 그렇다면 스승님의 뛰어난 의술은 고신의 주인공인 어의 전순의로부터 전수된 것인가? 그런데 그런 귀한 신분의 자손이 무슨 사연으로 이 깊은 산중에 숨어 살고 있을까?

전순의의 후손으로서 당쟁이나 사화에 연루되어 노비로 전락하는 바람에 세상을 등지고 산으로 들어왔을까? 하지만 지금까지 있었던 숱한 사화나 당쟁의 기록에 어의가 연루된 일은 한 번도 들어보지 못했다. 이런 생각에 이른 영학은 궁금증이 도져 한시도 잠을 이룰 수 없었다.

다음 날 해질 무렵 스승이 돌아왔다. 영학은 너무 반가워 맨발로 쫓아나가 인사를 했다. 영학을 본 스승은

"일찍 왔구나."

라며 무척이나 반가워했다.

영학에 이어 스승이 돌아오자 마을에는 때 아닌 활기가 돌았다. 저녁에는 장닭을 다섯 마리나 잡았다. 작년 겨울에 채취해서 말려서 보관하고 있던 참나무 겨우살이와 흑마늘을 한 움큼 가마솥에 넣고, 찹쌀과 함께 푹 고운 닭백숙 요리가 나왔다. 감초와 현미를 섞어 만든 누룩으로 만든 막걸리도 한 사발씩 돌았다.

영학은 식사를 하는 내내 스승의 옆에 바짝 붙어서 떨어질 줄 몰랐다. 그러다 식사를 마치고 방안으로 들어오자마자 무릎걸음으로 다가가 스승에게 물었다.

"어디 다녀오셨습니까?"

"경상도의 동래와 부산포에 다녀왔다. 동래에 약방을 하는 친구가 있는데, 매년 한두 번씩 들르곤 하지."

영학은 스승의 여행에 대해 궁금해했다. 스승은 그동안 영학이 알지 못했던 새로운 소식들을 들려주었다.

4장

해금

海禁

海禁

해금

스승이 다녀온 부산포는 경상감영 아래 동래부에 속한 고을인데, 왜인들의 왕래가 많아 나라 바깥의 사정을 훤하게 알 수 있는 곳이다. 그런데다 왜인들과 장사를 하는 사람이 많아 은화나 금화가 흔하게 유통되고 있었다.

중종 때 일어난 삼포왜란 이후 왜상들과의 공식적인 교역은 나라의 법으로 금지되었지만, 백성들의 필요에 따라 암암리에 이루어지는 교역을 모두 막을 수는 없다고 한다. 그런데다 왜와 거래를 하는 사람들은 일반 백성들이 아니고 주로 한양에서 큰 자본을 가지고 대규모로 장사하는 부상대고(富商大賈)들이란다. 이러한 부상대고들은 모두 한양의 권세가들이 뒷배를 봐주고 있기 때문에 관아의 밀무역 단속을 우습게 안다고 한다.

들리는 말에 의하면, 명나라에서는 모든 세금이나 부역을 은으로 징수하는 일조편법(一條鞭法)을 시행하고, 모든 백성들은 장사나 거래에 은을 사용한다고 한다. 그러다보니 명에서는 조선에 대해서도 교역의 대가로 막대한 은을 요구한다고 한다.

스승은 영학이 듣도 보도 못한 소식을 들려주었다. 왜국은 수십 년 전 대규모의 은광산 개발에 성공해서 온 나라에 은이 풍부했다. 왜국에서 대규모의 은광산이 개발된 것은 조선의 채굴기술과 연은분리법(鉛銀分離法)이라는 은제조법이 넘어갔기 때문이었다.

양민인 김감불과 동래부 소속의 관비인 검동이가 그 기술을 왜국에 전했는데, 이 두 사람은 뛰어난 기술을 가지고 있었지만, 상공업을 천시하는 조선에서 실력발휘는커녕 먹고 살 길이 없어서 왜로 건너갔다. 그때부터 엄청난 은을 생산하게 된 왜인들은 그 은을 이용해서 활동영역을 명과 동남방의 국가, 천축, 아라비아는 물론 멀리 로마에까지 넓혔다.

그런데 명은 왜와의 무역을 금지하고 예외적으로 감합무역(勘合貿易)만을 허용했다. 감합무역은 외교관계가 없는 국가로부터 그때그때 요청이 있을 경우 황제의 인장이 찍힌 감합부(勘合符)를 발부하여 제한적으로 교역을 하는 제도이다.

허나 왜는 근 100년 전부터 백 개가 넘는 소국(小國)으로 분열되어 서로 패권을 다투는 내전상태인지라 어느 지방의 영주도 명나라에 감합부를 받기 위한 사절을 보내지 못했다. 이 때문에 명과 왜 사이에는 공식적인 무역의 통로 없이 밀무역의 형태로 무역이 이루어졌다.

왜국은 가장 가까운 이웃나라인 조선과의 무역을 절실히 원했다. 조선에서 생산하는 쌀, 도자기, 서적, 약재, 비단, 무명은 왜국에서 가장 인기 있는 상품이었다. 특히 무명은 가볍고 보온성이 뛰어나 병사들의 전투복으로 사용되기 때문에 거의 무한정으로 필요했다. 하지만 조선의 조정은 왜와의 무역은 물론 교섭이나 교류 자체를 엄금하고 있었다.

그런데 조선은 왕실과 양반들이 필요로 하는 호화사치품을 명으로부터 수입하기 위해 막대한 양의 은을 필요로 했다. 그래서 한양의 조정은 각 지방수령들에게 은을 진상하라고 명령했지만, 막상 은광산의 개발은 허용하지 않았다. 이 때문에 지방수령들은 막대한 양의 은을 중앙에 바치기 위해 온갖 수단을 다 동원했다.

눈치 빠른 한양의 권세가들은 이런 기회를 틈타 부상대고에게 은을 구해오라는 밀명을 내리고, 그 대가로 권력의 비호를 제공했다. 이 때문에 부상대고들은 지방 관아의 단속을 두려워 않고, 공공연하게 남도의 백성들을 동원하여 왜인에게 팔 물건을 수집했다. 이처럼 겉 다르고 속 다른 정부정책으로 인하여 무역에는 해적이 설치는 등 항상 심각한 위험이 동반되었다.

거기다 해외무역은 공식적으로는 불법인지라 외국과의 장사는 모두 도둑질처럼 이루어졌다. 그러다보니 일부 선량한 백성들은 마냥 앉아서 처자식을 굶기기보다는 밀무역을 하는 범법자를 응징하고, 돈도 버는 일에 기꺼이 나섰다.

그들은 조직을 만들고 무예를 연마하면서 만약을 위해 관에 연줄을 대었다. 관의 입장에서도 돈을 챙길 수 있는데다 밀무역 단속실적도 올릴 수 있는 일거양득의 기회라 마다할 이유가 없었다. 사정이 이렇게 되자 밀무역자들도 그들의 돈과 물산을 지키기 위해 총칼로 무장해야 했다.

이야기를 듣는 동안 영학은 입맛을 쩝쩝 다셨다. 무역이야말로 상공업을 발전시키고 백성들의 살림을 살찌우는 유용한 경제 수단이 아닌가? 이는 수천 년의 역사를 통해 증명된 것이다. 그런데 왜 조선은 외국과의 무역을 금지하고 있는가?

외국과의 무역을 금지하는 것은 명나라도 마찬가지였다. 떠돌이 중이었던 주원장은 몽골족의 통치를 받는 한족의 자존심을 자극하여 명왕조를 세우는 데 성공했다. 그러나 주원장이 세운 명의 영토는 원(元)의 남쪽 땅에 국한되었고, 수도도 북경이 아닌 남경이었으며, 원의 수도인 북경을 중심으로 한 드넓은 땅에는 여전히 몽골족이 세력을 떨치고 있었다. 그러다보니 주원장은 원의 세력을 약화시키고 명 왕조를 지키기 위해 골몰해야 했다.

원은 외국과의 교역으로 번영을 구가한 나라이다. 한족은 원의 조정으로부터 억압과 핍박을 받았지만, 아라비아인과 서양인들은 무역의 주도권을 쥐고 대우를 받았다.

주원장은 이러한 역사를 이용했다. 원의 세력을 약화시키기 위해 무역은 물론 고기잡이 배도 금지하는 강력한 해금(海禁)과 함께 육로에 의한 통상까지 금하는 쇄국정책을 단행했다. 그 결과 명은 원을 북방의 내륙으로 쫓아내는 데 성공했다. 그렇지만 해금과 쇄국은 북방과 남방

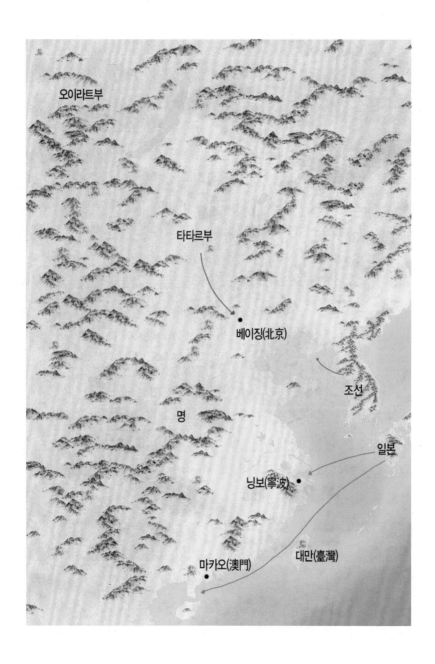

의 수많은 민족은 물론 무역에 의존하여 수천 년을 살아 온 남동해안의 수많은 백성들의 반발을 샀다.

이 때문에 지금 명은 밖으로부터 북로남왜(北虜南倭)에 시달리고, 안으로는 남동해안지역 백성들의 반발과 내홍에 시달리고 있다. 그 뿐만 아니다. 먼 바다 건너 서양의 제국들은 거대한 대포를 설치한 배를 타고 떼거지로 몰려 와서 자유로운 무역과 항해를 요구하고 있다.

이런 상황에서 명의 황제는 정신을 못 차리고, 모든 정치를 환관에게 맡긴 채 주색잡기에 골몰하고 있다. 그러다보니 지금 명은 힘이 빠질 대로 빠져 지방에 대한 통제권을 잃었음은 물론 자국의 영토 내 외국 사신들의 안전도 책임지지 못하고 있다.

명(明)의 16대 황제인 가정제는 46년 동안 자리에 앉아 있었다. 그의 장기 재위는 황제로서의 권한을 강화하는 데 성공했지만 신하들의 아첨에 놀아나 정치를 엉망으로 만들고, 백성들을 도탄으로 몰아넣었다. 사이비 도사들에게 불로선약(不老仙藥)을 만들라고 명령하고, 나라의 창고에 쌓인 금은보화를 쏟아 부었다. 정치의 실권은 황제의 심기를 즐겁게 하는 데만 온 신경을 쓰는 아첨꾼들과 환관들에게 넘어갔고, 골치 아픈 외교나 국방의 문제는 황제의 귀에 들어가지도 않았다.

이 때 알탄 칸이 이끄는 몽골족이 국경을 침범하여 수도 베이징(北京)을 포위공격했다. 동남해안 지방에는 해적 떼들이 끊임없이 노략질을 일삼았다. 게다가 양자강 이남에서는 수시로 백성들의 반란이 일어났다. 그러나 황제는 이런 사실을 까마득하게 몰랐다.

황제에게 아첨하는 신하들은 이민족이 국경을 침범하면 엄청난 양의 비단과 황금을 뇌물로 바쳤다. 막대한 뇌물을 받은 외국의 군대가 물러난 뒤 황제는 '오랑캐들이 침입했지만 황제의 위엄에 놀라 잘못을 인정하고 물러났다'는 보고를 받았다. 이 때문에 명의 백성들은 외국에 바치는 막대한 재물을 세금으로 내느라 골병이 들었다고 한다.

왜는 백 년 이상을 백 개가 넘는 소국으로 나누어 싸우던 내란시대에 있지만, 얼마 전 오다 노부나가(織田信長)에 의해 통일을 바로 눈앞에 두었다고 한다. 그런데 작년에 오다 노부나가가 부하인 아케치 미쓰히데(明智光秀)에 의해 살해되었고, 올해 히데요시(秀吉)가 아케치 미쓰히데를 제거하고 권력을 잡았다. 오다 노부나가가 통치하던 오와리국은 백 개가 넘는 지방국가의 하나였다. 그런데 이 작은 소국이 어떻게 이토록 빨리 성장할 수 있었을까?

왜국 내 대부분의 지방영주들은 자신의 영지를 지키기 위해 영지 내 농민과 상인들의 세금을 올리고, 백성들의 이주를 제한했다. 그러나 오와리국은 달랐다. 영지 내의 세금을 내리고, 상인들의 자유로운 통행과 영업을 보장하는 데 모든 행정력을 집중했다. 이렇게 되자 오와리국은 다른 나라에 비해 상업이 비약적으로 발전하고 인구가 느는 바람에 조세수입이 엄청나게 늘었다.

오다는 이렇게 늘어난 세금으로 조총을 사들여 조총부대를 만들었다. 조총을 장전하여 발사하는 것은 활을 쏘는 것보다 시간이 더 걸리고 사거리도 활보다 길지 않다고 한다. 그래서 오다는 이 단점을 보완

하기 위해 대열을 이룬 병사의 1열이 먼저 쏘고 뒤로 물러나면, 연이어 2열의 병사가 총을 쏘고, 다시 그들이 뒤로 물러나면 3열, 다시 4열, 5열이 연속으로 사격하는 전술을 개발했다. 그리고 대나무를 엮은 방패로 활을 무용지물로 만들었다.

화살은 쏘는 사람의 재주에 따라 그 위력이 천차만별이다. 어려서부터 잘 훈련받은 무장은 사거리가 200보 이상이나 되고 화실을 재고 쏘는 속도도 순식간이었다. 그러나 훈련을 받지 않은 사람은 활시위를 뒤로 당기지도 못한다. 어느 나라든 백성들 중에 활을 능숙히 쏠 정도로 훈련받은 사람은 100명 중 1명이나 될까?

그렇지만 오다가 개발한 전투방법은 무예가 없는 일반 백성들은 물론 부녀자라도 며칠의 훈련 만에 훌륭한 전투병으로 변했다. 그래서 오다는 비싼 대가를 지급하고 훈련받은 무사를 구할 필요가 없었다. 대신 무사 한 명 값으로 수백 명의 백성들을 군사로 모을 수 있었다. 어느 나라든 군인이 되고 싶지만 무예나 체력이 약해 전장에 나서지 못하는 백성들은 널려 있기 때문이다.

그런데다 조총부대의 병사들은 기존의 무사들과는 달리 전투에 이기고도 으스대지 않았고, 전리품도 크게 요구하지 않았다. 이러한 조총부대원들은 지금까지의 병법을 완전히 바꾸어 버렸다. 다케다(武田)나 우에스기(上杉)처럼 전통과 명성을 자랑하는 가문의 전사들도 연약한 백성들로 급조된 조총부대와의 전투에서 믿기지 않을 정도로 속절없이 무너졌다.

오다 노부나가의 뒤를 이은 히데요시는 오와리국 출신이었다. 찢어

지게 가난한 집안에서 태어나, 6세 때 아버지가 죽고, 7세 때 어머니가 다른 남자에게 시집을 가면서 절에 맡겨졌다. 하지만 1년 만에 절을 뛰쳐나와 전국을 돌며 행상을 했고, 소년기를 마칠 무렵 그 시대의 평범한 젊은이들처럼 무사가 되었지만 장래는 암담하기 짝이 없었다.

그러다 고향인 오와리국의 영주인 오다 노부나가의 사동이 되었다. 그러던 어느 추운 겨울날 오다가 회의를 마치고 나와 신발을 신었더니, 신발이 따뜻했다. 오다는 신발을 깔고 앉은 히데요시를 꾸중했다. 그러자 히데요시는 "제가 주군의 신발을 깔고 앉을 리가 있습니까? 날씨가 차서 신발이 차가워질까 봐 품에 안고 있었습니다."라고 대답했고, 이 일로 히데요시는 단박에 오다의 신임을 얻을 수 있었다.

히데요시는 어릴 때 별명이 원숭이였다. 가난으로 제대로 먹지 못해 체구도 좋지 않았다. 상체가 크고 다리가 짧은 체형이라 잘 달리지도 못했다. 그러나 눈치 하나는 기막히게 빨랐고, 배짱이나 욕심도 아주 컸다.

인간의 출세에는 무엇보다도 시대의 운이 따라야 한다. 세상이 물을 담은 그릇이라면, 물이 소용돌이치거나 그릇이 요동치지 않고서는 밑바닥의 물이 꼭대기로 올라올 수가 없다. 히데요시는 기가 막히게 시대의 운을 탄 사람이었다. 가진 것도 없고, 배운 것도 없던 그가 맨 밑바닥에서 꼭대기로 떠오른 것도 사실은 다 조총의 출현이라는 시대의 변화 때문이었다.

시대의 변화는 먼 바다 건너 서양에서도 마찬가지로 일어나고 있었다. 마젤란이라는 사람이 지구가 둥글다는 것을 증명하기 위해 지구를 한 바퀴 도는 항해를 성공했다고 하는데, 이게 50년 전의 일이라고 한다. 또 포르투갈이라는 나라의 백성들은 40년 전 명나라의 남쪽에 마카오(澳門)라는 지역을 할양받고 이를 무역기지로 삼아, 천축과 일본은 물론 동남쪽의 먼 나라들과 거리낌 없이 교역을 한다고 한다.

요즈음 우리나라의 바다에도 왜인인지, 당인인지, 여신족인지, 서역인인지, 혹은 조선인인지 국적도 알 수 없어 그저 황당선(荒唐船)이라고 불리는 배들이 수없이 많이 다닌다고 한다. 그런데 우리나라 백성들은 일단 황당선을 보면 무조건 먼저 도망을 간다고 한다. 정체불명의 배를 탄 사람들과 대화나 접촉을 했다가는 관으로부터 어떤 봉변을 당할지 알 수 없기 때문이다.

조정에서는 각 지방의 관아에 그 배에 탄 사람들이 명인일 경우 함부로 하지 말고 먼저 조정에 보고하되, 조선인이나 다른 나라 사람일 경우에는 가차 없이 처벌하라는 명령을 내렸다. 하지만 그 배에 탄 사람들이 왜인인지 당인인지 붙잡아서 조사하지 않고서 미리 파악할 길이 없었다. 그래서 조선의 수군들은 무장이 약해 보이면 일단 두들겨 잡고, 강해 보이면 슬금슬금 피해 버렸다.

조선의 관리들은 군공(軍功)에 너무나 목이 말랐다. 명종 즉위년(서기 1545년) 7월 중순 황당선 한 척이 제주도에 정박하고, 다음날 아침에 황당선에 탄 300여 명이 제주관아에 항복을 했다. 이들은 체포 즉시 모두 중죄인으로 간주되어 잔혹한 고문과 함께 엄격한 조사를 받았다.

같은 날 전라도의 홍양현에 황당선 3척이 표류해오자 이 배에 탄 사람들을 체포한 조선의 관리들은 불문곡직 100명이 넘는 선원들의 목을 모두 베어 버렸다. 그로부터 나흘 뒤에는 전라도 녹도에서 표류해 온 배의 외국인 선원 140여 명이 참수를 당하고, 300명 가까운 인원이 포로가 되어 고문을 받았다.

그런데 이들은 모두 무역을 위해 명에서 왜로 가다 바람에 휩쓸려 난파를 당한 장사꾼들이었다. 그 배에 타고 있던 사람들은 무장을 하지 않았고, 삼척동자라도 머리나 복장이 당인(唐人)이었음을 알 수 있었다. 그럼에도 조선의 관리들은 군공에 급급해 수백 명 민간인의 목을 베었다.

이 사건에 대해 사간원의 관리들은, "이 배에 타고 있던 사람들은 명인들이고 해적이 아니기는 하나 명나라 조정의 해금을 어긴 죄인이므로 고기잡이를 하다 표류한 백성들과 같이 취급해서는 안 된다"고 조선 관리들을 두둔했다고 한다.

조선의 관리들이 풍랑을 만나 조난을 당한 왜인은 물론 당인들까지 사정없이 죽였다는 소문은 이웃나라에 금방 퍼졌다. 이 때문에 명이나 왜의 장사꾼들이 항해 도중 풍랑을 만나 길을 잃거나 물과 양식이 떨어져 어쩔 수 없이 남해안에 당도하면, 먼저 전투준비부터 했다.

그리고 조선인들이 눈에 뜨이면 무조건 베거나 총을 쏘았다. 달아난 조선인이 관아에 신고하는 게 두려웠기 때문이다. 어떤 경우에는 관아에 신고하는 것을 막기 위해 붙잡힌 조선인을 몽땅 바다에 빠뜨려 죽이는 일까지 생겼다.

바다의 분위기가 이렇게 살벌해지자 조선인 중에서도 왜인이나 당인을 가장하여 도적질을 하는 무리들이 생겼다. 조선인이 외국인을 가장하여 도적질을 할 때는 잔인하고 악랄해졌다. 외국인들은 노략질을 한 뒤 자기 나라로 도망가버리면 되지만, 조선인들은 조선에서 살아야 하기 때문에 철저한 멸구를 위해 붙잡힌 사람들을 절대로 살려두지 않는다고 한다.

게다가 태종 때부터 시행되어 지금까지 계속되고 있는 공도(空島)정책은 수적들이 횡행하게 만들었다. 조선인인지 왜인인지 당인인지 서양인인지 전혀 구별이 되지 않는 사람들이 조선정부의 공도정책으로 사람 하나 살지 않는 텅 빈 섬에서 아무 걱정 없이 마음대로 어울려 지냈다.

한때 충청도 남포 만호들이 당인을 살해하고서는 왜인을 잡았다고 거짓 보고를 올린 사건도 있었다. 그 다음해에는 전라도 남양현에 사는 60여 명의 백성들이 소금을 굽고 나무를 캐기 위해 덕물도라는 섬에 들어갔다가, 정체불명 수적들의 공격을 받아 배를 빼앗기고 사람들이 모두 수장을 당하는 사건이 있었다고 했다.

스승과 명원의 이야기는 계속되었다. 영학은 이야기가 너무 신기하고 재미있어 날이 새는지도 몰랐다.

명의 왕직이라는 사람이 있었다. 명나라 동남해안지역 출신으로 본명은 왕정이었다. 어머니의 성을 따라 왕 씨가 되었다고 하니 조선에서라면 아버지도 모르는 상놈 중의 상놈인 셈이다. 처음에 소금상인이었으나 장사에 실패한 뒤 해상무역에 진출하여 왜, 안남, 섬라국 등과 교역하면서 엄청난 돈을 벌었다.

저 먼 백제 시대나 지금이나 명나라 남동해안의 영파 쌍서도는 사해 만방의 무역 중심지였다. 서양이나 왜로부터 은이 쉬지 않고 이곳으로 들어와서 비단, 도자기 및 차와 바꾸어졌다.

그러다보니 쌍서도에는 가정을 꾸리고 사는 포르투갈인만 1,000명이 넘었다. 그런데 명나라 가정제의 명을 받은 대규모의 명군들이 해금을 고집하며, 쌍서도를 파괴하자 포르투갈인들은 남쪽으로 근거지를 옮기고 왕직의 해상집단과 무역을 계속 했다. 그럼에도 명 왕조는 여전히 해금을 고집했다. 그래서 포르투갈인들은 훨씬 더 남쪽에 있는 광동 지방의 주강(珠江)삼각지로 다시 옮겨 갔다.

그렇지만 명에도 현실을 직시하고, 나라의 장래를 걱정하는 관리들이 있었다. 명나라 동남해안 지역을 다스리는 도지휘사 황경은, 2,000년 전 한(漢)에서 비단길을 개척한 이래 당(唐), 송(宋), 원(元) 왕조를 거쳐 내려온 무역은 중단할 수 없는 세계적 조류임을 인식하였다.

그래서 그는 포루투갈인들에게 마카오에서 자유롭게 무역하는 것을 허가하고, 그 대가로 막대한 금은보화를 징수하여 이를 북경의 황제에게 바쳤다. 이로 인해 무역으로 먹고 사는 동남해안 지방의 백성들도 요즘은 여유가 생겼다고 한다.

해금과 쇄국은 거대한 호수의 물을 막는 것과 같다. 호수를 통하는 물의 흐름은 자연의 섭리이다. 그런데 명과 조선은 자연의 섭리를 거역했다.

명과 조선이 왕조를 여는 과정에서 해금과 쇄국을 채택한 사정은 있다. 주원장이 수도인 북경에서 여전히 세력을 과시하고 명 왕조를 위협하는 원을 극복하기 위해서 해금과 쇄국을 실시한 것처럼 조선도 그랬다. 고려왕조를 무력으로 뒤엎은 조선왕조가 고려왕조의 존립기반이었던 해상세력과 전 왕조의 잔재를 뿌리 뽑기 위해 해금과 쇄국을 택할 필요가 있었다.

그렇지만 지금은 다르다. 명이나 조선은 그러한 시대의 변화에 발 맞춰야 했으나, 그 변화를 거부하고, 백성들을 굶주리게 하는 해금과 쇄국을 고수하고 있다. 이러한 고집은 옹졸함과 두려움 때문이다.

명과 조선의 조정은 지금으로부터 700여 년 전 당과 신라 그리고 왜 사이의 바다를 장악했던 장보고에 대한 열등감을 극복하지 못하고 있다. 장보고는 남해에 출몰하는 해적들을 소탕하여 바다의 질서를 잡고 모든 나라의 상인들에게 항해와 무역의 안전과 자유를 보장했다. 그런데 이렇게 강력한 해상세력은 당이나 신라의 중앙권력에 위협적인 존재였다. 그래서 신라의 귀족들은 당과 내통하여 장보고를 죽이고, 청해진을 폐쇄해버렸다.

이런 걸 보면 해상세력이란 어느 나라, 어느 시대를 불문하고, 속 좁고 욕심 많은 중앙 귀족들에게 골치 아픈 집단인지도 모른다. 그렇지만 어느 나라, 어느 시대를 불문하고 나라에 활력을 불어 넣고, 백성들에게 꿈을 주는 존재임은 부인할 수 없는 엄연한 사실이다.

조선과 명의 귀족들은 자신의 옹졸함과 두려움을 극복하려고 노력하지 않는다. 오히려 제 잘났다고 우기면서 백성들의 바람과 시대의 변화 따위는 무시해버린다. 그런데 이러한 조선과 명의 고집이 왜에게는 정말 죽을 맛이라고 한다.

왜는 섬나라로서 전 국토가 대부분 산지인데다 산은 높고 가파르다. 계곡이 깊지만 강물은 성질이 급해 유역을 거의 만들지 않고 곧장 바다로 줄행랑친다. 그래서 농사지을 땅이 절대적으로 부족하다. 게다가 겨울을 빼놓고 달마다 두세 번 꼴로 찾아오는 태풍은 온 나라를 물바다로 만들고, 뒤흔들어버린다. 끊임없이 이어지는 지진은 현기증이 날 정도로 땅을 흔들어대고, 산만한 파도가 시도 때도 없이 덮친다. 산업과 문물은 대륙에 비해 형편없이 뒤떨어져 있다.

왜로서는 기근이 든 해에 대륙으로부터 식량이 공급되지 않으면 수많은 백성들이 굶어죽을 수밖에 없다. 대륙으로부터 문물이 공급되지 않으면 아무런 선진문화도 달성할 수 없다. 그렇기 때문에 왜로서는 다른 선택이 없었다. 무슨 수를 써서라도 대륙의 문을 열어야 했다. 이 때문에 왜인들은 왕직에게 열광했다고 한다.

왕직은 왜국의 인구보다 훨씬 더 많은 명나라 동남해안지방 백성들의 열렬한 지지를 받으면서, 명 황제의 해금과 쇄국을 공개적으로 비판하고 왜는 물론 포르투갈 등의 서양상인과 연합해서 해상무역을 했다. 이러한 왕직의 존재는 왜인들에게 어둠 속 한줄기 광명이었다. 그래서 왜인들은 왕직을 적극 지지하였고, 혹자는 숭배했다.

명의 조정에서 대규모 군사를 동원하여 해상세력을 단속하자 왜인들은 왕직에게 남서해의 오도열도(五島列島)를 근거지로 기꺼이 제공했다. 왕직은 왜에 근거지를 마련한 후 명과 왜의 무역중개자이자 장보고의 후계자를 자처하면서, 명 왕조에 해금정책의 변경을 공개적으로 요구했다. 그리고 20년이 넘도록 바다를 누비면서, 교역을 방해하는 명나라 군대를 수없이 격파했다. 이 때문에 명의 백성들은 그를 '아름답다'는 뜻의 휘(徽)자를 붙여 휘왕(徽王)이라 부르며 칭송했다.

이러한 왕직의 존재는 명과 조선의 중앙권력에 큰 위협이 되었다. 그래서 수단방법을 가리지 않고 제거하려고 마음먹었다. 왕직에게 협상을 요청하면서, 뒤로 군사를 동원하여 기습을 했지만, 백성들의 눈과 입 때문에 성공하지 못했다.

그렇게 되자 명의 조정은 술수를 부렸다. 왕직과 같은 고향사람인 호종헌을 새 총독으로 임명하였고, 호종헌은 인질로 옥에 갇힌 왕직의 노모와 처자를 석방한 뒤 극진히 대우했다. 그리고 왜에 사절을 보내어 그에게 관직을 내렸다.

호종헌은 공정하고 청렴한 관리였다. 그런데다 〈주해도편(籌海圖編)〉이라는 책을 발간하여 명 왕조가 해금을 포기함으로써 조상들이 쌓은 해상왕국의 옛 명성을 되찾기를 원했다. 해상무역을 합법화하면 해적문제는 자연스럽게 해결되고, 이민족과의 마찰도 줄어들며, 국가의 재정도 개선된다고 부르짖었다.

동남해안지방의 백성들은 호종헌을 지지했다. 왕직도 그의 열의와 애국심에 감복했다. 그는 수천의 병사와 무역선을 이끌고 명으로 귀국했고, 호종헌은 예로서 왕직을 맞이하고, 조정에 왕직의 사면을 요청했다.

그런데 왕직의 신병이 확보되자 명 조정의 태도가 돌변했다. 대신들은 뇌물을 받아먹고 왕직의 구명에 앞선다고 호종헌을 중상했다. 그러자 자존심 강한 호종헌은 자신의 결백을 밝힌다며 왕직의 신병을 조정에 넘겼고, 결국 왕직은 어이없이 목이 잘렸다.

왕직의 죽음을 본 해상세력과 백성들은 명조의 비열함에 이를 갈았다. 그리고 호종헌에게 간사스런 명조의 앞잡이라고 욕을 퍼부었다. 그러면서 그들은 대규모집단이 아닌 수많은 소집단으로 나뉘어 진짜 해적으로 날뛰기 시작했다.

이렇게 되자 명과 조선, 왜 사이의 바다는 다시 통제불능의 무법천지가 되었다. 호종헌이 인심을 잃게 되자 명조의 중신들은 그 틈을 놓치지 않았고, 이 바람에 그는 삭탈관직을 당하고, 옥에 갇혔다. 호종헌은 권력과 인생의 무상함을 느끼고, 조정의 권신들을 권력의 개로 비유한 주구가(走狗歌)를 지어 통박한 후 스스로 목숨을 끊었다.

왕직이 왜를 근거지로 삼아 한창 바다를 주름잡고 있을 때 히데요시는 꿈 많은 소년이었다. 그도 한때의 소년시절, 행상으로 종잣돈을 마련해서 무역선단에 투자를 하고, 세계를 돌아다니겠다는 포부를 가졌다. 그렇지만 어디 인생사가 뜻대로 되던가? 히데요시의 재기나 수완은 장사를 하는 데는 발휘되지 못했다.

밤새 이어지는 스승의 이야기를 들으면서 영학은 자신이 정말 우물 안의 개구리에 불과하다는 것을 실감했다. 가슴 한 구석에서는 '무지해도 어떻게 이렇게 무지할 수 있는가?'라는 자괴감과 함께 한심한 생각마저 들었다.

영학은 스승에게 물었다.

"도대체 어떻게 이런 일을 알 수 있으신가요?"

그러자 스승은 한숨을 쉬며 대답했다.

"이런 이야기는 남도의 백성들 중 눈을 뜨고, 귀를 열고 있는 사람은 거의 다 아는 뻔한 사실이다."

그렇다면 이런 사정은 소수 양반들만 모르는 다수 백성들의 공공연한 비밀인 셈인가? 공공연한 비밀이란 무엇인가? 알 만한 사람들은 다 알고 있는 비밀이라는 뜻이다. 그렇기 때문에 공공연한 비밀이란 말 자체가 모순이다. 알 만한 사람은 다 아는 사실이 어째서 비밀인가? 그렇지만 이 나라 조선에는 공공연한 비밀이 너무나 많다. 이 나라에 공공연한 비밀이 왜 그리 많을까?

스승은 통제와 감시 때문이라고 말했다. 눈치 없이 괜히 아는 체하거나 입을 뗐다가는 본보기로 목이 잘리는 일이 비일비재하기 때문이다. 그 사람의 목만 떨어지는 것이 아니라 그 사람의 처자식과 친인척은 물론이고 그 사람의 말에 동조한 사람의 목도 함께 떨어졌다. 그래서 조선의 사회에서 현명한 사람은 알고도 모른 체, 보고도 못 본 체, 하고도 안 한 체, 좋아도 싫은 체, 있어도 없는 체하는 사람이다.

조정은 백성들에게 왜인들과의 교류나 접촉을 엄격히 금지한다. 그렇지만 지금 조선의 남도에 살고 있는 왜인만 해도 수백 명이 넘는다. 이 사람들의 입을 어떻게 막을 것인가? 그 뿐인가? 남도에는 왜와의 밀무역으로 먹고 사는 사람만 해도 수천 명이다.

그런데 소문이란 게 참 희한하다. 막으면 막을수록 더 커지고, 더 넓게 퍼진다. 관에서 함구령을 내리면 사람들은 쉬쉬하면서 다른 사람들에게 '절대 다른 사람에게 말하지 마라'는 신신당부와 함께 알려주면서 공공연한 비밀을 만든다. 그러면 그 말은 '다른 사람에게 절대 말하지 마라'는 꼬리표를 달고 순식간에 사방으로 퍼져 나간다.

남도의 백성들 사이에서는 왜나 명은 물론 섬라, 안남, 인도, 아라비아, 마카오의 사정에 관한 이야기가 스스럼없이 오갔다. 백성들은 머리가 노랗고 눈이 푸른 이양인(異洋人)들이 짐승인지, 사람인지, 사람과 짐승의 중간인지 침 튀기는 공방을 이루면서 밤을 꼴딱 새우기도 한단다.

영학은 의아한 생각이 들어 스승에게 물었다.

"백성들은 다 알고 있는 사실을 양반들은 왜 그렇게 까마득하게 모르고 있는 것입니까?"

"백성들이 아는 것을 양반에게 말하면, 양반이 그 사람을 '외국과 내통하고 유언비어를 퍼뜨려 백성들을 혹세무민하는 놈'이라고 죽이려들게 뻔한데, 누가 그런 말을 하겠느냐."

"기찰 포교들은 그 사정을 알고 있지 않습니까?"

스승은 빙그레 웃으면서 대답했다.

"물론 기찰포교들은 안다. 그렇지만 그 사실을 상전에게 전하면, '당장 그 놈들을 잡아 들여 목을 베라'고 불호령이 떨어질 게 뻔한데, 누가 감히 그런 말을 전하겠느냐."

스승은 또 다른 흥미로운 이야기를 했다. 조정의 고관들이 아침 궁중 조회 때마다 들고 있는 홀은 모두 상아로 만들어졌다는 것이다. 그런데 우리나라에는 상아가 하나도 나지 않는다. 게다가 양반들이 가보로 모시는 보검의 칼자루는 거의 코뿔소의 코뼈로 만든 것이다.

그 뿐인가. 왕이나 양반들이 입고 다니는 비단이나 노리개, 장신구들은 대부분 외국에서 만들어진 것이다. 백성들이 우러러보는 높은 사람들이 쓰는 진기한 물건들은 거의 다 바다를 건너 온 것이다.

그렇게 많은 호화사치품들이 1년에 몇 번 밖에 이루어지지 않는 조공무역으로 감당이 될 리 없었다. 거의가 밀수품이다. 기찰포교들은 그런 사정을 잘 안다. 조정의 해금령은 현실적으로 절대 지켜질 수 없다는 것도 잘 안다. 그러나 그들이 자리를 지키고 밥벌이를 하기 위해서는 조정의 명에 철저히 따르는 시늉을 할 수밖에 없었다.

5장

변법

變法

變法

변
법

대화를 나누는 동안 밤이 거의 다 지나고 있었다. 먼 길을 다녀온 스승의 휴식을 방해해서는 안되겠다고 생각한 영학은 이야기를 그치고 잠을 청했다. 그렇지만 잠이 오지 않았다. 곁을 보니 스승도 몸을 뒤척이며 쉽게 잠을 못 이루고 있었다.

영학은 억누를 수 없는 갑갑증에 스승에게 또 말을 붙였다

"스승님, 지금 조선은 옥비 후손의 쇄환사건으로 난리가 났습니다. 이건 무슨 일입니까?"

영학의 말에 스승은 천천히 일어나 머리맡의 자리끼를 벌컥벌컥 들이마셨다. 그리고 다시 이야기를 시작하였다.

"이는 도덕이 내팽개쳐지고, 법마저도 무시된 채 형벌만이 미쳐 날뛴 사건이다. 조선에는 면천된 지 60년이 지난 양인은 노비로 쇄환하지

못한다는 법이 분명히 있다. 그런데 이 사건에서 이 법은 완전히 무시되었지. 법이나 양심은 안중에도 없고, 높은 벼슬아치 몇 명의 기분에 따라 좌우되었다. 참으로 한심하고 부끄러운 일이다. 백성들의 원성은 하늘을 찌르고, 원한은 뼈에 사무치는데, 저 놈의 형벌은 시도 때도 없이 미친 듯이 설쳐대며 백성들을 불안과 공포로 내몰고 있으니…."

누군가로부터 '면천된 지 60년 된 양인은 노비로 쇄환하지 못한다'는 법이 있다는 말을 들은 적이 있었던 영학은, 왜 그 법이 옥비사건에 적용되지 않았는지 의문을 품었다. 그러다가도 사건 처결의 책임자인 경차관이나 경차관을 임명하는 정승과 왕 모두 법을 존중할 마음이 없는 사람들이며, 조정의 대신이 그 법에 대해 들먹였다가는 언제 벼슬이 떨어질지 모를 일이라고 생각했다.

이런 저런 생각에 이른 영학은 마침 스승에게 추노를 물었다.

"추노 사건은 필시 권력다툼과 재산싸움이다."

"예? 어째서 그렇습니까?"

"양반가에서 도망간 노비 하나 잡으려면 얼마나 힘이 드는 줄 아느냐? 삼천리 강산 어느 구석에 숨어있는지 알 수 없는 도망 노비를 잡기 위해서는 양반이 자기 집안의 하인 전부를 다 동원해도 불가능해. 그래서 양반들은 관에다 노비를 잡아 달라고 요청을 하지. 그렇지만 관에서는 자기들 일만 해도 바빠서 죽을 지경인데, 도망간 노비 잡는 일에 신경을 쓰겠는가? 하지만 아주 권세 있는 양반이 명을 내리든지 아니면 돈이 생기는 일이라면 관에서 바짝 신경을 쓰지."

"그건 그렇겠군요."

"도망간 노비가 있는 곳을 찾았다 해도 그 지역의 수령이 협조해 주지 않으면 추노는 불가능해. 그 지역 수령의 입장에서는 자기가 다스리는 고을의 인구가 줄면 그만큼 세수가 줄기 때문에 싫어할 수밖에 없지. 그런데 출세할 기회이거나 수고비를 잔뜩 받는다면 문제는 달라지지. 아무튼 추노는 비용이 많이 드는 어려운 일이야. 그러다 보니 주인으로서는 그 도망간 노비에게 깊은 원한이 있거나 아니면 그 도망간 노비로부터 빼앗아 올 재산이 많으면 기꺼이 추노에 나서지."

"……"

"도망간 노비의 입장에서 보면, 목숨을 걸고 도망을 쳐서 뼈 빠지게 일하고 제법 살만하다 싶으면 추노를 당하니, 도망가서 못 살아도 죽을 맛이고 잘 살아도 편히 사는 게 아니야."

"그게 그렇게 되는군요."

"옥비 사건의 경우도 마찬가지야. 옥비의 후손들이 가난한 양민들이라면, 굳이 세상을 시끄럽게 하면서까지 다시 노비를 만들 까닭이 없지. 그런데 옥비의 후손들은 양반들이라 가진 재산도 많단 말이야. 그리고 권세를 가진 사람도 있고 하니까, 어떻게 하든 그들을 끄집어내려야 상대편에게 출세의 기회가 오거든."

"휴우, 어쩜 세상에 그럴 수가……."

"그러니 옥비 사건의 본질은 노비 쇄환에 있는 것이 아니라 양반들의 권력다툼이고, 실제는 재산 강탈인 게지."

"나라에 법이 존재하는데 어떻게 그럴 수 있습니까?"

"양반들의 권력다툼이나 재산 강탈에 법이 무슨 소용이겠어. 법은 그저 구실에 불과한 것이지. 원래 형벌이 남용되고 가혹해지면, 그것은 법의 목적이 아니고, 반드시 어떤 교묘한 정치적 술수나 뭔가를 뺏어내려는 비겁한 수단으로 전락되는 게야. 이는 동서고금의 수천 년 역사가 말해주고 있지 않나."

"……"

"옛 선현들은 '백성들이 편하게 먹고 사는 데 신경 쓰느라 임금이 누군지도 모르던 요순시대(堯舜時代)'를 정치의 이상으로 삼고 태평성대라고 부르지 않았나? 선현들의 말을 허투루 들을 게 절대 아니지."

"생각해보니 그런 것 같습니다."

"역사를 보면, 백성들이 저지르는 어떤 흉악무도한 죄라도 권력이 형벌을 이용하여 저지른 죄악에 비할 수 없어. 그보다 더 큰 일은 형벌을 도구로 큰 죄를 범한 자들은 양심의 가책은커녕 자기가 나라를 위해서 큰일을 했다고 우쭐거리면서 상을 달라고 큰소리를 친단 말이야."

"그러다 잘못이 드러나면 어떻게 합니까?"

"잘못이 드러나면, 그때는 종묘사직과 나라를 위한 결단이었다고 둘러대면 되지."

"……"

"옥비 사건은 앞으로 양반들 간의 권력다툼을 더 치열하고, 야비하고, 잔인하게 만드는 계기가 될 거야. 머지않아 양반들끼리 서로 물고 뜯고 싸우는 피비린내 나는 아귀다툼이 또 생길 거야. 이번 사건으로 득을 보지 못했거나 피해를 당한 무리들은 핏발 어린 눈을 부릅뜨고 이를 악물고 상대방의 약점을 찾겠지."

영학은 충격을 받았다. 아무 말도 나오지 않고, 그냥 긴 한숨만 나왔다. 가까이서 닭이 홰를 치는 소리가 들렸다. 그 소리를 듣고 영학은 비로소 눈꺼풀이 무거워짐을 느꼈다.

어린 아이가 잠투정을 하듯 영학은

"스승님~ 저 이제 잠자리에 들겠습니다."

라는 말을 가까스로 마치고선 바로 잠에 빠져들었다.

오후 늦게 명원이 깨우는 바람에 잠을 깼다. 스승은 언제 일어났는지 이미 방에 없었다. 미안한 마음에 영학은 후다닥 일어나서 눈을 비비고, 명원이 개다리소반에 담아 온 국수를 씹지도 않고 삼킨 후 밖으로 나왔다.

스승은 지난 여름에 채취한 삼지구엽초를 가미한 조청을 만들고 있었다. 명원의 어머니와 영호 어머니는 결명자씨를 가마솥에 넣고 볶고 있었고, 마을의 아낙네 둘은 하수오 뿌리를 다듬고 있었다.

삼지구엽초(三枝九葉草)는 음양곽(淫羊藿), 방장초(放杖草), 선약초(仙藥草), 선령비(仙靈脾)처럼 많은 이름을 가진 약초이다. 이름이 많은 것은 그만큼 약효가 다양하고 찾는 사람이 많다는 것이다. 이 풀은 남성의 발기부전과 여성의 불임증을 고치고 건망증을 낮게 하며, 치매를 예방한다.

결명자의 씨는 대장의 운동을 왕성하게 하여 변비를 낮게 하고, 신

진대사와 혈액순환을 왕성하게 한다. 또한 간질환으로 인한 간열(肝熱)의 해열작용을 하는 효능을 가지고 있다. 하수오의 덩이뿌리는 강장제, 강정제, 진해제로 쓰고 감기, 토혈, 신경쇠약, 관절염의 치료에 널리 쓰인다.

영학이 지리산에서 의술을 배운 지 4년이 되어가는지라 이제 제법 약초를 구별하고, 그 쓰임새를 알게 되었다. 그렇지만 영학이 아는 것은 지리산에서 나는 식물의 100분지 일도 되지 않는다.

영학은 그날 일과를 마치자마자 스승에게 방에 보관된 사모관대의 주인공이 누구냐고 물었다. 그렇지만 스승은 엷은 미소만 지을 뿐 아무 반응이 없었다. 궁금증을 참지 못한 영학이 다시 졸랐지만, 스승은 "나중에 때가 되면 이야기해 주겠다. 아직은 때가 아니다."고 말할 뿐이었다.

다음날 날이 밝자마자 마을의 이장격인 박 서방이 와서 올무에 멧돼지가 걸렸다는 소식을 전했다. 올무에 걸린 돼지는 만삭의 몸이었다. 돼지가 올무에서 벗어나려고 얼마나 발버둥을 쳤던지 올무가 뒷다리 살 속으로 깊이 파고 들어가 있었고, 얼마나 지쳤던지 숨을 할딱거릴 뿐 사람들이 다가가도 꿈쩍도 못했다.

스승은 장정들에게 왕고들빼기를 뿌리째 뽑아서 물에 적신 후 돼지 앞에 놓으라고 시켰다. 돼지는 처음에 잠시 멈칫거렸지만, 목이 말랐던지 젖은 풀을 허겁지겁 먹어댔다.

왕고들빼기는 볕이 잘 드는 길가나 풀밭에 지천으로 널려 있는 풀이

다. 꽃과 잎, 줄기와 뿌리가 그대로 붙어 있는 전초(全草)는 건위소화
제, 설사약, 해열제로 쓰이지만, 진정이나 마취작용이 있다.

목마르고 허기진 멧돼지가 그 풀을 허겁지겁 먹었으니 의식이 몽롱
할 수밖에 없었다. 멧돼지가 의식을 잃자, 사람들은 돼지를 들것에 실
어 우리로 옮기고 상처에 도깨비풀과 병풀(호랑이풀)을 으깨어 발랐다.

보통 야생 멧돼지를 우리에 가두면 갑갑증이 도져 날뛰다가 수일 내
죽기 일쑤다. 그렇지만 새끼를 가진 짐승은 건드리지만 않으면 날뛰지
않는다. 뱃속의 새끼를 지키기 위한 모성본능 때문이다. 곰곰이 생각해
보면 모성본능이야말로 모든 생명의 근원이라고 말하지 않을 수 없다.

박 서방은 관에서 제공하는 환곡을 썼다가 날이 갈수록 빚이 느는 바
람에 부모로부터 물려받았던 농토를 다 날리고 먹고 살 길이 없어 식솔
들을 챙겨 지리산으로 들어온 사람이다. 그런 그도 산속에서의 생활이
너무 행복했다. 여기서는 빚을 낼 필요도 없었고, 세금 독촉도 받지 않
았다. 어려움이 닥치면 마을 사람들이 서로 도왔다. 그러다보니 기쁨은
키우고 슬픔은 나누며 살 수 있었다.

그리고 무엇보다도 이곳에는 거드름을 피우거나 호통치기를 좋아하
는 양반이 없었다. 마음대로 사냥도 하고 약초를 캐면서, 다른 사람 눈
치 볼 필요 없이 밥을 굶지 않고 가족들과 지낼 수 있으니, 이곳이야말
로 천국이었다.

그렇지만 사람들은 이런 행복이 결코 오래 지속될 수 없다는 것을 잘
알고 있었다. 바깥에서 들어오는 사람을 더 이상 받아들이지 않는다 하

더라도 세월이 흐름에 따라 아이들은 자랄 것이고, 또 그 아이들은 가정을 꾸려야 한다. 그러면 마을의 규모가 커질 수밖에 없다. 그리고 규모가 커지면 마을의 존재가 관에 알려질 수밖에 없고, 그렇게 되면 관에서는 필시 마을을 폐쇄하고, 밖으로 이주하라는 명령을 내릴 것이 틀림없기 때문이다. 그래서 이 마을의 어른들은 겉으로는 평온했지만 속으로는 걱정에서 벗어날 수 없었다.

마을 사람들은 월동준비에 바빴다. 장작을 패고, 구들과 굴뚝을 고치고, 육포를 만들고, 가죽을 풀무질하고, 약초를 분류하고, 소나 염소의 젖을 보관하는 등 맡은 일에 따라 부지런히 움직였다.

영학은 이곳에서 소나 염소의 젖이 훌륭한 음식이 되고 이 젖을 말려서 가루로 보관하다가 나중에 물에 타먹을 수도 있으며, 때로는 한 말의 우유를 한 되의 묵으로 만들 수 있다는 것도 알았다. 우유를 보고 신기해하는 영학을 바라보고, 스승은 빙그레 웃으면서 믿기 힘든 이야기를 해주었다.

"우유나 우유로 만든 묵은 고려 때 백성들이 흔하게 먹던 음식이었다. 그때 나라에서는 우유소라는 관청을 두고 우유를 널리 보급했기 때문에 병약한 사람들은 우유를 먹고 원기를 되찾았지."

영학은 조선에 들어와 이 땅에서 목축업이 사라졌다는 말에 안타까움을 느꼈다. 그런데 스승은 그건 아무것도 아니라고 했다.

"조선왕조 200년 세월 동안 청자제조술, 조선술, 항해술, 화약제조술, 탐광 및 채광술, 직조술, 화폐주조술, 건축술, 제지술, 목축술,

농업술, 임업술, 어업술 등 일일이 열거할 수도 없을 정도로 많은 기술들이 무더기로 사라졌지. 기술만 그런 것이 아니다. 택견이나 해동검술 같은 무예나 고려속요, 가사문학과 같은 서민문학이니 예술마저 철저히 도태되고 있어. 그러니 어떻게 조선의 사회가 발전하겠느냐?"

그러면서 스승은 지금 조선에는 공식적으로 유통되는 화폐가 없다며 탄식을 했다. 그러다보니 백성들은 장을 볼 때 무거운 쌀이나 면포를 머리에 이거나 어깨에 메고 다니느라 허리가 비틀어 질 지경이었다.

고려 때는 조정에서 화폐를 주조하고 유통을 장려했다. 그리고 이 화폐는 송과 왜는 물론 인도와 아라비아 상인들까지 이용했다. 그런데 고려가 멸망하고 200년의 세월이 흐른 지금의 조선에는 화폐가 없다. 그런데 조선과 달리 세계의 모든 나라들은 은을 화폐로 삼고, 한 푼의 은이라도 벌기 위해 혈안이 되어 있다고 한다.

영학은 월동준비에 바쁜 마을 사람들을 도우면서 스승과 이런저런 대화를 많이 나누고 싶었다. 그러나 스승이 밖에 나오지 말고 공부에 매진하라고 잔소리를 하는 바람에 방으로 들어와야만 했다. 그렇지만 스승은 영학의 방 주위를 떠나지 않고 항상 주변에 머물렀다.

오늘 영학은 제12권의 책을 공부하였다. 30권의 책 중 아직 반도 공부하지 않았지만, 기초지식이 조금 쌓인 탓인지 요즘 들어 공부속도가 점점 빨라지는 것을 느꼈다. 그런데다 서서히 공부에 재미를 붙여갔다.

계미년의 겨울을 지리산에서 보내고 갑신년(서기 1584년) 봄을 맞았다. 봄을 맞자마자 대학자이자 정치가인 율곡 이이(李珥) 선생이 47세를 일기로 세상을 떴다는 소식이 전해졌다.

스승은 그 소식에 큰 충격을 받았다. 스승은 이이야말로 드물게 시대적 상황과 현실을 직시하고, 백성들의 고통을 이해한 관리라고 하셨다. 율곡의 성장배경이나 세계관은 조선의 여느 양반들과는 판이하게 달랐다.

조선의 사회는 여자에게는 교육을 시키지 않았다. 그런데 이이는 시나 글은 물론 그림도 잘 그릴 뿐 아니라 학문적 소양이 깊은 어머니로부터 직접 교육을 받고 자랐다. 그의 외할아버지인 신명화는 여자에게는 교육을 시키지 않는 조선의 관습을 무시하고, 딸들에게 엄격한 교육을 시킨 선각자였다.

이러한 신명화의 태도는 남성 중심의 관념에 사로잡힌 다른 양반들에게 아주 기이하게 받아들여졌다. 그렇지만 이이의 인생에 가장 큰 영향을 미친 사람은 그의 생모가 아닌 기생집 주모 출신인 새어머니였다.

이이의 아버지는 벼슬이 그리 높지 않아 권 씨라는 첩을 한 명만 두었는데, 이 여인은 지독한 술주정뱅이였다. 자격지심이 강해서 조금이라도 비위에 거슬리면 빈 독에 머리를 처박고 온 동네가 시끄럽도록 엉엉 울어대는가 하면 대들보에 목을 맨다며 노끈을 들고 설치는 소동을 벌이기 일쑤였다.

본처가 죽고 첩에서 아내의 지위로 올라간 뒤로는 본처의 아들을 죽도록 괴롭혔다. 술만 취하면, 이이를 불러서 무릎을 꿇게 하고 "네가 공부 좀 했다고, 나를 무시하느냐? 내가 주모 출신이지만 그래도 엄연히

네 어머니다. 그리고 내가 양반으로 태어났더라면 네 어머니보다 공부를 못하지 않았을 게다. 집안에서 효도하지 못하는 인간이 무슨 낯짝으로 예를 논하느냐."며 장광설을 늘어놓았다. 그러다 이이가 조금이라도 싫은 내색을 하면 술병이 바로 면상으로 날아갔다.

새어머니의 학대에 시달렸던 이이는 괴롭다 못해 콱 죽어버리고 싶은 심정이었다. 그래서 견디다 못한 이이는 금강산의 암자에 들어가 중이 되었다. 하지만 고이 자란 명문가의 자식에겐 암자 생활은 너무 힘들었고, 결국 1년 만에 다시 세상으로 나왔다.

1년에 그친 중 생활이었지만 이이는 깨우친 바가 많았다. 그래서 그는 백성의 삶을 이해하는 청렴한 공직자가 되고자 했다. 그러나 이러한 삶의 태도는 도덕과 윤리를 무기로 위선과 형식이 판을 치는 조선에서는 통하지 않았다.

동료들은 물론 원로대신들이 앞장서서 그를 '나라를 더럽히는 소인배', '예의와 염치를 모르는 인간'이라고 비난했다. 그런데다 중이었던 경력 때문에 불교를 배척하고 유학을 숭상하는 조선의 국가적 이념에 충실한 신하들로부터 '이단사상에 빠진 자'라는 욕을 먹었다.

그렇지만 그는 워낙 글공부에 뛰어났기에 대원로학자인 이황의 총애와 왕의 극진한 신임을 받았다. 그럼에도 불구하고 그는 한창 경륜을 살려 일할 나이에 뜻을 펼쳐보지도 못한 채 세상을 뜨고 말았다.

스승은 이이 선생이 갑자기 죽은 원인을 우울과 울화가 도져서 생긴 화병이라고 진단했다. 이이 선생은 작년 초 북방의 변경지역에서 있었던 니탕개의 난이 진정된 이후 제도의 개혁과 국방을 강화하라는 임금의 명을 받고 병조판서에 임명되었다. 그러나 그가 병조판서에 오른 후에도 정작 국방문제에는 신경 쓸 틈이 없었다.

국방문제를 논의하려고 하면, 대신들은 이이의 승려 전력, 새어머니에 대한 불효, 스승인 백인걸과 퇴계 이황에 대한 불경, 첩을 둘이나 둔 사실을 내세우면서 그를 비난했고, 한시 바삐 병조판서에서 물러나라고 압력을 넣었다.

이이는 병조판서에 임명되자마자 임금에게 시무육조(時務六條)를 올렸다. 시무육조는 첫째 능력에 따라 사람을 등용하고, 둘째 군대와 백성을 제대로 키우며, 셋째 재용(財用)을 넉넉하게 마련하고, 넷째 국경을 견고하게 지키며, 다섯째 군마(軍馬)를 충분히 기르고, 여섯째는 백성들의 교화(教化)에 힘쓰자는 것이었다.

그러나 임금으로부터 아무런 답이 없자 두 달 후에는 다시 '봉사'(封事)를 올렸다. 봉사에는 첫째 세금장부를 제대로 만들고, 둘째 군적을 바로잡고 불필요한 공직자 수를 줄이며, 셋째 지방의 실정을 알 수 있도록 관찰사의 임기를 보장하며, 넷째 서얼 제도를 폐지하고 천민이나 노비 중에서도 능력 있는 사람을 발탁하자는 내용이었다.

또한 국가의 경제문제를 전담하는 '경제사(經濟司)'를 신설하여 나라의 경제를 키우고, 서적을 편찬하는 관청을 만들어 백성들에게 책읽기를 장려해야 할 것을 주장하였다. 그러나 그의 주장은 소귀에 경 읽는 격으로 아무런 호응을 받지 못했다.

이이는 명의 쇠퇴와 이로 인한 북방의 혼란과 함께 왜의 상황을 들면서 10만 양병설을 주장했다. 그러나 이 때문에 그는 반대당파인 동인들로부터 미친 놈 취급을 받았다. 그는 왜가 내전시대를 끝내고 통일을 하면 내부의 갈등을 완화시키고, 백성들의 관심사를 바깥으로 돌리기 위해 미구(未久)에 명이나 조선을 상대로 전쟁을 일으킬 것이라고 역설하기도 했다.

또한 니탕개의 난을 예로 들었다. 니탕개가 조선의 국경을 침범한 이유는 전리품을 노린 약탈목적도 있지만, 그보다는 여러 곳에 흩어져 사는 여진족들의 힘을 뭉쳐 강한 집단으로 만들려는 목적이 크다고 주장했다.

하지만 다른 신하들은 이 주장을 '임금을 현혹시키고 백성들의 생활을 파탄으로 모는 위험한 발상'이라고 맞받았다. 같은 당인 서인들조차 병조판서의 생각이 지나친 상상력과 논리적 비약이라고 비난했다. 그렇지만 스승은 이이의 판단이야말로 올바른 현실인식과 진정한 여론을 반영한 것이라고 평가했다.

그런데 불행하게도 이이는 병조판서에 오른지 1년도 되지 않아 결국 모든 공직에서 물러났고, 바로 병석에 드러누웠다. 그러다 3개월 만에 47세를 일기로 생을 마쳤는데, 그가 죽고 난 후 남긴 유산은 서재에 가득한 책들과 부싯돌 몇 개뿐이었다고 한다.

스승은 이이의 죽음 소식을 들은 후 며칠 동안 말이 없었다. 영학은 스승이 왜 그토록 충격을 받았는지 선뜻 이해가 되지 않아 물었다.

"스승님은 율곡 선생을 어찌 그리 잘 아십니까? 혹 그 분과 무슨 인연이라도 있습니까?"

"아무런 인연이 없다."

스승의 단호한 대답을 듣고 영학은 스승이 상심하는 이유에 대한 궁금증이 더 커졌다. 그렇지만 더 이상 캐묻지는 않고, 위로 삼아 일부러 질문을 던졌다.

"스승님, 우리나라 양반들은 왜 그렇게 완고합니까?"

"……"

"막혀도 너무 막혀 있지 않습니까. 세월 따라 세상이 변하는 것은 우주의 법칙이자 자연의 순리인데, 왜 양반들은 저렇게도 악착같이 세상의 변화를 거부하면서 제 것만 지키려고 고집합니까? 나라가 망해야 정신을 차리려나, 참으로 답답합니다."

"양반들도 그런 걸 모를 정도로 바보들이 아니다. 다만, 알고 있으면서도 나서지 않을 뿐이야."

"아니, 알면서도 왜 나서지를 않습니까?"

"이이 선생도 이 사회의 모순을 고치려고 하였지만 고난의 삶으로 점철하다 결국 좌절하지 않았느냐. 이황 선생도 마찬가지이고……."

"이이나 이황은 문제의 본질을 알았기 때문에 고치기 위해 나선 것이고, 다른 사람을 모르기 때문에 그런 것 아닙니까?"

"내가 보기엔 그렇지 않다. 이이나 이황은 성품이 순수하기 때문에 백성들의 고난을 모른 척 할 수 없어 나서다가 고난을 당한 것이다. 그렇지만 그런 고난을 무릅쓸 용기를 가진 사람이 과연 몇이나 되겠느냐?"

"잘못된 것을 보면 고난을 무릅쓰고서라도 고쳐야지요. 그게 선비의 자존심 아닙니까?"

"조선의 풍토에서 자존심을 지키기 위해서는 인간으로서는 도저히 감당하기 어려운 대가를 치러야 한다. 때로는 처자식과 일가친척의 목숨까지 걸어야 할 정도로 위험한 일이다."

"예? 왜 그렇습니까?"

"제도의 변화를 위해서는 권력자가 바뀌어야 하는데, 조선의 역사에서는 권력다툼에서 패배한 사람들은 모든 것을 잃는다. 그래서 어떤 독하고 모진 수단을 써서라도 권력을 잃지 않으려고 발버둥을 치지."

"조선의 권력다툼이 그렇게도 모질고 독합니까?"

"역사가 그것을 말해주고 있지 않느냐? 게다가 조선의 잘못된 법과 제도가 권력다툼의 잔인함에 부채질을 하지."

"조선의 제도가 얼마나 잘못되었기에 그렇습니까?"

"조선에서 권력을 차지하면 모든 것을 다 거머쥔다. 힘, 재물, 명예, 여자, 노예를 일시에 차지하게 되지. 벼슬에 오르면 죽은 부모의 벼슬도 함께 오르고, 아직 태어나지도 않은 자식의 벼슬도 보장된다. 벼슬이 오를수록 첩을 여럿 둘 수도 있고…. 이 얼마나 매력적인 일이냐?"

"……"

"그렇지만 권력에서 밀려 나면 모든 것을 잃고 바로 지옥으로 떨어진다. 자신뿐만 아니라 조상과 후손들까지. 사내자식들은 영문도 모르고 죽임을 당하고, 마누라와 딸들은 종이 되지. 심지어 죽은 사람의 묘까지 파내어 시체의 목을 자른다. 조선의 권력투쟁은 승자포식 패자지옥(勝者飽食 敗者地獄)이다. 이러니 누가 순순히 권력을 쥔 손을 놓으려 하겠느냐?"

"생각해 보니 그렇군요."

"또한 조선의 양반들은 벼슬자리가 아니면 아무 것도 할 게 없다. 농사도 못 짓고, 물건도 못 만들고, 장사도 못하지. 그래서 먹고 살 방법이 없어. 양반들의 유일한 삶의 목적은 오로지 벼슬에 오르는 것이다. 벼슬에 오르기 위해서 무고한 사람을 모함하는 것쯤은 아무 것도 아니다. 그러다 좌절하면 그때부터는 계집질이나 토색질로 분풀이를 하지. 그러니 조선의 권력싸움은 독하고 모질 수밖에."

"······"

"조선의 권력투쟁이 다른 왕조시대나 다른 나라에 비해 더 악랄하고 지독한 것은 해금과 쇄국 때문이기도 하다."

"해금이나 쇄국이 권력싸움을 더 치열하게 만든다는 말씀입니까?"

"그렇다. 나라의 문을 닫아 버리면 내부의 갈등과 충돌이 밖으로 분출하지 못하는 데다 바깥에 신경 쓸 필요 없이 눈앞의 정적과 더 격렬하게 싸운다. 그러면서 사회는 점점 더 썩어 가는 거지. 나라가 커다란 못이라면 쇄국은 못과 연결된 물길을 모두 막아 버리는 것이다. 아무리 큰 못이라 하더라도 물이 드나들지 못하도록 막아 버리면, 그 물은 바로 썩기 시작하고, 물고기들은 숨을 쉬기 어려워 일제히 물 위로 아가리를 내밀기 시작하지. 그러다 좀 더 시간이 지나면 그 물고기들은 시체가 되어 물 위로 떠오르고, 그러면 그 못의 물은 아무

데도 쓸 수가 없게 되는 거야."

"……"

"못으로 연결된 물줄기를 인간의 힘으로 어떻게 막을 수 있겠느냐? 그런데 조선의 권력자들은 백성들에게 물을 막으라고 강요한다. 그렇지만 백성들은 '흘러들어오는 물을 막아 봤자 헛일'이라는 것을 알기 때문에 불만이 많을 수밖에 없지. 그러면 그들의 무능과 부패를 숨기려는 권력자들은 백성들을 강압으로 몰아넣고, 이마저도 여의치 않으면 백성들의 머리 위로 사정없이 철퇴를 내린다. 이게 바로 조선의 현실이다."

"참, 맥 빠지는 노릇이네요."

"조선이 북방에 4군 6진을 설치한 후 대외적인 성장을 멈춘 지 벌써 100년이 넘었다. 아니, 성장을 멈춘 게 아니고 도로 후퇴한지 100년이 넘었지. 지금 북방의 국경에는 여진족이나 몽골족, 아라사인들이 무방비로 국경을 들락거린다. 거란과 여진족 중 조선인이 되기를 바라는 부족들이 대부분이고, 국경 너머 만주에는 백만이 넘는 우리 백성들이 살고 있다. 그런데 조선의 조정은 이런 사정을 알면서도 대외적인 성장은커녕 외국과의 교류나 무역조차 금하고 있다."

"그게 정말입니까?"

"그렇다. 너는 작년 니탕개의 난에 대해서 얼마나 알고 있느냐."

"니탕개의 이름은 들어보지 못했고, 다만 오랑캐들이 조선의 국경을 넘었다가 조선군에게 패하여 북쪽으로 물러난 걸로만 알고 있습니다. 그때 신립장군이 화살로 적장의 목을 꿰뚫었다는 소문이 자자했

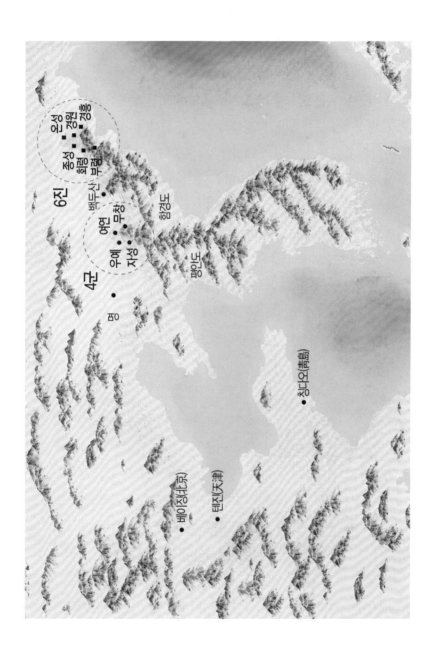

온성
경원
경흥
종성
회령
부령

6진

백두산

염연
무창
우예
자성

4군

여연

함경도

평안도

칭다오(靑島)

베이징(北京)

톈진(天津)

습니다."

"하하! 참 웃기는 일이다. 그 소문은 모두 거짓이다. 실상은 니탕개가 일만이 넘는 군사를 끌고 쳐들어 와서 조선의 여러 성을 함락시키고 백성들을 도륙했다. 백성들의 시체가 산더미처럼 쌓이고 피가 땅바닥을 흘렀으며, 성안의 백성들은 기르던 돼지 새끼 한 마리 남기지 않고 몽땅 약탈을 당했다. 관아의 창고는 물론 동헌에서 쓰는 붓이나 벼루 같은 잡동사니까지 다 훑어갔지. 니탕개는 무려 반 년 동안 국경을 제집처럼 넘나들며 마음대로 분탕질을 치다 배후의 명조를 의식하고 스스로 물러났다. 그럼에도 조선의 관리들은 백성들의 피해를 숨기고, 전공을 과장하기에 바빴다."

"설마, 그럴 리가 있습니까?"

"설마가 사람 잡는다. 그럼 니탕개가 왜 쳐들어 왔는지 그 이유를 아느냐?"

"……"

"니탕개는 만주벌판에 흩어져 사는 여러 부족들을 자신의 세력 밑으로 넣기 위해 자신의 능력을 보여주고, 교역을 금지하는 조선에 항의하기 위해 기마병들을 이끌고 조선을 쳐들어 온 거야."

"저런, 아니 자기 능력을 보여주기 위해 다른 나라를 침입합니까?"

"당연하지. 어느 정치 집단이든 내부를 통일시키기 위해 외부에 적을 만드는 술책은 엄연한 역사적 사실이다. 지나에 새로운 왕조가 들어설 때는 어김없이 한반도를 쳐들어 왔다. 한(漢), 수(隋), 당(唐), 원(元) 등의 왕조들은 예외 없이 우리나라에 쳐들어 왔지. 송(宋)은 북방의 거란과 여진에 막히는 바람에 고려에 군사원조를 요청했고, 명도 고려와 전쟁 직전의 상태까지 갔지 않았더냐. 돌궐, 거란, 여진 등 북방의 유목민족들도 부족들을 통일하여 조직이 커지면 내부적 단결을 공고히 하고 그들의 커진 힘을 과시하기 위해 빠짐없이 한반도를 쳐들어 왔다. 옛날 고구려나 고려가 돌궐과 거란족의 침입으로 얼마나 골머리를 썩었는지…. 그럼에도 조선의 관리들은 그런 엄연한 역사를 외면하고, 적에 대비하기는커녕 백성들의 눈을 가리느라 불필요한 옥사(獄事)를 만드는 일을 서슴지 않는다.”

“옥사라니요?”

“작년에 니탕개의 침공을 겪은 후 조정에서 국방문제를 논의하면서 거기서 나온 유일한 대책이 백 년 전에 도망간 노비의 후손들에 대한 옥사를 일으켜 그들을 다시 노비로 만들어 국경지대로 보낸 것 아니냐? 그 말고는 아무런 대책이 없었다. 그 바람에 병조판서였던 이이 선생은 화병으로 돌아가셨지 않느냐? 옥사를 일으켜 수많은 억울한 백성들을 만들어내는 게 무슨 국방대책이냐? 오히려 나라를 갉아먹는 짓이지.”

“설마 그럴 리가 있겠습니까?”

“설마가 사람 잡는 법이래도. 장막 안의 권력은 상상을 초월할 만큼 사악하다. 니탕개의 난에 대한 백성들의 관심을 돌리고, 그 난리로 인해 약해진 국방력을 보충한답시고 옥비후손들에 대한 대규모 옥사를 일으키는 일은 그들이 할 수 있는 가장 손쉬운 방법이었다.”

“말씀을 듣고 보니 그렇군요. 그건 그렇고 왜도 내전을 끝내고 통일을 하게 되면 북방국가들과 마찬가지로 조선을 침략할까요?"

"왜도 마찬가지 아니겠느냐. 우리에게는 과거에 왜와 당은 물론 북방 민족국가들이 참전해서 벌어진 국제적 전쟁의 경험이 있으니."

"예? 국제적 전쟁이라니요?"

"지금으로부터 900년 전 신라는 당과 연합하고 백제는 왜와 연합하고, 고구려는 북방의 돌궐과 연합해서 전쟁을 하지 않았느냐."

"그건 신라와 백제, 고구려가 한반도의 패권을 두고 싸운 전쟁이 아니었습니까?"

"그 전쟁은 한반도에 국한된 것이 아니야. 애초에 수가 고구려와의 전쟁에서 패해서 30년 만에 망하고 그 후 당이 들어서서 고구려를 공격했지만 실패했지. 그때 고구려의 존재는 막 들어선 당왕조에 매우 위협적인 존재였어. 그래서 당은 신라와 연합해 고구려를 상대로 전쟁을 벌였지. 당이 신라와 연합하자 백제는 왜와 손을 잡았고, 고구려는 북방의 돌궐과 연합했지. 그때 각 나라 사이에 얼마나 치열한 외교전이 벌어졌는지는 알지 않느냐?"

"그 사실은 저도 대충 알고 있습니다. 그런데 지금은 900년 전과 사정이 다르지 않습니까?"

"크게 다르지 않아. 지금 왜의 전국 통일이 눈앞에 있어. 역사의 개연성에 따른다면 왜가 통일을 이루고 난 후 조선을 쳐들어오는 것은 필연이라고 생각한다."

"필연이라면 전쟁을 막을 수 없다는 말입니까?"

"아, 이 사람아, 왜 막을 수가 없어? 전쟁을 막는 방법은 간단해. 그

것은 먼저 조선의 사회적 모순을 고쳐 국력을 키우고, 나라의 문호를 개방하고 통상교역을 제안하면 전쟁은 일어날 수가 없어. 상대방으로부터 전쟁의 명분을 빼앗아버리는 셈이니까. 왜나 조선이나 다수의 백성들은 전쟁을 두려워하지. 그렇기 때문에 소수의 주전파가 제나라 백성들에게 전쟁에서 승리한다는 환상을 심는 데 실패할 경우, 전쟁은 절대로 일어나지 않아."

"……"

"고대부터의 역사를 보면 상인들의 국경출입을 막으면 군대가 들이닥쳤어. 인간이 전쟁을 벌이는 목적은 결국에는 경제적 이익 때문이지. 단순히 과시욕이나 영웅심 때문에 목숨을 걸고 전쟁을 일으킬 만큼 어리석지 않아. 원시시대에는 전쟁이 가장 효율적인 경제 활동이었지만 지금은 전쟁보다는 장사가 이익을 얻는 데 더 나은 경제활동이란 걸 알 정도로 인간의 두뇌는 발달했지. 그렇기 때문에 장사를 해서 서로 득을 보는 나라 사이에서 전쟁이 일어나는 경우는 드물어. 수백 년 전 몽골의 징기스칸이 소수의 부족을 이끌고 동양은 물론 서양을 정복할 수 있었던 원동력이 뭔지 아느냐? 처음에는 이민족들이 몽골군의 무력에 굴복했는데, 아! 장사를 해보니 이게 괜찮거든. 그래서 피정복지역의 백성들이 더 넓은 세계로 장사를 하려고 몽골족의 전쟁을 지지하고 나섰기 때문이지."

"……"

"이황 선생도 이것을 정확히 꿰뚫고 있었기 때문에 이미 50년 전에 왜와 강화를 맺고, 교역을 하자고 상소를 올렸어. 그런데 상소를 올리자마자 무식하고 욕심 많은 양반들에게 미운 털이 박혀 삭탈관직을 당했지. 백성을 단합시키고 나라를 부강하게 만들기 위해 일부러 이웃나라와 적당한 긴장관계를 형성하는 원교근공(遠交近攻)의 외교술은 2,000년 전 춘추전국 시대 열국의 왕들이 흔히 취하는 방책이었어. 그렇게 본다면 조선처럼 제 나라 백성들을 때려잡고, 이웃의 나라들을 무시하는 내공근무(內攻近無)의 정책은 수천 년 역사를 통해서 전무하지. 이는 조선의 위정자들에게 부국강병의 포부나 안목이 없기 때문이야. 그렇지만 지금이라도 양반들이 현실인식을 제대로 하고, 포부와 안목을 키운다면 전쟁은 얼마든지 막을 수 있어."

"백성들의 살림을 살찌우고 나라를 부강하게 하기 위해서는 무역과 통상의 발전 없이는 불가능한 것입니까?"

"당연하지. 인류의 생존에 있어서 가장 중요한 것은 먹고사는 문제야. 그걸 우리는 '경제'라고 하지. 그런데 경제가 발전하기 위해서는 농공상의 발전이 필수적이야. 그런데 조선에서의 농공상은 필수가 아닌 오로지 사에 봉사하는 미천한 수단으로 전락해버렸어."

"그렇군요. 그런데 양반들이 각성한다고 해서 오랫동안 조선의 땅에 군침을 흘려 온 왜가 침공을 포기하겠습니까?"

"원래 침공을 하는 나라의 힘은 방어하는 나라의 힘보다 최소 열 배가량은 되어야 해. 왜의 번국(蕃國)들은 전쟁을 많이 치러봤기 때문에 전쟁에 대해서 잘 알지. 왜가 통일을 한다 해도 이제 막 통일국가의 틀을 갖춘 이상 그들보다 백 년 이상 문화가 앞서 있는 조선의 힘에는 아직 미치지 못해. 조선이 나라를 제대로 운영하면서 문호를 열어 주면 어떻게 왜가 감히 쳐들어 올 생각을 하겠느냐? 조선의 현실이 정상적인 나라로 보기 어려울 정도로 난맥상을 겪고 있고, 이로 인해 백성들의 마음이 정치로부터 완전히 떠나 있다는 것이 문제야. 전쟁이 나면 결국 백성들이 적과 맞서 싸워야 하는데 지금 조선에는 차라리 전쟁이 나서 세상이 확 뒤집어졌으면 좋겠다고 생각하는 백성들이 너무 많거든.”

“양반의 각성이야 당장 기대할 수는 없는 것이고, 지금부터 대비를 한다면 현실적으로 어떻게 해야 할까요?”

“글쎄, 지금부터라도 대비를 해야 하는데, 작년에 북방의 이민족이 일만이 넘는 기병을 몰고 와서 분탕질을 쳐도 아직 정신을 차리지 않고 있으니, 이놈의 나라가 어떻게 될지 걱정이구나. 지금이라도 현실적으로 당장 변법을 해야 하는데, 율곡과 같은 대학자이자 정치가도 변법을 시도하다 좌절했는데, 앞으로 누가 그 일을 해내겠어.”

6장 여정

旅程

旅
程

여
정

영학은 갑갑한 심정에 무력감을 느꼈다. 그러면서 지금까지 자신이 공부했던 것은 모두 쓸모없는 죽은 지식이었다는 자괴감에 사로잡혔다. 한때 영특하고 재주 있는 학동(學童)이라는 입에 발린 칭찬에 우쭐하여, 자신을 똑똑하고 장래가 촉망되는 젊은이라고 자부하며 거들먹거렸던 것을 생각하면 저절로 얼굴이 화끈거렸다.

'이 시대에 내가 해야 할 일은 무엇인가? 앞으로 어떤 인생을 살아야 할 것인가?'라는 화두를 머릿속에 그리며 영학은 한참 동안 침묵했다. 그러다 영학은 지금부터 더 열심히 의학공부에 매달려야겠다고 다짐했다.

영학은 요즘 들어 스승의 주름이 더 깊어진 것 같다고 생각했다. 스승의 나이가 벌써 66세이니 언제까지 건강을 유지할지는 아무도 알 수 없었다. 스승이 건강할 때 하나라도 더 배워야 했다. 그런데 아직 30권 중 15권을 공부하고 있으니, 세월은 흐르는 물처럼 빠르고 공부는 더디기만 했다.

그런데 스승이 뜻밖의 말을 꺼냈다. 산속에 틀어박혀 있으면 세상을 모른다고 하면서, 한 보름 말미를 내어 부산포와 동래를 다녀오자고 했다. 그 말에 영학은 뛸 듯이 기뻤다.

스승의 벗인 신일용 의원은 동래부에서 20년 넘게 약방을 하고 있다고 했다. 어려서부터 글재주가 뛰어나 신동이라는 소리를 들었지만, 첩의 자식이었기 때문에 과거응시 자격이 없었다. 그래서 예조에서 시행하는 취재에 응시하여 전의감에서 의관으로 5년을 근무했지만 궁궐생활이 체질에 맞지 않아 사직을 하고 고향에서 약방을 하고 있었다. 그는 스승보다 5살 아래지만, 왜인들이나 왜인들과 교류가 많은 사람들을 많이 만나기 때문에 세상물정에 관해 모르는 게 없다고 한다.

동래로 가져갈 동충하초와 꿀, 겨우살이를 준비했다. 동충하초(冬蟲夏草)는 작은 버섯의 일종인데, 여름에는 곤충에 기생하여 살다가 가을에 그 곤충이 죽으면 그 시체에 자실체를 내고 자란다. 동충하초는 하초동충이라고도 하며, 동물인지 식물인지도 분간하기 어렵다.

숙주가 되는 곤충은 나비·매미·벌·거미 따위로 다양한데, 동충하초는 여름이 지나 숙주가 죽은 뒤에서야 비로소 그곳에 자실체를 내고 자란다. 따라서 숙주의 생명을 해롭게 하거나 단축시키지 않으며, 면역력 증가와 몸속에 누적된 독소를 제거하며, 자양강장이나 염증치료 또는 천식을 억제시키는 데 탁월한 효과를 가진다.

꿀은 야생벌이 사는 위치에 따라서 석청이나 목청으로 불린다. 석청은 산속의 바위 틈에 사는 벌이 만들고, 목청은 나뭇등걸 안이나 가지에 매달려 사는 벌이 만든다. 높은 산의 석청이나 목청은 평지의 꿀보다 맑고, 단맛이 강하다. 꿀은 열이 심해서 생기는 경련성 질환인 경간(驚癎), 천식, 대변불통, 산후 구갈(口渴), 난산에 아주 좋은 약이다.

야생벌은 아주 높은 산꼭대기의 바위에서도 살만큼 생명력이 강하지만, 한 집에 벌의 숫자가 너무 많을 때는 겨울에 양식이 떨어져 모두 다 얼어 죽을 수도 있다. 그래서 여왕벌은 꿀의 생산량에 맞춰 산란수를 조절한다.

겨우살이는 참나무, 밤나무, 팽나무, 자작나무의 높은 가지 위에서 나무에 기생하여 자란다. 잎이 무성할 때에는 보이지 않지만 잎이 떨어진 겨울에 나뭇가지 위에서 노랑빛 감도는 초록줄기로 짠 새의 둥지 같은 모습을 드러낸다. 치통, 요통, 산부인과 질환, 동맥경화에 효험이 있으며, 특히 피를 맑게 해주는 효능이 뛰어나다.

그런데 겨우살이는 번식 수단이 독특하다. 열매는 10월에 익기 시작하여 한 겨울에 완전히 익는다. 먹이를 찾기 어려운 겨울에 과육이 풍부한 열매를 맺어 배고픈 새들에게 영양을 제공하고, 그 대신 끈적끈적한 과육 속의 씨가 새의 부리에 달라붙어 다른 나무 위로 이동하면서 번식을 한다. 새가 부리에 달라붙은 과육 찌꺼기를 떼어 내려고 나뭇가지에 부리를 비벼대는 그곳에서 겨우살이는 새로운 삶을 시작한다.

이런 것을 보면 동식물들은 인간보다 훨씬 더 뛰어난 공존의 지혜를 갖고 있다. 조선의 양반들이 백성들과 더불어 잘 사는 공존의 지혜를 깨우친다면 얼마나 좋을까 영학은 생각했다.

스승은 손질을 마친 약재를 옹기에 보관했다. 옹기는 색상이나 질은 투박하지만 약재의 신선도를 유지하는 데는 단연 최고의 그릇이다.

도자기는 황토로 빚고 유약을 칠하여 표면을 아름답고 매끈하게 만들지만, 옹기는 진흙으로 빚은 후 잿물이나 돌가루를 첨가한 유약을 칠하여 겉은 오돌토돌하고 투박하다. 그렇지만 옹기는 도자기와 달리 숨을 쉰다. 게다가 옹기에 칠해진 재나 돌가루의 성분은 담긴 음식물의 독성이나 나쁜 기운을 없애 준다. 이 때문에 옹기에 보관된 곡식이나 약재는 썩지 않고, 오래 간다.

스승은 우리나라에서 옹기가 발달한 이유가 일상생활에 발효음식을 많이 먹기 때문이라고 했다. 막걸리, 과실주, 식초, 간장, 된장, 고추장, 김치, 젓갈, 장아찌 따위의 우리가 일상에서 먹는 음식은 거의 모두 발효식품이다. 그 덕분에 우리는 추운 겨울에도, 갓 땄을 때보다 더 소화가 잘되고 몸에 이로운 야채나 과일을 얼마든지 먹을 수 있다.

인간이 덩치가 비슷한 다른 동물들에 비해 몇 배나 오래 살 수 있는 것은 화식(火食) 때문이다. 불에 익힌 음식이 소화에 이롭고 간에 부담을 덜 준다는 것은 의학상식의 기본이다. 그런데 화식보다도 더 소화에 이롭고 부담을 적게 주는 음식이 바로 발효식품이다.

스승은 저 먼 바다 건너 서양인들이 목숨 걸고 동양으로 오는 이유는 비단과 도자기를 구하려는 목적도 있지만 그보다는 향신료(香辛料) 때문이라고 했다. 향신료는 음식의 맛을 내고, 향을 돋우며, 음식을 오래 보관할 수 있도록 한다. 따라서 향신료는 인간에게 없어서는 안 되는 귀중한 존재이다.

그런데 우리나라 사람들은 향신료의 소중함을 모른다. 간장, 된장, 고추장, 후추, 장아찌 따위의 셀 수도 없는 많은 향신료를 갖고 있기 때문이다. 사람이 공기의 고마움을 인식하지 못하듯이 향신료의 소중함을 잊고 산다.

그렇지만 서양인들은 다르다. 그들은 간장, 된장, 고추장을 모른다. 그래서 그들은 향신료인 후추와 생강을 구하기 위해 목숨을 걸고 머나먼 동방으로 온다. 예로부터 동양과 서양의 중간에 낀 아라비아인들은 동양에 흔한 계수나무의 껍질을 말린 육계(肉桂), 생강, 후추 등의 향신료를 서양에 비싸게 팔아 엄청난 이익을 챙겼다.

그들은 무역의 이권을 지키기 위해 서양인들에게 철저하게 원산지 정보를 알려주지 않았고, 일부러 엉터리 소문을 퍼뜨렸다. 그들은 생강이나 육계를 구하기 위해서는 태양이 이글거리는 사막을 지나고 수천 길 낭떠러지를 넘어 식인종과 싸워야 한다는 전설과 무용담을 만들었다.

하지만 서양인들은 아라비아 상인들의 말을 확인할 길이 없었다. 그래서 그들은 상인들의 무용담에 맞장구치고, 제 나라로 가서는 아라비아인의 무용담에 자신의 용맹을 더 보태어 자랑을 했으며, 그렇게 보탠만큼 더 비싼 값을 받았다.

이처럼 가격을 더 받아 내기 위한 과장된 허풍은 세월 따라 입에서 입으로 전해지면서 전설이 되었고, 더 나아가 신화가 되었다. 그런데 이런 허풍이 있다는 것을 모르는 서양인들은 동양을 진귀한 보배가 가득 찬 기회와 결실의 땅으로 여겼다.

그런데 약 300년 전 몽골족이 동양과 서양에 걸친 제국을 건설하고, 이로 인해 상업의 세계화와 동서양의 문물교류가 보편화되자 서양인들이 가졌던 기회와 결실의 땅에 대한 동경은 꿈이 아니라 현실이 되었다.

그러나 세월이 흘러 몽골제국이 쇠퇴하고, 동양과 서양 사이에는 아라비아인의 나라가 다시 들어섰고, 이들은 지정학적 이점을 살려 옛 영화를 되찾으려고 했다. 그렇지만 서양인들은 더 이상 그들의 특권을 인정하지 않았다. 대신 그들은 대규모 선단을 조직하여 동방으로 나아오기 시작했다.

남경에 왕조를 건설한 명의 주원장은 북경을 차지하기 위해 안간힘을 썼다. 그래서 백성들의 반발을 무릅쓰고, 안으로는 통제를 강화하고, 밖으로는 해금과 쇄국을 실시했다. 그렇지만 명의 이러한 노력도 동서교류라는 세계사적 흐름을 막지 못했다. 이미 터져버린 동양과 서양의 교류라는 물꼬를 되돌릴 수는 없었다.

서양인들의 대거 동양진출은 세계사의 흐름을 바꾸었다. 예전에는 동양의 물산이 아라비아를 거쳐서 서양으로 밀려갔지만, 지금은 서양의 선단이 동양으로 몰려든다고 한다. 그것도 총과 대포로 무장한 채 말이다.

영학은 세상의 변화에 대한 놀라운 이야기에 어안이 벙벙했다. 그런데 스승은 기가 찬 이야기를 했다. 우리가 사는 이 땅덩어리는 편평하지 않고 둥글다는 것이다. 이 무슨 도깨비 같은 말인가?

대륙 위의 동양과 서양의 사이에는 아라비아가 있지만, 바다의 동양과 서양 사이에는 지금까지 우리가 알지 못한 어마어마하게 큰 땅덩어리가 바다 한복판에 존재한다고 했다. 그 땅덩어리는 우리나라와 왜국으로부터 아주 멀리 동쪽에 있으며, 지금까지 우리가 알고 있던 땅덩어리만큼이나 큰 땅이라고 한다. 그리고 바다 한복판에 그런 땅이 존재하는 것은 우리가 살고 있는 이 땅덩어리가 둥글기 때문이란다.

그 말에 영학은 땅덩어리가 둥글다면 밑에 있는 생물이나 물상은 모두 아래로 떨어져 내릴 것이라며, 절대 그럴 리 없다고 반박했다. 그러자 스승은 이미 50년 전에 서양의 마젤란이라는 사람이 이 땅덩어리가 둥글다는 것을 보여주기 위해 대규모 선단을 이끌고 자기 나라에서 서쪽으로 항해를 시작했다고 했다. 그래서 결국 서쪽의 큰 바다를 거쳐 왜와 명의 남쪽 바다까지 지나게 되었는데, 그곳에서 마젤란이 원주민과의 싸움에서 죽고, 그 부하들이 똑같은 방향으로 항해를 계속해서 천축국과 아라비아의 남쪽을 거쳐 다시 자기나라로 돌아가는 데 성공했다.

영학은 이 이야기를 도저히 이해할 수 없었다. 도대체 이 세상은 얼마나 넓기에 이토록 불가사의한 일들이 많은지 신기할 따름이었다.

배부름은 인간을 나태하게 만들지만 배고픔은 인간을 각성시킨다. 지금 서양인들은 배가 고프기 때문에 목숨을 걸고 바다를 건너 동양으로 몰려오고, 바로 옆의 왜인들도 총칼로 무장하고 대륙으로 몰려오고 있다.

그런데 조선이나 명은 세상의 변화를 거부하고, 해금과 쇄국을 고집한다. 조선이나 명이 배가 불러서 그런 것은 결코 아니었다. 그러나 분명한 것은 조선이나 명의 지배층인 양반이나 향신들은 일반 백성들과 차별되는 온갖 특권을 누리기에 먹고 살기에 고달프지 않다. 허나 소수만이 누리는 그 특권은 절대다수 백성들의 삶과 자유를 희생한 대가가 아닐까 영학은 생각했다.

갑자기 명원이 얼굴을 붉힌 채 씩씩거리면서 나타났다. 부산포로 간다는 말을 어디서 들었는지 왜 자기를 데려가지 않느냐고 스승에게 따지고 들었다. 스승이 당연히 함께 간다고 말하자 명원의 얼굴에는 금방 함박꽃이 피었다. 그리고 이내 쑥스러운 표정을 지었다.

다음날 아침 일찍 영학은 명원과 함께 스승을 모시고 길을 나섰다. 지리산에서 동래부까지는 400리 길이다. 스승은 하루에 백 리씩 걷자고 했다. 예전에 스승이 명원만 데리고 다닐 때는 가급적 사람의 눈에 잘 뜨이지 않는 길을 택했기 때문에 하루에 7~80리를 걷기가 쉽지 않았다. 그렇지만 이번에는 영학이 동행하기 때문에 되도록 큰 고을을 연결하는 편한 길을 얼마든지 선택할 수 있었다. 영학이 양반이기 때문이다.

길을 가다 보면 큰 고을의 입구나 나루터에서 포졸들이 호패를 검사할 때가 많다. 그때 호패를 소지하지 않고 다니다가 걸리면 봉변을 면하기 어렵다. 욕설과 발길질을 당한 뒤 되돌아가는 것은 그나마 운수가 좋다. 재수 없으면 관아로 끌려가서 곤장을 맞고 옥에 갇히거나, 심한 경우에는 목이 잘릴 수 있다.

호패는 신분에 따라 그 재질이나 기재되는 내용이 다르다. 2품 이상의 벼슬아치들은 상아를 사용한 아패(牙牌)를 사용한다. 4품 이상은 소뿔로 만든 각패(角牌)를 쓴다. 그런데 4품이면 지방의 수령인 군수의 직급인데 이들이 호패를 내보일 경우는 절대로 없다. 그보다 낮은 직급이거나 소과에 합격한 생원, 진사를 포함한 양반들은 황양목(黃羊木)의 호패를 사용한다. 하지만 양인들과 노비들은 소나무나 참나무 따위 잡목으로 된 호패를 사용한다.

호패에 기재되는 글은 호패의 재질보다 더 차이가 난다. 2품 이상의 관리는 관직과 이름만 적지만, 3품 이하는 관직과 이름 및 거주지를 적는다. 벼슬이 없는 양반은 본과 이름과 거주지를 적은 후 그 아래에 출생년도와 유학(幼學, 벼슬을 하지 않은 유생)이라는 글을 적는다.

그렇지만 양민이 차는 호패에는 성명, 거주지, 얼굴빛, 수염 여부를 기록한다. 노비일 경우는 성명, 거주지, 얼굴빛, 수염 여부에다 나이, 키, 주인의 이름이 함께 기록된다.

호패는 백성들에게 큰 부담이다. 백성들은 호패를 받기만 하면 군역이나 부역의무자 명단에 오르게 되어 꼼짝없이 징발을 당해야 한다. 그리고 한 번 징발되면 10년이고, 20년이고 언제 고향에 올지 기약이 없다. 그러다보니 백성들은 어떻게 하면 호패를 만들지 않고 피할 수 있는지 온갖 궁리를 다했고, 대다수 백성들은 호패를 만들지 않았다.

조정에서는 이런 사정을 알고 강제적으로 제도를 정착시키기 위해, 호패를 위조, 변조하거나 호적을 누락하고 호패를 만들지 않으면 참형에 처하게 했다. 또 호패를 소지하고 다니지 않으면 곤장을 내리되 상습적이거나 고의적인 경우에는 참형에 처하게 된다는 왕명을 내렸다.

이러한 무시무시한 왕명에도 불구하고 대다수 백성들은 군역이나 부역을 나가 남은 가족들이 굶어 죽는 것이나 호패를 만들지 않다가 걸려 형벌을 받는 것이나 매한가지라 여기고, 호패를 만들지 않았다. 그러다 보니 조선의 사회에서는 나라님의 명에 순순히 따르는 선량한 사람들이 하나같이 머저리 취급을 받았다.

백성들이 호패를 회피하는 방법은 참으로 다양했다. 호패를 일부러 두껍게 만들어서 관청의 낙인을 받은 뒤 관청의 날인 부분만 그대로 남겨 두고 나머지 글씨를 모두 깎아낸 후, 대신 다른 이름을 적거나 나이를 다르게 적어 군역과 부역을 피했다.

관에서는 호패에 낙인을 찍기만 할 뿐 호패와 호적을 대조하는 일은 한 번도 없었다. 그렇기 때문에 호패위조가 적발되는 일은 거의 없었다. 그래서 두꺼운 나무로 만든 호패는 위조가 쉽기 때문에 비싼 값으로 거래되었다.

호패제도가 시행된 이후 양민의 지위를 포기하고 스스로 노비가 되기를 자청하는 사람이 눈에 띄게 늘었다. 자신 말고 집안에 부모나 아이들을 부양할 사람이 따로 없는 남자들이 군역이나 부역을 합법적으로 면하기 위해 스스로 노비가 되었기 때문이다.

결과적으로 호패는 나라에 세금을 내는 양민의 수를 줄이고, 나라에 대한 부담 없이 주인인 양반에게만 봉사하는 노비의 수를 늘리는 데 크게 기여를 하였다. 이로 인해 세월이 갈수록 조선의 국고는 빌 수밖에 없었다.

조선에서 양반의 호패를 차고 다니면 무서울 게 없었다. 양반의 호패를 내밀면 아전이나 서리배들은 얼른 자세를 바꾸고 "미처 몰라 뵈어서 죄송합니다"라며 머리를 땅에 닿도록 조아렸다.

포졸이 행색을 보아 양반이 아닌 줄 알고 호패소지를 단속하다 기분을 잡친 양반으로부터 봉변을 당하는 일이 흔하게 일어나기도 했다. 잘못 걸렸다가는 포졸이 양반의 집안으로 끌려가 종들로부터 죽도록 매를 맞는 일은 아주 흔했다. 심한 경우는 매질을 당하고, "양반도 못 알아보는 눈은 달고 다닐 필요가 없다"며 눈알을 뽑힌 일도 있었다. 그러다보니 양반 호패를 보는 포졸들은 놀라서 경기를 일으킬 정도였다.

일부 간덩이 큰 백성들은 각패나 황양목패를 훔치거나 위조해서 갖고 다녔다. 포졸들도 위조되었거나 남의 호패일 것이라는 의심이 들 때도 있었지만, 내색을 했다가 잘못 걸리면 양반에게 맞아 죽을 수 있기 때문에 절대로 그런 내색을 하지 않았다.

호패제도가 생긴지 150년이 넘었지만 전 국민과 전 지역에서 시행된 적은 단 한 번도 없었다. 그럼에도 관리들은 호패의 부작용은 빼고 장점만 보고했기 때문에 조정 대신들은 "백성들이 간교해서 제도가 실패했다"고 탓했다. 그러다보니 조선의 개국 이래 지금까지 열 번이 넘는 호패의 전면시행 시도가 있었다. 그러나 그때마다 적지 않은 백성들의 목이 잘려나갔다.

능선을 따라 천왕봉 쪽으로 방향을 잡고 걸었다. 막 떠오른 햇살은 5월의 연푸른 잎사귀에 맺힌 이슬 위에 영롱한 무지개를 수없이 피우고 있었다. 오른쪽으로 보나 왼쪽으로 보나 깎아지른 듯한 산봉우리들이 모두 발아래 보였다.

지리산의 둘레에는 남원, 산음, 장수, 함양, 곡성, 구례, 하동의 7개 현이 있지만, 이 현의 백성들은 큰 가뭄이나 홍수를 겪지 않았다. 지리산의 영봉들이 항상 풍성한 비를 내려주고, 큰 비가 내릴 때면 산속에 물을 머금었다가 때맞춰 물을 내려 보내기 때문이다.

지리산 언저리에 사는 백성들은 굶주림을 몰랐다. 큰 가뭄이나 홍수가 없어 농사가 편한데다 산속에 나물과 과일, 진귀한 약초나 약재가 지천에 널렸기 때문이다.

200년 전인 고려 말 진포에 쳐들어 왔던 7만의 왜군들은 최무선이 만든 화약과 대포에 의해 졸지에 500척의 전함을 잃고 산속으로 도망을 쳤지만, 지리산은 그 많은 왜군 중 한 명도 굶어죽지 않도록 보살펴 주었다. 이 때문에 고려의 장수 이성계는 싸움보다는 산속의 왜군을 벌판으로 나오게 하려고 골머리를 앓았을 정도로 지리산은 자애로운 산이다.

130리를 걸어 남강을 건넌 뒤 주막에서 밤을 묵었다. 들뜬 여행길이라 그런지 먼 길에도 피곤함을 느낄 수 없었다. 스승이 잠자리에 든 후 영학과 명원은 다시 밖으로 나왔다. 삽짝의 평상 위에서 5월의 싱그러운 바람을 음미하며, 금강석처럼 반짝이는 밤하늘을 올려다보았다.

영학은 문득 지난 4년간 명원과 형제처럼 지냈지만, 막상 그에 대해서 아는 게 없다는 생각이 들었다. 그래서 영학은 명원에게 어떻게 산으로 들어왔는지 물었다. 명원은 6년 전인 8살 때 지리산에 들어왔다고 했다. 명원의 아버지, 김 서방은 충청도 논산에서 살던 평범한 농부였는데, 아버지와 아들이 나란히 폐병에 걸린 딱한 이웃의 사정을 그냥 두고 볼 수가 없어 이웃이 양반에게서 쌀 두 말을 빌리는 데 연대보증을 섰다.

그런데 그 이웃집의 가장이 몸이 조금 좋아진 후 산에 가서 나무를 하다 뒤꿈치를 독사에 물려 목숨을 잃었고, 그 바람에 이웃의 빚을 명원의 아버지가 고스란히 떠안게 되었다. 그러나 이자가 원금의 두 배가 넘는 고리채이다보니 그렇지 않아도 빠듯한 살림에 도저히 빚을 갚을 수가 없었다. 오히려 시간이 갈수록 빚이 점점 더 늘어갔다.

견디다 못한 김 서방은 양반 댁을 찾아가서 사정이야기를 하고 빚을 탕감 받아 보려고 했다. 그러나 김 서방은 빚을 탕감받기는커녕 버릇없다는 이유로 그 집의 종들로부터 몰매를 맞았다. 매질을 당한 다음날에는 그 양반가의 종 서너 명이 김 서방의 집에 들이닥쳐 쌀독에 남은 쌀과 조금이라도 돈이 될 만한 물건은 몽땅 다 가져가 버렸다.

이 때문에 김 서방네 식구들은 다음해 농사는커녕 당장 끼니도 해결할 수가 없었다. 그래서 김 서방은 산에 들어가서 화전(火田)이라도 가꾸자는 생각으로 이웃으로부터 얻은 삶은 강냉이 몇 개를 들고 무작정 지리산으로 들어왔다. 그러다 운 좋게 산속마을 사람들의 눈에 띄었다고 한다.

명원의 이야기를 들은 영학은 아무 말도 할 수 없었다. 자신이 양반이라는 게 왠지 죄스러웠다. 백성들의 생활에서 금융이란 상처에 바르는 약초와 같다. 그런데 조선의 금융은 상처를 덧나게 하고 심할 때는 목숨까지 앗아가는 독초이다.

살다 보면 어느 누구라도 뜻하지 않은 사고나 질병을 당한다. 그렇게 되면 서민들은 급히 돈을 융통해야 하지만 사회의 여유자금은 몽땅 양반들이 다 차지하고 있다. 조선의 양반들은 서민들의 이러한 어려움을 치부의 기회로 삼는다. 두서너 배의 이식은 보통이다. 그런데다 서민들이 돈을 갚지 않으면 권력을 등에 업고, '한입에 두말하고, 양반을 능멸한다'는 죄목으로 혹독한 형벌을 가한다. 그렇기에 가난한 백성들은 빚을 갚기 위해 눈물을 머금고 전 재산을 헐값에 넘기거나 스스로 노비가 되지 않고는 견딜 수 없다.

서민들에 대한 금융은 1,500년 전 고구려에서 생겼다. 진대(賑貸)는 한 해 농사가 흉년이거나 겨울을 지내고 봄에 곡식이 부족하여 먹을 것이 떨어진 가난한 농민들에게 곡식을 빌려주는 빈민구제제도였다. 진대법은 신라의 문무왕 때 진휼로 바뀌어 흉년이나 기근 때 궁핍한 농민의 채무를 면제하거나 탕감하는 혜택이 주어졌다. 그런데 진대법은 조선에 이르러 환곡이라는 이름으로 변하면서, 구휼이 아닌 철저한 착취 수단이 되었다.

영학은 갑자기 답답함을 느껴 한동안 말없이 밤하늘의 별만 쳐다보았다. 그러다 내일도 먼 길을 가야 함을 깨닫고, 명원에게 그만 잠자리에 들자고 했다. 그러면서 왠지 미안하고 서글픈 마음이 들어 말없이 명원의 등을 토닥거렸다.

다음날 100리를 걸어 함안에 도착했을 때 해는 서산으로 뉘엿뉘엿

기울고 있었다. 어제보다 먼 길은 아니지만, 이틀을 연달아 걸은 탓인지 첫날보다 많이 힘들었다.

함안은 옛날 아라가야(阿羅伽倻)의 수도라고 한다. 북쪽에는 남강이 서에서 동으로 굽이굽이 흐르다 함안에서 낙동강과 물줄기가 만난다. 거기에다 함안천이 남북으로 흐르니, 하나도 아닌 세 개의 물줄기가 제각기 유역을 만들어 참으로 기름진 땅을 이룬다. 워낙 농사가 잘 되어 1,000년 전 북쪽으로 삼천리나 떨어진 낙랑에서 배를 타고 쌀을 사러 이곳으로 오기도 했다. 낙랑뿐 아니다. 왜에서도 검푸른 파도를 넘은 후 낙동강을 거슬러 쌀을 사러 왔다고 한다.

이틀 동안 강행군을 한지라 함안에서 하루를 쉬기로 했다. 그렇지만 하루 종일 주막에 틀어 박혀 쉬기도 따분해서 잠시 틈을 내서 주막에서 가까운 말이산(末伊山)의 구릉지대를 돌아보았다.

말이산에는 조선의 왕릉에 버금가는 가야 귀족들의 봉분이 백 개가 넘게 있었다. 영학은 이 봉분들을 보면서 '죽어서 저 정도면 살았을 때의 부귀영화는 어땠을까?'라는 생각이 저절로 들었다. 그러다 문득 '어쩌면 조선의 양반들은 이 봉분에 묻힌 가야의 귀족처럼 되고 싶은 게 아닐까?'라는 생각이 들기도 했다.

다음날 새벽 먼동이 트기 전에 일행은 또다시 여정을 시작했다. 함안에서 김해의 대저나루까지는 거리상으로는 120리 길이지만 평야지대라 길은 편하고 순탄했다.

김해는 가락국(駕洛國)이라 불리던 금관가야의 수도라고 한다. 금관

가야는 낙동강의 하구에 위치하고 있어 바다와 강을 통한 교역의 중심지가 될 최상의 조건을 가졌다. 이 때문에 김수로왕의 부인이 된 허왕후는 천축국의 공주로서 지금으로부터 1,500년 전 배를 타고 동쪽으로 수만 리를 왔다고 한다.

김수로왕은 천축의 공주를 왕비로 삼고, 왕비를 모셔 온 선원들에게 비단 450필과 쌀 150석을 상으로 내렸다. 그 후 허왕후는 140년을 왕비로 살면서 10명의 아들과 2명의 딸을 낳아 김해 허 씨의 시조가 되었다고 한다.

이야기를 듣던 명원이 제법 아는 체하면서 물었다.

"아니, 여자는 족보에 오르지 않는데, 어떻게 김해 허 씨의 시조가 될 수 있습니까?"

스승은 빙그레 웃으면서 대답했다.

"족보제도와 여자를 족보에 올리지 않는 풍습은 조선에서 생긴 것이고, 그 전에는 여자도 가문을 승계했단다."

낙동강의 물이 싣고 내려온 토사가 퇴적되면서 형성된 넓고 기름진 김해평야에서는 일찍부터 농업이 발달했다. 이 때문에 가락국은 가야연맹의 맹주 자리를 차지하고, 높은 문화를 이루었다. 그런데 1,100년 전 대륙의 북방으로부터 불어온 국제적 변화의 바람은 부족국가들에게 감당하기 힘든 시련을 안겼다.

북방의 고구려는 말갈 및 여진과 외교를 맺고, 백제는 왜와 연합하였으며, 신라는 당과 동맹을 맺었다. 그 뒤 고구려와 백제, 신라의 3국은 국가체계가 미약하여 외교적으로 고립하게 된 가야6국을 제 마음대로 다뤘고, 이 때문에 가야6국은 더 이상 왕조를 유지하기 어려웠다.

그러다 결국 가야6국은 3국 중 가장 유연하고 포용적인 신라로 넘어가게 되었고, 마지막에는 가락국의 구형왕(仇衡王)이 신라의 귀족이 되는 조건으로 나라를 신라의 법흥왕에게 넘겼다. 그 뒤 구형왕의 아들 무력은 백제와의 전투에서 공을 세워 신라의 최고 벼슬인 각간이 되었고, 무력의 손자인 김유신은 신라의 최고 장수가 되었을 뿐 아니라 여동생을 왕비로 만들었다.

결국 가락국의 구형왕이 왕위를 포기하고 신라의 귀족이 된 사건은 1,000년 동안 유지되었던 고구려, 백제, 신라 3국의 힘의 균형이 신라로 기울어지는 계기가 되었고, 이를 바탕으로 신라는 백제와 고구려를 정벌하고 반도를 독차지했다.

이처럼 국가정책의 유연성과 포용력은 국운을 상승시키는 절호의 기회가 된다. 그렇지만 작금의 조선의 정책은 어떠한가? 대외적이든 대내적이든 세상의 변화를 용납하지 않는 경직성과 편협함으로 일관하면서, 백성들의 손발을 묶고 입을 막기에 바쁘다. 역사를 조금이라도 안다면, 그러한 경직성과 편협함은 곧 나라를 망치는 길임을 금방 알 수 있다. 그런데 조선의 양반들은 왜 그렇게 역사에 무지할까.

봄의 햇살을 즐기며 이런저런 이야기꽃을 피우고 걷다보니 어느새 낙동강의 대저나루에 도착했다. 저 강 건너 보이는 산을 넘으면 바로 동래다.

낙동강은 강폭만 해도 족히 5리가 넘는다. 오른쪽 강의 하구에는 드넓은 갈대섬이 흐르는 강의 발목을 잡으려 하지만, 강은 걸음을 조금 늦출 뿐 결코 멈추지 않는다. 갈대가 무성한 저 섬들은 강물이 나르는 흙으로 하루도 쉬지 않고 아이의 키처럼 자란다고 한다. 동래까지는 10리길 밖에 남지 않았지만, 이제 곧 금정산성의 문이 닫히는 시간이라 대저나루에서 밤을 묵기로 했다.

다음날 해가 뜬 뒤 일행은 천천히 나루터로 갔다. 때마침 선착장에는 포교 한 명과 포졸 서너 명이 행인들에게 호패제시를 요구하면서 검문을 하고 있었다. 영학은 호패를 매단 괴춤이 드러나도록 도포자락을 옆으로 제치고 사람들이 줄 서 있는 사이로 나아갔다. 스승과 명원은 영학의 뒤에 바짝 붙어 따라갔다. 영학이 차고 있는 황양목의 호패가 아침의 햇살을 받아 금빛으로 빛났다. 누가 보면 양반가의 도령이 집사와 종자를 데리고 여행길을 나선 것처럼 보였다.

멀리서 영학의 괴춤에 찬 황양목의 호패를 본 포교가 얼른 허리를 숙여 읍을 하면서 앞으로 달려왔다. 그 옆에 섰던 포졸 한 명은 양쪽으로 줄지어 선 사람들을 향해 "물렀거라, 양반도령님 행차시다."라고 크게 외쳤다. 그러자 줄지어 검문을 기다리던 서른 남짓한 백성들은 얼른 가장자리로 물러나면서 중간에 길을 만들었다.

영학은 포졸의 안내를 받고, 배에 가장 먼저 올랐다. 강이 넓어서인지 배가 꽤 컸다. 폭이 한자나 되는 편편하게 다듬어진 용골이 두 개 연이어 있어 선폭이 두 마장이나 되고, 이물에서 고물까지 여섯 마장은 족히 되어 보였다.

배가 움직이기 시작하자 소금기 묻은 바람이 코끝을 자극하면서, 갈매기들이 떼를 지어 배를 따라 날았다. 낙동강은 수위가 낮아 만조 때가 되면 바닷물이 구포나루까지 밀려들어 오기 때문에 재첩이 많이 난다고 한다.

스승의 말에 따르면, 조선의 배는 용골이 2개라고 한다. 반면 왜나명의 배는 용골이 하나인데, 용골이 하나인 배와 두 개인 배는 선폭의 넓이나 안전성에 차이가 크다고 한다. 용골이 하나인 배는 바닥이 좁아 쐐기(v) 모양이 되지만, 용골이 두 개인 배는 바닥의 편평한 부분이 넓어지면서 사발 모양이 된다. 그리고 용골이 하나인 배는 속도가 빠르지만 강바닥이나 암초에 걸렸을 때 부서지기 쉽고, 파도가 심하거나 방향을 급선회할 때 뒤집힐 위험도 크다. 이 땅의 백성들은 바다에서 배를 이용하는 것에 그치지 않고 강에서도 배를 이용한다. 그러다보니 배를 만들 때 강바닥에 걸리는 경우나 갑자기 유속이 변할 때를 대비해야 했다.

용골이 2개인 데는 역사적 유래가 있다고 한다. 200여 년 전 7만의 왜군이 침입하여 이루어진 진포해전 때 수십 척에 불과한 고려군의 전함이 500척이나 되는 왜군의 전함을 모조리 불태운 것은 함포 때문이었다. 그런데 이 함포는 용골이 하나인 배에서는 조준의 곤란과 전복위험 때문에 사용이 어렵다.

그런데다 조선의 배는 쇠못을 사용하지 않고 나무못을 사용했다. 배에 나무못을 쓰느냐 쇠못을 쓰느냐는 문제는 사소해 보이지만, 실제 어마어마한 차이가 있다. 나무못은 바닷물을 머금기 때문에 선령이 늘수록 단단해진다. 그러나 쇠못은 바닷물에 금방 녹이 슬기 때문에 선령이 늘수록 급격히 약해진다. 그래서 나무못을 쓰는 배의 수명은 쇠못을 쓰는 배의 두 배가 넘고, 배의 강도도 마찬가지라고 한다. 그런데 왜나 명에서 쇠못을 쓰는 것은 기술이 부족해서가 아니라 현실적인 이유 때문이란다.

조선은 강력한 해금과 함께 상공업을 억제했다. 이 때문에 쇠못을 구하기가 어렵고, 조선에 대한 수요가 적었다. 그래서 배를 만들면서 품을 많이 들이고, 온 산에 흔한 소나무를 이용해 못을 만들었다.

그렇지만 왜나 명은 상업자본이 발달하고, 조선의 수요가 많았다. 그래서 적은 비용으로 빨리 배를 만들기 위해 품이 많이 드는 나무못 대신 쇠못을 사용하고, 용골을 하나만 사용했던 것이다.

이런 저런 이야기를 나누다보니 어느덧 배는 구포나루에 도착해 있었다.

7장

주연

酒宴

酒宴

주연

금정산은 동래에서 시작해서 북쪽으로 이어져 백두대간
과 연결된다. 산 정상에서 동쪽으로 떨어진 빗물은 수영강을 이루어 동
해로 가고, 서쪽으로 떨어진 빗방울은 낙동강에 끼어들어 남해로 간다.

금정산의 북동쪽 기슭에는 우리나라의 4대 사찰 중의 하나인 범어사
(梵魚寺)가 있고, 산 너머에는 통도사가 있는데, 둘 다 창건한 지 1,000
년이 넘는다고 한다. 4대 사찰은 비보사찰(裨補寺刹)인 범어사와 삼보
(三寶)사찰이라는 통도사, 송광사, 해인사이다. 비보사찰이란 땅의 기
운이 쇠퇴한 곳에 지기(地氣)를 보강함으로써 나라의 평화와 번영을 이
루기 위해 세운 절이다. 불교의 삼보란 부처(佛), 부처의 말씀(法), 부처
의 제자(僧)를 말하는데, 통도사는 불보(佛寶), 송광사는 승보(僧寶), 해
인사는 법보(法寶)사찰이다.

그런데 영학은 우리나라의 4대 사찰은 왜 남도에 있으며, 더욱이 동래에는 왜 비보사찰과 삼보사찰이 나란히 함께 있는지 의문이 들었다. 스승이 그 이유를 설명해 주었다.

불교는 부족국가에서 고대국가로 발전하는 과정에서 국가의 통합을 이룩하기 위한 이념으로 이 땅에 들어 왔다. 그때 이 땅에는 고구려, 백제, 신라가 서로 치열하게 경쟁하고 있었다.

3국의 경쟁은 특히 당과 연합한 신라, 왜와 연합한 백제 사이에서 남도지역을 중심으로 가장 치열하게 충돌하였는데, 이 두 세력이 가장 빈번하게 충돌한 곳이 바로 부산포를 두고 있는 동래지역이라고 한다. 그러다보니 동래의 백성들은 왜적의 침입으로 가장 많이 고통을 받았고, 그들의 고통을 호소할 정신적 안식처가 필요했다.

그렇지만 남도지방 백성들의 고통에 비례하여 왜는 신라와 백제의 충돌로 인한 엄청난 반사적 이익을 얻었다. 백제와 고구려가 망할 때 두 나라의 귀족들은 엄청난 금은보화와 선진대륙의 문화를 갖고 왜로 건너갔고, 이로 인해 왜의 경제와 문화수준이 단번에 백 년 이상 발전되었다.

대륙의 높은 문화를 가지고 바다를 건너 간 두 나라의 귀족들은 왜의 땅에서 '도래인(渡來人)'이라는 계층을 형성하여 높은 수준의 문화를 꽃피웠다. 그런데 왜인들은 도래인이 이식해 준 문화의 발전에 만족하지 못하고, 대륙으로 진출하지 못해 안달했다.

지형은 험준하고 땅은 척박한데다 끊임없이 일어나는 지진과 태풍,

화산폭발에 시달리는 왜인들에게 반도는 동경의 땅이었다. 그래서 왜는 도래인들의 고토수복 염원을 달래준다는 명분으로 끊임없이 대륙으로 쳐들어왔다. 그러다보니 왜의 침공에 시달리는 백성들은 불법에 의지하여 정신적 위안을 구했다. 이러한 역사적 이유로 지금 조선의 4대 사찰은 모두 남도에 있고, 그중 2개는 동래에 있다.

백제와 고구려가 멸망한 지 벌써 900년이 지났다. 그런데 왜국의 대륙진출 욕구는 세월이 흘러도 여전히 식을 줄 모른다. 영학 일행은 어쩌면 그들의 대륙진출 욕구는 대륙이 존재하는 한 영원할지도 모른다고 생각했다.

이런 대화를 나누면서 일행은 신 의원의 약방에 도착했다. 정오 무렵이었다. 영학 일행이 약방으로 들어서자 마루에 앉아 작두로 약재를 썰고 있던 신 의원이 버선발로 쫓아 나왔다. 영학과 명원은 나란히 신 의원에게 절을 하고 인사를 올렸다.

"저는 무진년생, 남평 문가로 이름은 영학이라 하옵니다. 스승님으로부터 의원님 말씀 많이 들었습니다."

"저는 김해 김가에 명원이라 합니다. 나이는 영학 형보다 두 살 아래입니다."

"오, 그래, 반갑네. 자네들은 동래가 처음이지? 양반이기는 하나 친구의 제자라고 하니 말을 놓겠네."

"지당하신 말씀입니다. 앞으로 잘 지도해 주십시오."

"뭐, 지도랄 게 있나? 그냥 나이만 먹었지. 저 친구가 청출어람이라고 자랑이 대단하던데…."

"당치 않습니다. 아직은 세상이든 의술이든 아는 게 없습니다."

"그래, 그런 겸손한 태도가 마음에 드는군. 하도 어지러운 세상이라 앞으로 젊은이들이 할일이 많을 게야. 그건 그렇고, 먼 길 오느라 피곤할 터이니 간단하게 점심을 먹고 온천에 몸이나 담그지. 자, 어서 일어나세."

신 의원은 환갑이 지난 나이라고 하나 흰머리도 별로 없었고, 얼굴에 주름도 거의 없었다. 40세만 되어도 등이 굽고 이가 다 빠진 사람이 수두룩한데 어떻게 환갑이 넘은 나이에 저렇게 건강할 수 있는지 영학과 명원은 신기할 따름이었다.

동래온천은 약방으로부터 불과 수백 보 거리에 있었다. 1,000년 전 신라시대 때 한 나무꾼이 산에 올랐다가 흰 사슴과 학이 김이 모락모락 피어오르는 샘에서 사이좋게 목욕하는 것을 보고 온천을 발견했다고 한다.

동래온천은 신라의 왕실과 귀족들은 물론 고려와 조선의 왕실로부터 지극한 사랑을 받고 있지만 왜인들에게 더 인기가 있었다. 살이 익을 정도로 뜨겁고 유황냄새가 진동하는 온천을 보아 온 왜인들은 맑고 투명하며, 냄새도 없고 부드러운 동래온천에 환장을 한다고 한다.

조선과 왜가 공식적인 외교관계를 맺고 있을 때 왜관에 머무는 왜인들은 틈만 있으면 온천욕과 범어사 불공을 핑계로 왕래허가를 신청했다. 하도 왜인들의 신청이 많이 몰리다보니 세종대왕께서는 내이포에 머무는 왜인은 영산의 부곡온천, 부산포에 머무는 왜인은 동래온천으로 분산시키고, 병 치료를 위하여 온천욕을 신청하는 왜인에게는 병세에 따라서 중증은 5일, 경증은 3일간 체류를 허용하라는 어명을 내릴 정도였다.

단종대왕은 왕자의 부인이 동래온천에 오래도록 머무는 바람에 동래온천을 이용하려는 왜인들이 줄을 서서 기다린다는 사정을 듣고서는 왕자의 부인에게 서둘러 귀경하라는 왕명을 내린 적도 있었다.

삼포왜란(중종 5년, 서기 1510년)과 사량왜변(중종 39년, 서기 1544년)에 이은 을묘왜변(명종 10년, 서기 1555년) 이후 왜와 조선의 국교는 완전히 단절되었다. 그로부터 30년이 지났지만 양국의 외교관계는 지금도 회복될 기미조차 보이지 않고 있다.

왜는 아직도 내전상태를 벗어나지 못하고, 조선은 내부의 권력다툼에 바빠 외교와 국방에 신경을 못 쓰는 실정이지만 두 나라 백성들의 교류는 은밀하게 지속되고 있다. 동래와 부산포에는 조선에 귀화한 왜인들만 해도 수백이고, 밀무역으로 먹고 사는 사람이 수천에 이른다. 그러다보니 지금도 하루에 수백 명의 왜인들이 동래온천을 찾는다.

온천탕은 황토를 바른 돌담으로 둘러싸인 초가집 안에 있었다. 바닥에 화강암이 깔렸고, 주변을 잡석으로 두른 탕이 있었다. 탕 옆의 둥근 소나무통에는 찬물이 담겨져 있었다. 네 사람은 옷을 벗고 온천탕에 들어갔다. 서로의 몸을 가릴 정도로 뜨거운 김이 무럭무럭 피어올랐다. 수백 리 먼 길을 걸었지만, 솔향이 감도는 온천에 몸을 담그니 피곤함은 씻은 듯 사라지고, 나른한 아늑함이 온몸을 감쌌다.

온천을 나오니 해가 금정산 너머로 기울고 있었다. 일행은 금정산 맞은편으로 뒷짐을 진 채 천천히 걸었다. 오백 보 넘어 걸었을까 싶을 때 제법 큰 내가 나왔다. 온천천이었다.

내를 건너 사오백 보를 더 걸으니 크고 화려한 기와집이 보였는데, 위는 붉은색이고 아래는 청색의 천으로 싸인 등불이 대문에 걸려 있었다. 그 집은 색주가였다. 영학과 명원은 처음 보는 풍경에 호기심을 느끼고, 유심히 대문 안을 들여다보았다. 그런데 난데없이 한복을 곱게 차려 입은 아리따운 여인들이 밖으로 나오더니 호들갑을 떨면서 무례하게도 사내들의 팔짱을 끼었다. 영학과 명원은 영문을 몰라 당황하고 있었는데, 스승은 빙그레 웃기만 할 뿐 아무 말이 없었고, 신 의원은 아무렇지도 않게 여인들이 이끄는 데로 따라갔다.

영학의 팔짱을 낀 여자는 연분홍 저고리에 남색 치마를 입은 여인이었다. 영학은 여자의 살갗과 닿으면서 마치 벼락을 맞은 듯 깜짝 놀라 팔을 빼려고 했으나, 그 여자는 "아이, 이 도련님 참 귀엽게 생겼네."라며 팔을 빼지 못하도록 손에 힘을 주었다. 그 순간 영학은 여자의 보드랍고 말랑말랑한 젖가슴의 감촉을 팔뚝으로 느끼면서 정신이 아찔해지는 것을 느꼈다. 옆을 보니 명원도 얼굴이 홍당무처럼 온통 빨갛게 달아오른 채 여인에게 끌려가고 있었다.

뜰을 지나 방안으로 들어가니 큰 상에 눈이 휘둥그레질 정도의 진수성찬이 차려져 있었다. 상을 사이에 두고 안쪽에 전 노인과 신 의원이 앉고 바깥쪽에 영학과 명원이 앉았다. 상의 중간에는 월향이라는 여인이 앉았다. 서른이 넘어 보이는 나이에 여전히 미모가 확 두드러지는 여인이었다.

월향은 사람들에게 술을 한 잔씩 따른 뒤 우선 식사부터 할 것을 권했다. 그리고 손님들이 수저를 들자 문 앞에서 허리를 깊숙이 숙이고 공손하게 인사를 한 뒤 밖으로 나갔다. 그 후 전 노인이 입을 열었다.

"아니 오늘 왜 이렇게 과용을 하나?"

"멀리서 벗이 오니 기쁘지 아니한가? 내 오늘은 톡톡히 한 턱 내야지."

"그렇다고 색주가로 애들을 데리고 오면 어떻게 하나?"

"여긴 색주가가 아니고 기방(妓房)이네. 색주가하고는 품격이 다르지. 어험! 그리고 젊은 애들, 세상 구경 좀 시켜야지, 형님이나 나나 늙은이 주제에 이런 젊은이들과 함께 오지 않으면 언제 이런 데 오겠소? 오늘은 형님 수제자가 왔으니 내 그냥 못 보내지. 하하하! 자, 자네들은 노인들 신경 쓰지 말고, 먼 길 오느라 시장할 터이니 어서 배부터 채우게."

저녁 식사를 마치자 중노미 둘이 밥상을 들고 나가고, 대신 주안상을 들여왔다. 그리고 네 명의 여인이 방안으로 들어와 손님들에게 나란히 절을 했다.

"저기 연푸른 저고리에 보라색 치마를 입은 아이는 선희라 하옵니다. 선희야, 너는 안쪽의 어르신을 모시거라."

월향이 한 여인을 소개하며 전 노인의 옆을 가리켰다. 그 후 다른 여인들을 소개했다.

"저기 초록색 저고리에 주홍치마를 입은 아이는 복례라 하옵니다. 복례야, 너는 오늘 의원님을 모시거라. 저기 연분홍 저고리에 남색치마를 입은 아이는 가희라고 합니다."

가희는 살며시 목례를 하고 일어나서 스스로 영학의 옆에 앉았다. 마지막으로 월향이 나머지 여인을 소개했다.

"저기 남색 저고리에 붉은 치마를 입은 아이는 자영이라 하옵니다."

말이 끝나기도 전에 자영은 일어나서 명원의 옆으로 갔다. 자리가 정해진 여인들은 각기 자신의 짝에게 소주를 따라 올렸다. 그런데 영학은 잔을 받으면서 가희의 얼굴을 보고서는 일순 놀라서 얼른 고개를 앞으로 돌려버렸다. 순간적으로 마치 민지를 보는 듯해서 가슴이 덜컹했다.

영학은 민지의 땋은 머리를 보았을 뿐 비녀를 꽂은 모습을 아직 보지 못했다. 다만, 얼굴을 보아 민지가 쪽을 찌면 꼭 이런 모습일 것이라고 짐작했다.

월향이 여인들의 재주를 소개했다.

"자영이와 가희는 가야금을 잘 타고, 선희와 복례는 노래를 기가 막히게 합니다. 춤사위는 모두 보통이 아니고요. 오늘 저녁은 사실 부사어른의 조카가 한양에서 친구들을 데리고 와서 여기서 환영연을 열기로 했습니다. 그런데 의원님께서 오신다기에 동헌의 사또 침소에서 잔치를 열게 하고 아이들을 그리로 보냈습니다. 자영이와 가희는 달거리에다 몸이 아프다는 핑계로 빠졌고요. 그 때문에 자영이와 가희가 꾀병 부린 것이 들통날까봐 오늘은 가야금을 탈 수 없으니, 이해해 주십시오. 대신 노래는 한가락 올릴 수 있습니다."

그 말을 들은 전 노인은

"이야, 신 의원이 동래부사보다 끗발이 더 세구나."

라고 놀리듯 말을 했다. 그 말을 들은 월향은

"의원님은 제 어머니의 생명의 은인이십니다. 어렵게 얻은 보은의 기회인데, 어찌 소홀히 하겠습니까?"

라고 답했다. 그러자 신 의원이 전 노인을 가리키며 말했다.

"아, 그거야. 여기 계신 어르신이 진귀한 약초에다 처방을 내려 주신 덕분이지. 월향아, 네 진짜 은인은 여기 이 분이시다."

월향은 두 사람에 대한 고마운 마음을 전했다.

"두 분의 베풀어 주신 은혜, 평생 잊지 않겠습니다. 오늘 즐거운 시간 보내십시오. 그리고 앞의 도련님은 두 분 어르신의 제자라고 들었는데, 부디 세상을 위해 그리고 저희처럼 하찮고 불쌍한 백성들을 위해 좋은 일 많이 해주십시오."

그리고 분위기를 돋우기 위해 자영과 가희에게 노래를 시켰다. 자영과 가희가 함께 노래를 부르기 시작했다. 자영이는 높낮이가 크고 뱃속 아래로부터 올라오는 깊이 있는 목소리를 가졌고, 가희는 맑고 청아한 목소리를 가졌다. 둘이 어울려 부르는 노래를 들으면서 영학은 온몸에 소름이 돋는 것을 느꼈다. 천상의 선녀들이 이보다 더 아름다울 수 있을까? 여인들이 부르는 노래는 고려속요였고, 선돌이 자주 부르던 곡이라 귀에 익었다.

쌍화(雙花)점에 쌍화 사러 갔더니만
회회 아비 내 손목을 잡더이다.
이 말씀이 이곳 밖에 나거들면

조그만 어릿 광대 네 말이라 하리라

더러둥셩 다라러디러 다라러디러 다로러

그 자리에 나도 자러 가리라.

삼장사에 불을 켜러 들어가니

그 절 스님 내 손목을 잡더이다.

이 말씀이 이 절 밖에 나거들면

조그만 어린 중아 네 말이라 하리라

더러둥셩 다라러디러 다라러디러 다로러

그 자리에 나도 자러 가리라.

월향의 설명에 따르면, 노래가사 중의 쌍화는 만두와 비슷한 몽고음식인 상화(霜花)를 한자의 음을 빌린 이두로 표현한 말이라고 한다. 따라서 쌍화점은 만두가게를, 회회아비는 몽골족이나 아라비아 사람을 뜻했다.

노랫말은 양반들이 보기에 저속한 내용이지만, 아리따운 여인 둘이 화음을 이루어 춤을 추면서 부르는 노래는 아름답고 환상적이었다. 노래는 끊어지지 않고 계속 되었다. 이번에는 밀양아리랑이었다.

날 좀 보소 날 좀 보소 날 좀 보소

동지 섣달 꽃 본 듯이 날 좀 보소.

아리아리랑 쓰리쓰리랑 아라리가 났네.

아리랑 고개로 날 넘겨 주소.

정든 님이 오셨는데 인사도 못해
행주치마 입에 물고 입만 벙긋.
다 틀렸네 다 틀렸네 다 틀렸네.
나귀타고 장가가기는 다 틀렸네.

밀양아리랑이 나오자 신 의원과 전 노인은 신이 나서 일어나 덩실덩
실 춤을 추었다. 여인들도 함께 일어나 손뼉을 치며 춤을 췄다. 신 의
원은 방바닥의 보료를 등에 넣고 꼽추 춤을 추었다. 앞니에는 까만 김
을 붙여 마치 이 빠진 꼽추처럼 보였다. 그 모습에 사람들은 일제히 배
꼽을 잡고 자지러졌다. 영학과 명원도 신이 나서 어깨를 들썩들썩했다.
영학으로서는 이렇게 신나게 웃고 떠들면서 놀아본 적이 없었을 뿐더
러 구경도 해본 적이 없었다.

월향이 밀양아리랑에 대한 유래를 알려 주었다. 밀양아리랑은 고려
시대 경상도 청도 출신의 농민 김사미가 운문(雲門)고을에서 농민해방
을 구호로 일으킨 시위와, 초전(草田, 경상도 울산의 옛 지명) 출신의 천
민 효심이 사회적 차별철폐를 내세워 일으킨 결사 운동이 실패한 뒤,
고향으로 돌아가면 잡혀 죽을 게 뻔한 주동자들이 갈 곳이 없어 운문고
을에 모였을 때 부른 노래다. 그런데 수백 년의 세월이 흐른 지금은 고
달프고 배고픈 백성들이 널리 부르는 노래가 되었다.

밀양아리랑의 유래를 들은 영학은 절망적인 상황에서 부른 노래라고
보기에는 너무 신나고 경쾌한 노래가 아닌가 하는 의문이 들었다. 그러
면서 한편으로 극과 극은 통한다는 말처럼 극한의 절망은 무아지경의

평온과 같은 것일지도 모른다는 생각이 들었다.

노래가 끝나자 월향은 가희에게 한시(漢詩)를 지어 보라고 했다. 월향의 말에 좌중들은 기녀가 한시를 짓는다는 말에 설마 하는 의구심이 생겼다. 그러나 월향은 중노미에게 먹과 벼루와 종이를 가져오라고 시켰다.

가희는 월향이 벼루에 먹을 가는 동안 조용히 눈을 감고 있다가 이윽고 붓을 들고 일필휘지로 시를 쓰기 시작했다. 놀랍게도 그녀의 글씨체는 당의 태종과 측천무후로부터 서성(書聖)으로 추앙받던 동진(東晋)의 왕희지체(王羲之体)였다.

春來朋來 花開月開(춘래붕래 화개월개)
月月朋朋 嬉喜諾樂(월월붕붕 희희낙락)

월향이 가희의 시가 적힌 한지를 펴들고 일어서자, 가희는 맑고 청아한 목소리로 시를 읊었다.

봄이 오고 벗이 오니, 꽃이 피고 달이 뜬다.
달은 달이고 벗은 벗이니, 미인은 기쁘고 응하는 이 즐겁다.

글씨체의 아름다움도 그렇지만 그 짧은 시간에 이렇게 분위기에 딱 들어맞는 시를 짓다니 참으로 놀랄만한 실력이었다. 그러자 신 의원이 영학에게 화답을 청했다. 한시를 지어 본지가 까마득했지만 영학은 거절할 수 있는 분위기가 아니라고 보고 붓을 들었다.

東好友好 花昇氣昇(동호우호 화승기승)

日日昌昌 郞朗娥嬰(일일창창 랑랑아아)

동래가 좋으니 벗이 좋고, 꽃이 피니 기운이 오른다.

해가 해인지라 밝고 밝으니, 사내는 즐겁고 여인은 아름답다.

오랜만에 써보는 글씨라 마음에 차지 않았다. 그 역시 왕희지체를 좋아하지만 가희가 왕희지체로 쓴 것을 보고 일부러 구양순체를 썼다. 그래서 그런지 마음에 들지 않았다. 그러나 영학은 '에라, 술김에 쓴 글인데, 어쩌랴'는 마음으로 붓을 놀렸다.

월향이 종이를 들어 올리자 영학은 시를 읊었다. 그런데 옆에 있던 가희가 살짝 눈을 흘기듯이 영학을 보며 말했다.

"도련님은 구양순체보다는 왕희지체가 더 잘 어울립니다. 외모로 보더라도 구양순은 키도 작고 못생긴데다 반역자의 아들이라고 구박과 조롱을 받고 컸지 않습니까? 그래서 도련님과는 어울리지 않네요."

그 순간 영학은 '아, 이 여인이 내 글씨체까지 한눈에 알아보다니 도대체 학문의 경지가 어느 정도란 말인가?'하는 놀라움에 빠졌다.

전 노인이나 신 의원도 가희의 안목에 놀랐다. 신 의원은

"네가 시문에 능하다는 소문을 듣기는 했지만 이런 경지인지는 몰랐구나. 교육을 받은 여염 집 부녀들도 정음을 겨우 아는 정도인데, 네 실력은 사임당 신 씨의 경지에 못지않구나."

라며 감탄했다. 그 말에 가희는

"천한 기생년의 잔재주를 감히 신 사임당과 비교하다니 당치 않사옵
니다. 잠시 어깨너머로 알게 된 잔재주일 뿐입니다."

라며 겸손하게 대답했다.

으슥한 밤이 오고 여흥이 파했다. 명원은 대화에 끼지 못해 혼자 술
을 홀짝거리다 대취하여 머리를 벽에 기댄 채 잠이 들어 있었다. 신 의
원은

"오늘 오랜만에 참 즐거운 시간이었네. 그리고 형님은 정말 좋은 제
자를 뒀네. 영리한데다 심성이 바르니 말이야. 그건 그렇고 아직 자네
들이 기거할 방을 마련하지 않았어. 그러니 형님은 나랑 집으로 가고,
자네들은 여기서 잠을 청하게. 내일 아침에 사람을 보내겠네."

라고 하면서 자리에서 일어났다. 배웅을 마친 월향은 벽에 기대어 잠
든 명원을 이불 위에 눕혔다.

8장

불
길

불길

전 노인과 신 의원이 떠나고 난 뒤 영학은 방바닥에 벌러덩 대자로 누웠다. 술기운이 올랐지만, 처음으로 접해본 여자의 부드러운 가슴살의 감촉이 생생하게 되살아나면서, 의식은 또렷했다.

그때 방문이 열리면서 월향이 다시 들어 왔고, 기척을 느낀 영학은 벌떡 일어나 앉았다.

"먼 길에 피곤하시죠? 이 방은 불편합니다. 거처를 옮기시지요."

"아니, 괜찮습니다. 이 친구랑 같이 여기서 신세를 지겠습니다."

"뒤채에 있는 가희의 방으로 드십시오."

"예! 예?"

당황하는 영학의 모습을 보고 월향은 미소를 지으면서 말했다.

"가희가 오늘 선비님의 늠름한 풍채에 홀딱 반했나 봅니다. 오늘 선비님을 서방님으로 모시고 싶답니다. 그렇지만 기생도 지조가 있고 자존심이 있으니, 선비님께서 가희의 거처로 드시지요."

"허, 이런……."

"풍류남아가 어찌 여인을 두려워하십니까? 가희는 절대 선비님에게 해가 되는 짓을 할 아이가 아닙니다. 남자를 연모하는 마음을 겉으로 드러낸 일도 오늘 처음이고요. 자, 저를 따라오십시오."

영학은 주저주저하면서도 월향이 이끄는 대로 따라갔다. 술청으로 쓰이는 넓은 기와집을 빙 돌아가니 제법 널따란 정원이 있었다. 정원의 왼쪽 끝에는 높이가 두 길이나 되는 커다란 바위가 있고 바로 그 앞에는 지름이 10자 정도 되는 동그란 못이 있었다. 정원의 중앙에는 족히 백 년이 넘어 보이는 소나무가 등을 구부린 채 서 있었다.

가희의 방 앞에 이르러 영학은 잠시 호흡을 가다듬었다. 저절로 가슴이 콩닥콩닥 뛰고 숨이 거칠어졌기 때문이다. 지금까지 민지의 손을 잠시 슬며시 잡아 본 것 말고는 다른 여인과 이야기를 나눈 적도 없다. 그런데 이 야밤에 여인의 방에 들어가다니, 이 순간을 어떻게 해야 할까 고민스러웠다. 그러나 나비가 꽃을 향한 이끌림을 어떻게 누를 수 있으랴. 영학은 '에라, 모르겠다'는 심정으로 방문을 열었다.

방 안에는 호롱불이 환하게 켜져 있었다. 방안에는 조그만 개다리소반에 주안상이 마련되어 있었다. 그 곁에는 남색바탕에 흰 실로 학을 수놓은 이불이 반듯하게 펴져 있고 윗목에는 흰색의 깔끔한 베갯잇에 싸인 베개가 놓여 있었다. 윗목에 앉은뱅이책상이 하나 있고, 그 위에는 서찰로 보이는 문서가 반쯤 펼쳐져 있었는데, 얼핏 보니 왜나라 글이었다.

　가희는 홑겹의 흰 옥양목 적삼과 치마를 입고, 한쪽 구석에 앉아 있었다. 영학이 방안에 들어서자 가희는 큰절로 맞았다. 절을 하는 가희를 보고 영학은 기겁을 하면서 말리려다가 엉겁결에 맞절을 했다.

　여인의 모습은 고혹적이었다. 영학은 얼굴이 붉다 못해 뒷덜미까지 빨개졌다. 영학은 가희가 내미는 잔에 술을 따랐다. 술병을 든 손이 떨려오는 것을 숨길 수 없었다. 둘은 어색함을 감추기 위해 얼른 술잔을 비웠다.

　가희가 무릎걸음으로 다가가 입김으로 호롱불을 껐다. 그리고선 치마끈을 풀었다. 영학은 어두운 방에서 자신의 심장 뛰는 소리만 들을 수 있었다. 실오라기 하나 걸치지 않는 몸이 되어 여인의 촉촉한 입술을 느낄 때마다 영학은 소스라치게 놀라며 몸을 움츠렸다. 여인의 손길이 사타구니에 닿을 때 하마터면 뜨거운 열기를 분출할 뻔했다. 그러나 가희의 능숙한 손은 이미 사타구니를 떠나 부드럽게 영학의 엉덩이를 쓰다듬고 있었다.

　어느덧 떨림은 사라졌다. 처음이었지만 영학은 자연스럽게 가희의 입술과 젖가슴을 핥으며 손으로 가희의 둔덕을 쓰다듬었다. 가희의 입에서 짧은 교성이 저절로 새어 나왔다. 더 이상 참지 못한 가희는 영학의 남성을 잡아 당겨 자신의 몸속에 넣었다. 그 순간 사내는 따뜻하고 보드라운 황홀감에 정신을 잃었다.

　그 짧은 순간에 가희도 짜릿한 쾌감이 불두덩이를 타고 온몸으로 쭉 퍼져나가는 것을 느꼈지만, 아쉽게도 그 순간은 너무 짧았다. 쾌감이 서로의 몸속을 파고드는 순간 영학은 이내 폭발하고 말았다.

영학은 온몸의 힘이 모두 다 빠져나가 버린 듯 움직임을 멈추었다. 하지만 가희의 손길은 서두르지 않고 영학의 몸을 부드럽게 쓰다듬고 있었다. 그러다 귀여워서 못 견디겠다는 듯이 영학의 머리를 앞으로 당겨 자신의 가슴에 묻으면서 짓궂게 물었다.

"서방님, 오늘 처음이시죠?"

영학은 가슴에서 얼굴을 떼고 민망한 표정으로 말했다.

"그렇소. 그렇지만 다시 하면 잘 할 수 있소."

여인은 어둠 속에서 사내에게 미소를 보냈다.

"처음이지만 참 좋았어요. 그리고 잘 했어요."

여인은 칭찬을 하면서 계속 말을 걸었다.

"서방님은 올해 나이가 어찌 되시는지요?"

"무진년생이니 올해 만 열여섯이오."

"어머나, 양반가의 도련님이 어떻게 이 나이가 되도록 한 번도 여인을 품어보지 않으셨나요?"

"아직 장가를 못 갔으니 당연하지 않소."

"양반이 장가 안 갔다고 여인을 품지 않나요?"

"장가를 안 갔는데 어떻게 여인을 품는단 말이오?"

"집안에 계집종도 있고, 동네 양민들 딸도 있고, 기생집이나 색주가도 있고, 천지에 널린 게 여인 아닙니까? 제가 아는 양반집 도령들은 열서너 살이면 다 총각딱지 떼던 걸요."

"글쎄, 그렇다면 한 4년간 산에서 사느라 정신이 없었나 보오."

"서방님은 왜 과거를 보지 않았습니까? 문과합격은 하고도 남을 실력인데……."

"무슨 당치도 않은 말을 하는 게요? 과거합격이 그리 쉽소?"

"저는 동래부 소속 관비입니다. 태어날 때부터 열네 살 때까지 동헌에서 살았기 때문에 글을 익힐 기회가 있었습니다. 열다섯 살에 동래부의 관기가 된 이래 6년 동안 부사어른을 비롯한 양반들의 잠자리 수청을 들고, 양반들의 주연에 많이 참석해 봤기 때문에 그들의 글솜씨를 잘 압니다."

"정말 그렇소?"

"제가 보기에는 천자문을 뗀 후 일천 오백 자를 더 익혀 이천 오백 자만 제대로 익히면 소과 합격은 충분하고, 다시 일천 오백 자를 더 보태 사천 자를 알면 문과에 합격할 실력이 됩니다. 그런데 서방님의 시문을 보니 오천 자가 넘는 실력입니다. 게다가 필체도 좋으니 문과 합격은 따 놓은 당상이지요."

"허허, 이럴 수가……. 그대는 어떻게 태어날 때부터 동헌에서 자라게 된 것이오?"

"어머니가 관기인데, 사또의 잠자리 시중을 든 후 이 년을 낳았습니다. 아버지는 어머니나 저를 끔찍이도 예뻐하셨지요. 그래서 외직의 수령생활을 하는 동안 어머니와 저를 임지로 데리고 다녔지요. 그렇지만 제가 열세 살 되던 해 경직을 받아 한양으로 올라가고 일 년 뒤 소식이 끊겼습니다. 듣자니 아버지는 어머니를 첩으로 삼기 위해 애를 썼지만, 권세가 막강한 친정을 둔 조강지처가 노비를 첩으로 둘수 없다고 반대하는 바람에 결국 수포로 돌아갔답니다. 그래도 어머니는 포기하지 않고 한양에서 소식이 올 것이라면서 목을 빼고 기다렸지만, 제가 열다섯 살 되는 해에 부사어른께서 저에게 수청을 들라고 하더군요. 그때서야 어머니는 첩이 되기를 포기했습니다. 그 후저는 관기생활을 시작했고, 지금은 경력이 쌓여 관아를 벗어나 기방에서 생활하고 있습니다."

"그럼, 지금은 관비가 아니라는 말이오?"

"지금도 관비입니다. 평소에는 기생으로 일하지만 관아의 부름을 받으면 당장 달려가야 합니다. 지금 동래부에는 사또에게 수청 드는 관기가 저 말고도 둘이 더 있습니다. 제가 관기가 된 뒤 세 분의 사또를 번갈아 모셨습니다. 두 번째 사또까지만 해도 자주 저를 찾았는데, 신임 사또께서는 제가 이제 퇴물이라고 생각하시는지 잘 부르지않습니다. 게다가 한 달 전에는 사또께서 저더러 한양에서 온 손님의몸시중을 들라고 하더군요. 그걸 보면 앞으로 더 이상 사또의 부름을받기는 틀린 모양입니다. 그렇지만 마음은 오히려 평안합니다."

"어머니는 지금 어떻게 되셨소?"

"제가 관기가 된 것을 보고 실망이 크셨는지 우울증으로 시름시름 앓다가 일 년도 되지 않아 돌아가셨습니다."

"참, 안됐군요."

"안됐다고도 할 수 없지요. 관기로서 사또를 모신 것만 해도 팔자가좋지요. 그래도 사또를 모신 관비는 대우를 받고, 다른 아전들이 함부로 대하지 않습니다. 그래서 관아에서 명하는대로 아무에게나 잠자리 시중을 드는 다른 관기들보다는 훨씬 낫지요."

영학은 더 이상 무슨 말을 해야 할지 몰라 잠자코 있다가 다시 입을 떼었다.

"그런데 공부는 어떻게 하게 되었소?"

"태어날 때부터 사또가 책을 읽는 것을 보고 자랐습니다. 다섯 살 난 계집아이가 글을 읽자 생부이신 사또는 신기하다면서 저를 무릎에 앉히고 글을 가르쳐 주셨습니다."

"어릴 때 글공부에 소질이 있었나보군요."

"저는 어려서부터 글공부가 좋았습니다. 그런데 조선에서 여자가, 그것도 천한 노비가 공부를 한들 무슨 소용이 있겠습니까? 기생이 글을 알면 오히려 고초를 겪지요. 술자리에서도 양반들은 처음에는 호기심으로 시문을 지어보라고 합니다. 그런데 제가 시문을 쓰고 나면, 화답은커녕 갑자기 화를 내면서 "이걸 어디서 베꼈느냐?", "네 기둥서방이 누구냐?", "아녀자의 본분을 모르는 천한 기생년이 요망하기 짝이 없다"는 등의 욕설을 퍼붓기 일쑤입니다. 제가 주연에서 시문을 쓴 뒤 화답과 칭찬을 받은 것은 오늘이 처음입니다. 정말 살다보니 이런 날도 있구나 싶을 정도로 기쁘고 복된 날입니다."

"시문을 칭찬하는 것은 선비로서 당연한 게 아니오? 그러면 그동안 사람들은 어떻게 화답을 했소?"

"화답요? 화답은커녕 욕만 먹었습니다. "요망한 기생년이 지껄이는 시문에 귀를 씻어야 할판인데, 화답은 무슨 화답이냐"고 돌아서버립니다. 그들은 대부분 문과에 합격한 관리들이지만, 사실 주연에서 그 짧은 시간에 시문을 지을 자신이 없는 사람들입니다. 그런데 서방님 께서는 처음으로 이 천한 년을 칭찬해 주시고, 고심해서 화답해주셨 습니다. 이제는 죽어도 여한이 없습니다."

"죽어도 여한이 없다니요, 그대는 아직도 젊고 아름답소. 살아온 날 보다 살아갈 날이 훨씬 더 많은데 어찌 그런 말을 하시오?"

"이 나라에서 기생은 개, 돼지보다 못합니다. 개, 돼지는 머리채 잡히 고, 욕을 먹고 발길질 당하지는 않습니다. 그렇지만 기생은 평소에는 체통과 권위를 내세우며 점잖게 굴다가 술만 들어가면 미친개가 되는 양반들의 노리개와 분풀이 대상입니다. 양반들은 무슨 번뇌가 그리 많은지 밤에 술만 들어가면 사람에게 온갖 욕을 다 퍼붓고 이를 갈면 서 저주를 하는지, 정말 쳐다보기조차 두렵습니다. 술자리에서 머리 채 잡히고 발길질 당하는 건 기생의 일상생활입니다. 게다가 술자리 에서 얻어맞아 눈두덩이가 시퍼렇게 되고서도 그렇게 만든 사내의 잠 자리 시중을 들어야 할 때는 정말 혀를 깨물고 죽고 싶은 심정입니다. 그렇기 때문에 서방님 같은 분을 만난 저는 정말 행운아입니다."

"그래도 그렇지, 학식도 뛰어나고 재능도 있고 외모도 선녀처럼 아름 다운 그대가 마치 인생을 다 산 것처럼 말하는 것은 도저히 어울리지 않소."

"그렇게 말씀하시니 정말 고맙습니다. 서방님 말씀이 맞습니다. 그래 서 다들 개똥밭을 구르더라도 저승보다는 이승이 낫다고 하지요. 저 도 수모를 수모라 여기지 않고, 그저 죽었다 생각하고 참고 살아왔기에 비록 하룻밤에 그칠지언정 이렇게 멋진 낭군님을 만나지 않았습니까? 오늘 밤은 촌음의 시간도 아깝고 귀합니다. 그러니 서방님, 한 번 더 안아 주세요."

'이토록 뛰어난 재색을 갖춘 여인이 노비라는 이유로 재능을 펼치기는커녕 제 몸 하나 자기가 간수할 수 없다니 이 얼마나 잘못된 세상인가? 이 여인을 위해서 무엇을 해줄 수 있을까?'

이런 생각을 하면서 영학은 여인을 안은 팔에 힘을 주었다. 사람의 몸이 이렇게 매끄럽고 부드럽고 따스한 것인지 미처 알지 못했었다. 어느덧 아까의 떨림은 흔적도 없이 사라지고, 아주 자연스럽게 관능의 불꽃이 타올랐다.

불타오르는 정념과 설렘을 겨우 식히고 나니 요가 땀으로 축축하게 젖었다. 둘은 한 몸이 되어 데굴데굴 몸을 굴러 맨 바닥으로 자리를 옮겼다. 그리고 이불을 둘둘 말아 다리베개로 삼았다.

바닥의 차가움은 열에 들뜬 몸을 상쾌하게 식혀 주었다. 손으로 영학의 몸을 더듬고, 이따금씩 영학의 몸에 입을 맞추던 가희가 입을 열었다.

"서방님은 장래 꿈이 무엇이옵니까?"

"글쎄, 내 꿈이 뭔지, 아직 뚜렷이 정한 게 없습니다."

"서방님, 말씀 편하게 하세요. 이 미천한 년에게 왜 존대를 하십니까?"

"나보다 나이가 많지 않소? 그리고 미천하기는 무엇이 미천하다는 말이오? 그대가 관기가 된 것은 그대가 원해서가 아니라 국법에 따른 것이지 않소? 당신이 무얼 잘못하였소."

"위험한 생각이십니다. 서방님의 말씀은 조선의 근본인 반상의 법도를 어지럽히고 강상의 윤리를 무시하는 과격한 이단입니다. 인간은 결코 혼자 살 수 없고 뭉쳐서 사회를 이루어야만 살 수 있는 동물입니다. 서방님은 이 사회에 혼란과 무질서를 초래할 수 있는 무서운 생각을 갖고 있습니다."

"무엇이 혼란과 무질서를 초래한다는 말이오? 덕으로서 나라를 다스리고 백성들이 사람답게 살도록 법과 제도를 만들어야 한다는 것은 이 나라의 양반들이 말만 들어도 껌뻑 죽는 공자의 말씀이오. 맹자 또한 힘으로 백성들을 억누르는 패도를 배격하고 덕망 있는 사람이 정치를 하는 왕도(王道)정치를 가르쳤소. 그런데 이 나라 조선은 공자나 맹자의 사상과는 너무나 거리가 머오. 그 사실을 지적하는 게 과격한 이단이란 말이오?"

"삶은 이상이 아닌 현실입니다. 현실을 무시한 이상은 허망한 욕심에 불과하지요. 조선의 법과 제도는 모두 양반들의 것입니다. 그런 양반들이 자기 것을 지키려고 하는 것은 당연한 것 아닙니까? 자기 것을 뺏기지 않고 지키려고 하는 것은 생존본능이고, 생존본능은 자연이 준 것 아닙니까? 그렇지만 이상은 인간이 만든 것이지요. 인간이 만든 것은 자연이 만든 것을 이길 수 없고, 이상은 절대로 현실을 이길 수 없습니다."

영학은 가희의 논리를 그럴듯하게 느끼면서도 그녀의 말에 동의할 수 없었다.

"천만에, 인간은 이상 없이는 절대 살 수 없는 존재요. 이상을 버리고 현실만 추구한다면, 인간과 짐승이 다를 게 뭐요? 욕심은 자연이 준 것이고 이상은 인간이 만든 것이라고 말했소. 하지만 자연이 인간을 만들고 인간이 이상을 꿈꾸기에 이상은 결국 자연이 준 것이지 인간이 만든 게 아니오. 이 세상 어떤 것이라도 자연으로부터 벗어날 수는 없소. 그렇기 때문에 인간의 이상 또한 자연이 인간에게 부여한 것이오."

"듣고 보니 서방님의 말씀이 옳습니다. 그렇다면 이 년의 말을 고치겠습니다. 인간의 생활에서 현실과 이상은 절대로 분리될 수 없는 것이고 서로 조화될 수밖에 없습니다. 그렇기 때문에 무엇이 더 중요하느냐가 아니라 중용(中庸)을 이루어야지요."

"그렇소. 공자도 일찍이 '자신의 귀를 활짝 열어 놓고 남의 말을 귀담아 듣고, 그중에서 옳은 것을 가려 행하며, 눈으로 두루 살펴 자신이 본 것을 마음속에 새기는 사람'이 되라고 하였소. 그렇지만 공자도 평생을 실직, 향수병, 배고픔, 폭력, 심지어 생명의 위협에 시달렸소. 공자는 그 어려움 속에서도 자신의 이상을 버리지 않았기 때문에 후손들의 존경을 받는 것이오."

"맞습니다. 그런데 공자께서는 위협을 받기는 했어도 목숨을 잃지는 않았습니다. 그러나 야소께서는 하늘의 주인이신 천주의 아들이면서도 인간의 죄를 대신하여 손목과 발목에 못이 박혀 십자가에 매달려 목숨을 잃었습니다. 이토록 선지자(先知者)의 삶이란 참으로 고달프고 외로운 길이랍니다."

"야소가 누구요?"

"서양인들이 믿는 야소교(耶蘇敎)를 일으킨 선지자이고, 신에 대한 죄로부터 인간을 구한 구세주입니다."

"지난번에 스승님으로부터 야소교라는 말을 잠시 들은 적은 있지만, 야소라는 이름은 처음 듣습니다. 야소교는 어떤 종교입니까?"

"불교가 '자타불이 성불(自他不二 成佛)' 즉, 부처가 되는 데는 너와 내가 다르지 않다고 하며, 부처님 앞에서 인간은 모두 평등하다고 가르치고 있습니다. 그런데 야소교는 '모든 인간은 유일신(唯一神)인 하느님의 아들이다'고 가르치고 있습니다. 왜에는 3~40년 전에 이 종교가 들어 와서 왜의 귀족들 중에 신자들이 많다고 합니다."

"그럼, 불교와 야소교는 어떤 차이가 있습니까?"

"불교는 부처를 말하는 불(佛), 부처의 말씀인 법(法), 부처의 제자인 승(僧)을 3보(寶)라 하여 중요시하는데, 야소교에서는 성부(聖父), 성령(聖靈), 성자(聖子)를 삼위일체로 숭배합니다. 성부는 하늘의 주인이신 천주를 이르는 말이고, 성령은 천주의 계시나 가르침을 의미하며, 성자는 천주의 아들이니, 불교의 3보와 야소교의 삼위일체는 본질적으로 같은 것으로 보입니다. 그렇지만 불교는 전생사상이나 윤회사상을 갖고 있지만, 야소교에는 전생(前生)이나 윤회(輪廻)가 없고, 인간이 바로 천국으로 연결되기 때문에 불교보다는 야소교가 인간과 하늘이 더 가깝다고 생각됩니다."

영학은 처음 듣는 말이라 선뜻 이해가 되지 않았다. 그래서 좀 더 알아보고 싶었다.

"부족국가에서 고대국가로 넘어올 때, 불교가 국가적 통일을 위한 이념으로 왕실에서 도입한 것이라는 사실은 알고 있지요?"

"알고 있지요. 부처 앞에서의 평등이라는 개념은 백성들에게 일체감을 심어줄 수 있었지만, 전생사상과 윤회사상은 교묘하게 왕족이나 귀족들의 특권적 지위를 보호하였습니다. 즉, 전생에 덕을 많이 베풀었기 때문에 이생에서는 왕이나 귀족으로서 특권을 누린다는 사상을 은연 중 백성들에게 심어주었습니다. 이 때문에 불교는 고대국가의 이념적 통일을 가능하게 하면서도 귀족들의 욕구와도 타협한 점이 있습니다. 하지만 야소교는 전생과 윤회를 인정하지 않기 때문에 왕이나 귀족의 특권을 부정합니다. 그렇기 때문에 야소교는 백성들에게는 환영받겠지만 귀족들이 용납하기 힘든 사상입니다."

가희의 설명에 영학은 의문이 들어 물었다.

"그런데 왜에서는 많은 귀족들이 야소교를 믿는다고 하지 않았소?"

영학의 진지한 질문에 가희는 기쁜 마음으로 말을 계속했다.

"왜는 지금까지 100년이 넘는 세월 동안 내전상태에 있습니다. 오랫동안 전란을 겪다보니 무사가 권력을 가지게 되었습니다. 그러나 무사계급은 형성된 지 얼마 되지 않아 아직 고착화되지 않았고, 실력이 없으면 하루아침에 목숨을 잃을 정도로 치열하고 힘든 경쟁 속에서 살고 있습니다. 그래서 무사들과 귀족은 서로 다른 존재입니다. 또한 왜국에는 사농공상의 차별이 없습니다. 따라서 무사계급이 권력층이기는 하나 조선의 양반과 같은 특권층은 아닙니다. 또한 왜국은 지방의 소국들이 힘을 키우기 위해 농의 육성에 힘쓰지만, 땅이 척박하여 농에는 한계가 있기 때문에 공과 상을 장려합니다. 이 때문에 농공상을 도맡은 백성들이 살기에 좋지요. 그러다보니 백성을 능가하는 귀족이 없습니다. 그래서 야소교가 무사들 사이에서 쉽게 전파될 수 있었습니다."

영학은 가희의 말이 믿기지 않았지만 그녀가 거짓말할 리가 없다고 생각하고 그녀의 말에 귀를 기울이면서 물었다.

"그렇다면 야소교는 특권과 차별이 고착화된 조선에는 들어오기 힘들겠군요."

"그렇습니다. 양반들이 특권을 누리는 한 야소교가 조선에 들어오려면 수많은 백성들의 피가 이 땅에 뿌려져야 할 겁니다. 어쩌면 양반 시대가 종말을 고하기 전에는 야소교가 조선에 들어오지 못할지도 모르지요."

"그대는 역사면 역사, 종교면 종교 도대체 모르는 것이 없구려. 야소교에 대해서는 어떻게 알게 되었소?"

영학은 진심으로 탄복하면서 말했다. 가희는 영학의 칭찬에 눈을 반짝이며 말을 이었다.

"이왕 말이 나왔으니 말씀드리겠습니다. 세종대왕께서는 재위 8년(서기 1426년)에 대마도주 소 사다모리(宗貞盛)의 주청을 받아들여 예전부터 개방하고 있던 부산포에 더하여 웅천의 내이포(乃而浦)와 울산의 염포(鹽浦)를 추가한 삼포를 개항하여 일본인과의 자유교역을 허락하였습니다. 그때부터 삼포에는 왜인들이 거주하여 살게 되었고, 수많은 왜인들이 무역을 위해 조선을 왕래하였습니다. 그런데 세월이

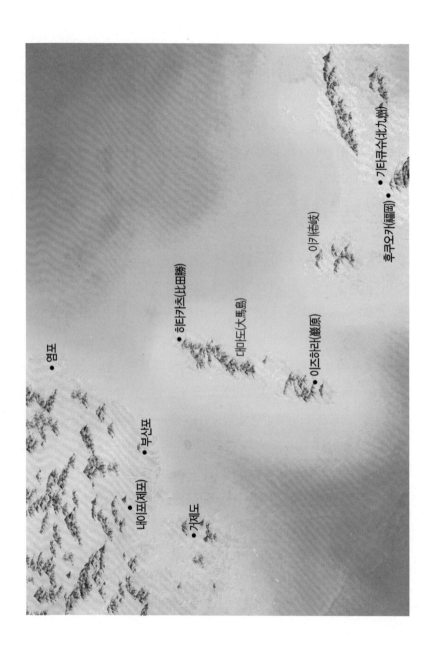

지남에 따라 조선으로 오고 싶어 하는 왜인들의 숫자가 자꾸 늘어났습니다. 여기에 조선 관리들이 심한 거부감을 가졌지요."

"조선의 관리들이 거부감을 가졌던 이유가 무엇이오?"

"조선 관리들의 인식은 이렇습니다. '왜인들이 생선이나 소금을 판다는 구실로 우리 백성들과 자주 접촉하고, 그 결과 서로 친해져 술과 고기를 대접하는 실정이다. 우리 땅에 거주하는 왜인들이 증가하여 포구에 머무는 자들을 포함하면 적도(賊徒) 수천이 우리나라에 있는 것과 같다. 일찍이 왕명으로 사무역을 금지하였지만 단속관졸이 부족하여 야음을 틈타 밀무역에 손대는 자가 끊임이 없다. 탐욕스럽고 간교한 무리가 나라를 생각하지 않고, 자신의 욕망을 충족하기 위해 함부로 국가의 기밀을 누설하고 다닌다.' 이런 인식을 가진 조선의 관료들은 어떻게든 왜와 조선의 무역을 억제하기 위해 혈안이 되었지요."

영학은 조바심이 나 재촉하듯 물었다.

"그래서 어떻게 되었소?"

"조선의 조정은 왜인과 조선 백성들의 교류를 차단하기 위해 온갖 수단을 동원하였습니다. 왜관을 이중 장벽으로 둘러싸고, 백성들을 동원하여 성벽과 목책을 세웠지요. 그럼에도 불구하고, 조정의 힘으로는 양국 백성들의 교류를 도저히 막을 수가 없었습니다. 그러자 조정에서는 엄벌주의로 나오기 시작했습니다. 왜인을 접대하거나 왜인과의 상행위가 적발되는 경우 일벌백계로 목을 베었습니다. 무역선을 일일이 검사해서 허가된 양보다 많은 거래를 하는 자는 즉결처분으로 사형에 처하게 했습니다. 어느 해에는 어로작업을 하는 제포 거주 왜인 4명을 해적으로 몰아 참수하는 사건이 생겼는데, 이로 인해 제포와 부산포에 거주하는 왜인들이 대마도주의 지원을 받아 폭동을 일으켰지요. 이것이 삼포왜란입니다."

그 말에 영학이 안타까운 표정으로 말했다.

"그럼 삼포왜란은 조선관원들의 무리한 단속 때문에 초래된 것이란 말이오?"

"그 난리는 더 많이 조선에 오기를 원하는 왜인들의 욕구를 조선정부에서 수용할 수 없어 벌어진 사건인데, 조선 관원들의 무리한 단속도 중요한 원인의 하나입니다. 그 후 양국은 서로의 충돌을 완화하기 위해 임신조약을 체결했는데, 이 조약은 삼포왜란의 원인이나 백성들의 여론을 무시한 채 일방적으로 왜인에게 책임을 돌리고, 양국의 무역을 억압했습니다. 이 때문에 양국의 무역허가량은 절반으로 줄었지요. 그러다보니 왜나 조선 백성들의 불만은 더 커졌고, 양국의 충돌 가능성은 예전보다 더 커졌습니다."

"그래서 삼포왜란이 일어난 지 34년 만에 결국 또 난리가 터진 것이로군요?"

"그렇습니다. 조선의 무역제한에 열받은 왜인들이 전선 20척을 이끌고 통영의 사량진 해변에 나타나 밀무역을 하다 조선의 관원에게 걸리자 칼로 대항하는 사건이 발생하였습니다. 그러자 조선의 조정은 진상의 조사나 근본적인 대책의 수립 없이 이 사건을 기회로 아예 왜와의 대화를 중단해버렸고, 이로 인해 대마도주 및 왜의 상인들의 불만은 폭발 직전에 이르렀지요.”

영학이 한숨을 내쉬면서 말했다.

“그래서 이번에는 불과 10년 뒤 엄청나게 큰 난리가 생긴 거로군요.”

“그렇지요. 11년 뒤 을묘년에는 왜인들이 70척의 배를 이끌고 와서 조선의 곡창지대인 전라도 영암의 달량포(達梁浦)와 이포(梨浦)에 쳐들어 와서 노략질을 하였습니다. 이후 조선의 조정은 왜와의 국교를 완전히 단절해버렸습니다. 그리고 왜와 거래하는 백성들을 적발하면 사정없이 목을 베어 버렸습니다. 이러한 조선 조정의 태도는 남도 백성들을 하나도 고려하지 않은 것입니다. 삼포가 개항된 이후 남도의 백성들은 살기가 좋았습니다. 왜에서는 엄청난 은이 생산되고 있었기 때문에 왜와 거래하는 사람들은 돈을 많이 벌었습니다. 그렇지만 조선 관리들의 생각은 백성들과 너무 달랐습니다.”

“어떻게 달랐단 말이오?”

“조선의 최고 인재들이 모였다는 사간원에서 ‘왜국의 사자가 통신을 명분으로 상물(商物)을 많이 가져왔는데, 은이 8만 냥이나 됩니다. 은이 보물이기는 하나 백성이 입고 먹을 수 없으니 참으로 쓸데없는 것입니다. 우리나라는 무명을 널리 쓰므로 백성들이 다 여기에 힘입어 사는데, 백성들이 힘입는 것을 쓸데없는 물건과 바꾸어 이익이 저들에게 돌아가고 우리가 그 폐해를 입는 것은 옳지 않습니다’고 상소를 올릴 정도였지요. 연산군 때는 대마도주가 동철 10만 근을 가지고 무역을 요구했지만, 조정은 공무역의 금지라는 명분을 고집하며 끝끝내 거래를 거절한 적도 있습니다.”

영학은 가희의 해박함에 놀라면서도 들으면 들을수록 궁금증이 생겨 계속해서 물었다.

"동래나 부산포의 백성들은 조정을 어떻게 생각하고 있습니까?"

가희는 영학의 재촉에도 불구하고 차근차근 말을 이었다.

"몇몇 양반은 모르겠지만 동래나 부산포의 백성들은 중앙에 대하여 불만이 아주 많습니다. 그렇지만 이 나라 백성들은 모두 벙어리 아닙니까? 그저 예전처럼 왜인들과 장사라도 할 수 있게 해주기를 눈 빠지게 기다리고 있을 뿐입니다. 그렇게만 된다면 지금처럼 목숨 걸고 밀무역으로 밥벌이할 필요가 없겠지요. 하지만 조정은 '남도의 백성이 왜인과의 무역에서 생기는 이익에 눈이 멀어 농사를 내팽개치고 무역에 열중하고 있다. 산음의 무명, 안동의 누에, 김해의 삼베 같은 귀중한 물품들이 삼포를 통해 왜인 손에 넘겨지고 있다. 이는 나라가 망하는 일이 아닌가'라는 탄식을 늘어놓고 있습니다. 아마 중앙의 관리들은 남도의 백성들이 모두 바보인 줄 알거나 백성들이 잘 사는 게 배 아픈 모양입니다. 백성들이 물건을 왜에 공짜로 줍니까? 농사짓는 것보다는 훨씬 이익이 크니까 장사를 하는 것 아닙니까? 사정이 이렇다보니 남도의 백성들은 양반들이 상상도 못하는 왜국의 사정을 훤하게 알고 있습니다. 야소교가 일본에 들어온 게 벌써 3~40년 전입니다. 그동안 조선과 왜를 왕래한 사람은 수천, 수만이지요. 그래서 조선에서도 알만한 사람들은 야소교를 압니다. 양반의 통제가 워낙 무지막지하다보니 입을 닫고 있을 뿐입니다."

영학은 가희의 말에 고개를 끄덕이면서 질문을 이었다.

"그럼 조선에 야소교 신자도 있습니까?"

"그렇지는 않은 것 같습니다. 신자라면 정기적인 모임도 있어야 하고, 교리도 공부해야 하지만 아직 그 정도는 아닙니다."

"그렇군요. 그런데 저 편지는 왜어로 쓴 것 아니오?"

"예, 저 편지를 보낸 귀화왜인도 우리말로 일상적인 대화를 할 수 있지만 글을 잘 쓰지는 못합니다. 그래서 제게 서신을 보낼 때는 왜 글을 씁니다. 저는 어릴 때 매일 동헌의 서고에서 놀면서 자랐지요. 그러다보니 사서삼경을 넘어 왜어까지 공부하게 되었습니다. 그렇지만 왜어를 읽는 것은 몰라도 아직 쓰는 것은 능숙하지 못합니다."

"그대는 참 대단한 사람이구려. 가문만 잘 타고 났다면 신사임당 못지않은 현숙한 여인으로 추앙을 받을 만한 재원입니다."

"무슨 말씀을 그리 하십니까? 천하디 천한 계집을 놀리지 마세요. 그렇지만 제가 태어난 곳은 신사임당의 고향인 강릉이니 인연이 전혀 없지는 않네요."

영학은 더 이상 말을 않고 가희를 안았다. 그리고는 그대로 몸을 돌려 시간이 지나 뽀송뽀송해진 요 위로 다시 올라갔다. 아까는 뜨거운 정념과 연민으로 불타올랐지만 이번에는 존경과 연모의 마음이 더해져 더욱 뜨겁게 타올랐다.

먼동이 트는지 새까맣던 어둠이 점점 엷어지고 있었다. 그러나 둘 사이에 붙은 불길은 좀처럼 꺼질 줄 몰랐다.

9장

군역

軍役

軍
役

군
역

　해가 중천에 이르러서야 영학은 겨우 눈을 떴다. 동 틀 무렵에 잠이 들었으니 겨우 한 시진이나 잤을까. 잠은 부족했지만 온몸이 가뿐하고 머리는 비 갠 하늘처럼 맑았다. 저절로 콧노래가 나왔다.

　밖으로 나가 옹기 뚜껑에 담긴 물로 세수를 하고 방안으로 들어왔다. 어느새 은회색 저고리에 빨강 치마를 곱게 차려 입은 가희가 수줍은 듯 애써 눈을 피하면서 수건을 건네줬다.

　그 사이에 아침 밥상이 차려져 있었다. 영학은 가희가 너무 예뻐 당장 밥상을 밀쳐 내고 껴안고 뒹굴고 싶은 충동을 느꼈다. 그런데 명원이 기다리고 있다는 전갈이 와서 옷을 차려 입고 밖으로 나갔다. 툇마루에 앉아 있던 명원은 영학을 보자 환하게 웃으며 말했다.

　"형님 어디 계셨습니까."

"저 뒤에 있었다."

영학은 건성으로 대답하며 스승의 안부를 물었다.

"스승님은?"

"스승님은 약방에 계시는데 저더러 빨리 형님 모셔 오라세요."

"아니, 그럼 너는 어제 약방에서 잤더냐?"

"아니요, 여기서 잤는데, 새벽에 일어난 뒤 할 일이 없어서 중노미에게 길을 물어서 약방으로 갔지요. 기방은 지체 높은 양반들만 가는 곳이라 그런지 어제 술을 그렇게 먹었어도 아침에 일어나니 머리도 안 아프고 멀쩡하더군요. 그래서 비싼 술을 마시나 봅니다. 형님도 속 괜찮으시지요?"

명학이 호들갑을 떨었지만, 영학은 아무런 대꾸도 하지 않고 묵묵히 약방으로 걸음을 옮겼다. 약방에 도착하니 신 의원과 스승이 늙수레한 여인네와 이야기를 나누고 있었고, 그 옆에 아들로 보이는 젊은이가 어깨를 드러낸 채 있었다.

영학을 본 스승이 가까이 오라고 손짓을 했다. 다가가보니 젊은이의 오른쪽 가슴 윗부분 어깨뼈 바로 밑에 손가락 크기의 구멍이 뚫려 있었고, 그 구멍에서 진물과 피고름이 배어 나오고 있었다. 안을 들여다보니 살이 썩었는지 거무스레하게 변색이 되어 있었고, 시큼하고 역한 냄새가 물씬 풍겼다. 젊은이는 부산진의 수군인데, 이틀 전 다대포 부근으로 순찰을 나갔다가 어디선가 난데없이 날아 온 총알을 맞았다고 했다.

솜으로 지혈은 했지만, 총알이 살 속에 너무 깊이 박혀 빼낼 수가 없어서 발만 동동 굴리고 있는 상황이었다. 살 속의 총알을 그대로 방치할 경우 쇠 녹이 살을 썩게 만들고, 피를 더럽혀 죽음에 이르게 된다.

젊은이의 어머니는 아들이 죽어가는 모습을 바라볼 수만은 없어 온갖 수소문 끝에 마침 부산포에서 20리 거리인 동래에 용한 의원이 있다는 말을 듣고 아들을 데리고 온 것이었다.

젊은이의 나이는 영학보다 두 살이 많았다. 경상도 거창의 산골에서 태어나 자랐지만 수군 정병으로 징집되어 복무한 지 2년째라고 했다. 어머니는 외아들과 떨어져 살 수 없어 아들이 복무하고 있는 부산포로 이사를 했고, 이웃의 농사를 돕거나 허드렛일을 하면서 아들의 군복무 뒷바라지를 하고 있었다.

젊은이의 어머니는 어떻게든 하나밖에 없는 아들을 살려야 한다며 신 의원에게 매달렸다. 그러나 신 의원은 난감해했다. 살 속에 깊이 박힌 총알을 빼낼 도리가 없었기 때문이다. 더군다나 네 치에 이르는 몸 속의 구멍은 일부 썩어가고 있었지만, 다른 부분에서는 인체의 치유체계에 따라 새살이 돋고 있었다. 신 의원은 썩은 살과 새살이 뒤엉킨 네 치 살 속의 총알을 빼낸다는 것은 불가능한 일이라고 판단했다. 그렇다고 총알을 제거하지 않으면, 젊은이의 목숨은 길어야 이레를 넘기지 못할 것이다. 그는 전 노인과도 상의를 해보고 영학에게도 상처를 보였지만, 뾰족한 수가 떠오르지 않아 한숨만 내쉬었다.

영학은 죽음의 공포 앞에서도 늙은 어머니를 안심시키기 위해 애써서 일부러 밝은 표정을 짓는 젊은이의 모습을 보면서, 어떻게든 그를 살리고 싶었다. 그래서 곰곰이 생각했다. 그때 퍼뜩 지리산에서 올무에 걸린 멧돼지 다리를 치료했던 기억이 떠올랐다.

새끼를 배어 신경이 예민한 멧돼지에게 마취성분이 든 풀을 먹여 잠을 재운 뒤, 올무에 걸려 크게 벌어진 상처의 피부를 바늘로 꿰맨 적이 있었다. 그 덕분에 멧돼지는 깨끗이 상처가 나은 후 새끼를 여섯 마리나 낳아 마을 사람들을 기쁘게 했다.

그때를 떠올리며 영학은 젊은이의 가슴 속 네 치 깊이에 총알이 있다면, 등에는 한 치 깊이에 총알이 박혀 있을 것이라고 예상했다. 등을 찢어 새로 상처를 내서 한 치 깊이의 살 속에 박힌 총알을 빼내고, 그 후 스승의 능력을 더하면 충분히 치료할 수 있다고 생각했다. 영학은 신 의원과 스승에게 자신의 생각을 말했다. 그러자 신 의원과 스승은 기발한 발상이라며 반색을 하고, 그냥 죽어가는 모습을 보는 것보다는 그 방법을 써 보자고 했다.

스승은 몸에 난 구멍이 너무 크기 때문에 그 속을 몸에 해롭지 않은 물질로 채워야 하는데, 얇은 숯을 솜으로 싸서 넣으면 소독도 되고 몸에 해롭지 않다고 했다. 그렇지만 이 방법은 아직 유례가 없는 것이기 때문에 환자의 승낙을 받은 뒤 치료방법으로 택해야 한다고 했다.

신 의원도 그 의견에 동의했고, 젊은이와 어머니에게 의견을 물었다. 젊은이와 어머니는 몸속의 총알을 빼낼 수 있다면 어떤 방법이라도 좋다고 승낙했다. 그러면서 젊은이의 어머니는 "죽은 아이 애비가 어젯밤 꿈속에서 미소를 짓더니, 이제 아들의 살 길이 열렸다"며 기쁨의 눈물을 글썽거렸다. 신 의원은 영학에게 오늘은 수술준비를 하고, 내일 아침에 수술을 해야 하니 일단 휴식을 취하라고 했다.

다음날 아침, 해가 뜨자마자 수술은 시작되었다. 수술 직전 영학은 환자에게 양귀비 열매 유액을 먹였다. 그리고 스승이 시키는 대로 환자의 양쪽 손 엄지와 검지손가락이 갈라진 뼈 사이 움푹한 곳에 있는 합곡혈과 손목 안쪽 가운데 인대와 인대 사이의 내관혈에 침을 놓았다.

환자는 등이 위로 향하도록 눕혔고, 두 손과 두 발은 침상에 묶었다. 환자의 얼굴이 닿는 침상에는 호흡에 지장이 없도록 구멍을 냈다. 피부 절개와 총알을 빼내는 일은 영학이 맡았고, 혈관을 묶는 일은 의녀로 일하는 노비 혜심과 조수인 박정호가 맡았다. 스승과 신 의원은 모든 수술과정을 지도했다.

막상 칼로 사람의 생살을 찢으려 하니 두려움에 망설여졌지만, 영학은 이내 과감하게 총알이 박힌 반대쪽의 살을 칼로 찢었다. 선홍빛 피가 혈관에서 솟았다. 혜심과 박정호가 집게로 신속하게 혈관을 집었고, 신 의원이 명주실로 재빨리 혈관을 묶었다. 지혈이 되자마자 영학은 추호의 망설임 없이 집게를 살 속으로 밀어 넣었다. 천운이 따른 것인지 넣자마자 집게에 바로 총알의 감촉이 느껴졌다. 영학은 집게를 벌려 총알을 집은 뒤 침착하게 밖으로 뽑아냈다.

순간적으로 환자는 으음! 하는 낮은 신음소리를 냈지만, 몸부림은 없었다. 그 후 영학은 구부러진 바늘과 무명실을 이용하여 갈라진 피부를 봉합한 뒤, 환자의 자세를 바꾸어 반듯하게 눕혔다. 영학은 솜으로 감싼 대나무봉으로 살 속에 고인 피고름을 닦아냈다.

솜으로 싼 숯 막대가 살 속의 빈 공간에 투입되었다. 그 뒤 상처에 소나무 속껍질 가루와 송진, 참기름을 버무려 만든 연고와 버드나무 좀똥과 식초를 버무려 만든 연고를 함께 발랐고, 갯지렁이와 홍합가루를 뿌렸다. 그제야 영학은 안도의 숨을 내쉬면서 손을 멈췄다. 수술은 성공이었다.

걱정한 데 비하면 수술과정은 아주 수월했다. 영학은 왠지 뿌듯한 마음에 어깨가 들썩했다. 예전에 읽었던 삼국지연의에서 화타가 관우를 치료하는 모습을 떠올렸다. 관우는 화타가 살을 찢고 화살촉을 빼내는 동안 비명소리 한 번 내지 않고 태연히 앉아서 바둑을 두었다고 한다. 이는 관우의 인내력도 인내력이지만 화타의 대단한 의술을 자랑하는 대목이 아닐까. 이런 생각을 하면서 영학은 스승의 의술이 화타를 능가했으면 했지 절대 부족하지 않다고 단정했다.

영학이 밖으로 나오자 무르익은 5월의 햇빛이 눈부시게 빛나고 있었다. 젊은이의 어머니는 장독대 위에 물을 떠놓고 두 손을 모아 기도를 하고 있었다.

밤이 깊어갈 무렵 젊은이는 의식을 차리고 옆에 앉은 어머니에게 미소를 보냈다. 숨죽이고 있던 어머니는 그 모습을 보고 참았던 눈물을 쏟았다.

"아이고, 내 새끼, 이제 살았구나. 조상님이 돌보고 천지신명이 도왔구나. 이 놈의 새끼, 장가도 못가고 몽달귀신 될까봐, 이 애미 속이 얼마나 탔던지……."

그러자 아들은

"에이, 어머니는 만날 아들 장가가는 것밖에 몰라."
라며 함빡 웃었다.

그로부터 3일 후 일행은 태종대 유람을 갔다. 하동에서 온 젊은 양반 도령이 신비한 의술로 가슴에 총알이 박힌 수병을 살렸다는 소문은 이미 부산포까지 짝 퍼져 있었다. 일행이 부산진성에 닿았을 때 번을 서고 있던 대여섯 명의 수군병사가 달려와 물었다.

"혹시 동래 신 의원님 일행이 아닌지요?"

"네. 그렇습니다만."

명원이 얼른 앞에 나서서 대답하자 이번엔 우두머리로 보이는 중늙은이가 나와 연신 머리를 조아리면서 말했다.

"아이고, 어르신, 우리 인태를 살려주셔서 고맙습니다. 어디로 행차하시는지요."

"부산포 앞바다의 태종대를 구경하고 싶은데, 배편이 있는지 모르겠소."

명원은 한껏 거들먹거리면서 대답했다. 그러자 수군들은 절영도로 순찰 가는 중이니, 자신들이 모시겠다며 이구동성으로 반색을 했다. 관선을 타고 태종대를 구경하는 횡재를 맞은 일행들은 모두 기뻐했다.

수군들이 순찰에 이용하는 배는 길이가 15자 정도 되는 나룻배였다. 이 배로 보통 5~6명의 수군들이 타고 부산진성의 앞바다를 순찰한다고 하는데, 파도가 없는 날에는 열 명도 넘게 탄다고 한다. 마침 수군 5명이 순찰을 가려던 참이었고, 영학의 일행을 합치면 모두 9명이 배를 타는 셈이었다.

수군들 중 아까 먼저 말을 걸었던 중늙은이는 다대포에서 태어난 부산포 토박이인데, 이름이 이학수라고 했다. 나머지 네 명의 수군은 김해가 고향인 윤창수와 언양에서 온 최 서방, 밀양에서 온 이 서방, 김해에서 온 양 서방이라고 각자 소개를 했다. 호칭에 서방을 붙이는 걸 보면, 그들은 모두 혼인을 한 모양이었다. 윤창수는 구사일생으로 목숨을 건진 박인태와 동갑내기 친구라고 했다.

날씨도 좋고, 급하게 순찰을 돌 필요도 없어 수군 두 명은 노를 젓고, 다른 두 명은 점심을 장만하기 위해 낚시를 했다. 나이가 제일 많은 이학수는 주위의 바다를 살피면서, 뱃바닥에 놓인 병장기를 간수했다. 병장기 위에는 수군들이 벗어 놓은 벙거지 모자가 놓여 있었다. 모자까지 벗어 던진 모습을 보니 군인이 아니라 그냥 평범한 어부로 보였다.

절영도는 고려 때 목마장으로 쓰였다고 했다. 그런데 이 섬에서 자라는 말은 발육이 좋고, 달리기를 잘하여 그림자를 끊을 정도라 끊을 절(絶)자와 그림자 영(影)을 합쳐 절영도라는 이름이 탄생하게 된 것이었다.

태종대는 절영도의 동쪽 끝에 있어 부산진에서 뱃길로 20리나 되었다. 멀리서 볼 때는 잔잔한 바다였지만, 막상 가까이서 보니 파도가 만만치 않았다. 강에서 배를 탈 때와 바다에서 배를 타는 느낌은 확실히 달랐다. 한 시진이 넘어서야 태종대 밑에 도착했다.

최 서방과 이 서방은 수군생활에 익숙해서 그런지 낚시 솜씨가 좋앉다. 태종대에 도착했을 때 배의 바닥에는 길이가 한 자는 됨직한 물고기가 열 마리가 넘게 있었다. 바닥의 나무상자 안에는 된장과 초고추장, 마늘장아찌, 멸치젓을 담은 옹기가 있었고, 낡은 바구니 속에는 아침에 밭에서 딴 상치와 깻잎이 수북했다. 거기에다 명원이 가져 온 깨소금 뿌린 주먹밥과 소주를 내놓으니 아주 구색이 맞았다.

태종대로 오르는 길은 워낙 가파른지라 몸을 바짝 숙이고 땅과 붙어서 기어올라야 했다. 대에 오르니, 눈앞에 펼쳐진 거대한 바다가 하늘과 맞붙어 있는 듯했다. 영학으로서는 난생 처음 보는 풍경이었다. 하늘에는 수만 마리의 갈매기들이 어지러이 날면서 때아닌 장관을 이루고 있었다. 원래 갈매기들은 철따라 수천, 수만 리를 날아다니며 사는 철새들이지만, 이곳에 사는 괭이갈매기는 먹고 살기가 좋아 철새가 되기를 포기하고, 사시사철 눌러 붙어 산다고 했다.

오른쪽에는 거제도가 보이고, 왼쪽에는 바로 눈앞에 오륙도가 있었다. 오륙도를 기준으로 위쪽은 동해, 아래는 남해이다. 오륙도는 섬이 다섯 개이다가 여섯 개가 된다고 해서 붙여진 이름이었다. 사람들은 물이 차면 섬이 다섯 개이고, 물이 빠지면 섬이 여섯 개가 된다고 생각하지만, 물이 차면 여섯 개의 섬이 된다. 물이 찰 때는 밑 부분이 잠겨 하나의 섬이 두 개로 나뉘기 때문이었다.

동쪽 바다 넘어 섬의 윤곽이 뚜렷하게 모습을 보였다. 놀랍게도 그것은 대마도였다. 영학 일행은 왜국의 섬이 이토록 가까이 있는 게 신기했다. 수군들은 왜인들이 왜와 조선 사이의 이 바다를 '검은 바다의 물결'이라고 하여 현해탄(玄海灘)이라고 부른다고 했다.

영학은 현해탄이라는 이름 속에는 왜인들의 대륙에 대한 동경과 그들의 동경을 환영하지 않는 대륙에 대한 원망이 서려 있는 건 아닌지, 만약 왜와 대륙 사이에 평화와 교류가 정착된다면, 저 바다는 어둡고 칙칙한 느낌의 현해탄이라는 이름 대신 푸르고 맑다는 뜻의 '청정해(靑淨海)'로 바뀌지 않았을까 하는 궁금증이 생기기도 했다.

점심으로 돔, 가자미, 노래미, 쥐치회가 마련되었다. 그 옆에는 뚝배기 속 매운탕이 모락모락 김을 피우고 있었다. 낮술을 겸해 점심을 먹다 보니 자연스럽게 바다이야기가 나왔다. 그러다 명원이 뜬금없이 물었다.

"요즘 바다에 왜구가 많지 않습니까?"

명원의 말을 들은 이학수가 말했다.

"조선인들은 왜구들이라고 하면 모두 무시무시한 도적으로 생각하지만 사실은 그렇지 않습니다. 그 사람들도 대부분 처자식 먹여 살리기 위해 배를 타고 장사를 나온 선량한 백성들이고, 소문처럼 흉악한 도적들은 극소수에 불과하죠. 왜의 권력자나 돈 많은 사람들은 배를 건조하고 돈을 투자하여 상단을 구성하고, 백성들을 고용하여 해외로 장사를 내보냅니다. 그렇지만 조선이나 명의 해금 때문에 드러내 놓고 장사를 할 수가 없지요. 그래서 그들은 밀무역을 할 수밖에 없습니다. 그런데 밀무역을 하다 보니 단속관원이나 강도들의 표적이 될 위험이 커질 수밖에 없고, 그러다 보면 무역선도 군선처럼 무장을 하는 것이지요."

이에 양 서방이 아는 체하며 나섰다.

"아, 지금이야 그렇지만 신라나 고려시대부터 조선에 이르러 3포가 정식으로 개항되기 전에는 왜인들은 장사꾼이라기보다는 거의 대부분 도적이었지요."

그 말에 명원이 호기심을 참지 못하고 물었다.

"그건 왜 그렇습니까?"

"옛날에는 왜국에서 조선과 거래를 하려고 해도 동철이나 유황과 같은 원광석 말고는 거래할만한 변변한 물품이 없었습니다. 그러다보니 왜인들은 자기네 나라에 가뭄이나 기근으로 식량이 부족하면 바다 건너 약탈에 나서는 일이 많았지요. 그런데 7~80년 전 왜국에서 대규모 은광산이 개발되면서부터는 약탈보다는 배에 은을 싣고 다니면서 장사에 주력하고 있다고 합니다. 때마침 이 시기에 명에서도 은을 돈으로 사용하기 시작했기 때문에 은이 귀한 대접을 받았고, 이때문에 조선에서도 은을 많이 필요로 하게 되었지요."

"왜에서 대규모 은광산이 개발된 것은 조선의 채광기술과 연은분리술이 넘어갔기 때문이었어요. 그 기술을 왜에 전한 것이 검동이라는 동래관아의 관노였다지요."

양 서방의 이야기가 끝나자 이학수가 말을 덧붙였다. 이야기의 주제는 검동이로 넘어갔다. 양 서방이 다시 말을 받았다.

"검동이만 그랬나? 검동이의 아비도 동래부의 관노였는데, 장영실이 경상감영의 채방별장으로 있을 때 검동이의 아비가 채방별장 밑에서 일을 하면서 기술을 배웠지요. 그래서 검동이는 어릴 때부터 아버지를 따라 광산을 돌아다녔지요."

"아, 그렇군요. 검동이 아버지의 이름이 뭡니까?"

영학의 질문에 이번엔 이학수가 대답했다.

"노비에게 무슨 이름이 있습니까? 그냥 '검동이 애비'지요."

"아 참, 잠시 착각했습니다. 그러고 보면 동래 출신에 훌륭한 과학자나 기술자가 많군요."

"장영실 대감도 동래부의 병기창고에서 병장기를 수리하는 관노로 일하다가 실력을 인정받아서 한양으로 발탁됐지요."

이학수의 말에 최 서방이 조금은 격앙된 목소리로 말했다.

"쳇! 그렇게 발탁되면 뭐합니까? 임금이 타는 가마가 부서졌다고 곤장을 80대나 맞고 쫓겨난 뒤 말년에 언제 어떻게 죽었는지도 모르지 않습니까? 아무리 잘 만든 물건이라도 세월 가면 망가지는 것 아닙니까? 낡아서 망가졌다고 물건 만든 사람을 초죽음 시켜요? 그 사람의 업적을 생각하면 그게 말이 됩니까? 물론 그가 양반출신이면 그런 일이 있을 리 없지요. 결국 양반들이 사소한 실수를 구실로 출세한 노비를 매장시킨 것 아닙니까?"

최 서방의 말에 이학수는 고개를 끄덕이며 덧붙였다.

"그렇지. 장영실이 그렇게 쫓겨난 뒤로는 조선에서 기술자들이 더 천대와 괄시를 받기 시작했고, 발붙일 곳이 없어졌어. 그 때문에 검동이도 먹고 살기가 힘들어 왜로 건너가지 않았나! 덕분에 왜는 그 기술을 이용해서 온 나라가 부자가 됐지."

"7~80년 전부터 왜국에서 엄청난 은이 생산되기 시작한 이유도 있지만 왕직이라는 명인이 왜국에서 활동하면서 정직과 신용을 중시하는 왜국의 상관습이 자리 잡히는 데 큰 공헌을 했답니다. 그렇지만 지금도 조선이나 명의 백성들에게는 왜구에 대한 과거의 인식이 각인되어 있지요. 그 인식이 바뀌려면 앞으로 많은 세월이 흘러야 할 겁니다."

최 서방의 말이 끝나자, 명원이 아마 수백 년이 흘러야 인식이 바뀔 거라며 맞장구쳤다. 이학수가 다시 입을 열었다.

"요즘 들어 바다의 사정이 빨리 변하고 있습니다. 그런데 한양의 조정은 그런 엄청난 변화에 완전히 눈을 감고 있지요. 지금으로부터 80년 전인 연산군 때는 쇼니 미사히사(小貳政尙)라는 왜국의 사자(使者)가 조선 조정에서 동철을 사주지 않는 데 항의하여 배를 부산포에 정박한 채 왜로 돌아가지도 않고 8개월이나 버틴 사건이 있었습니다. 그렇지만 결국 그 왜인은 교역을 못하고 도로 돌아갈 수밖에 없었지요. 사실 조선은 광산 개발을 하지 않기 때문에 왜로부터 동철을 공급받지 못하면 국내 수요를 충족할 수 없습니다. 그런데도 조선의 관리들은 시도 때도 없이 변덕을 부려 거래를 거절하는 일이 많습니다. 한 번 생각해 보십시오. 조선에 팔려고 엄청난 양의 동철을 배에 싣고 온 왜인은 거래를 거절당하면 당장 망할 수밖에 없지요."

"맞습니다. 최근 왜인들과 거래를 해본 남도의 백성들이 많아졌고, 이 때문에 왜인에 대한 인식이 서서히 바뀌어가고 있는데 한양의 높은 양반들은 아직도 요지부동이지요."

양 서방도 공감했다. 이에 명원이 물었다.

"그럼, 남도에서 왜인과 거래를 하거나 왜인과 서로 알고 지내는 사람이 얼마나 됩니까?"

"많지요. 일만은 몰라도 수천은 넉넉히 됩니다. 왜인과 장사해서 한 몫 잡은 사람도 많지요."

이학수의 대답에 영학이 놀란 듯 물었다.

"왜인과 장사한 사람들이 그렇게 돈을 많이 벌었습니까?"

"국내에서 파는 가격의 몇 배로 왜인에게 쌀이나 면포, 도자기를 팝니다. 하다못해 흔해 빠진 옹기 뚜껑까지도 왜인들은 좋아라 하며 사 갑니다. 그러니 우리나라 사람들이 밀무역으로 돈을 벌기가 쉽지요. 모르긴 해도 남도에는 숨겨 놓은 은이 많을 겁니다. 권력이 뒤를 봐 주고 있는 한양의 부상대고들이 숨겨 놓은 은도 엄청날 겁니다. 그 런데도 조정에서는 백성들에게 무조건 왜인들과 장사를 못하게 합니다. 그렇지만 먹고 살기 위해 장사하는 걸 무슨 수로 막습니까? 절대 못 막습니다. 그걸 막아보려고 법을 동원해봤자 억울한 사람만 늘 뿐이지요."

"그럼, 해금을 고집하는 조정에 불만을 가진 사람들도 많겠군요."

두 사람의 대화가 끝나자 이번엔 최 서방이 거들고 나섰다.

"당연히 그렇지요. 어떤 사람은 왜국과 전쟁이라도 나서 조선 조정이 정신을 차려야 한다고 대놓고 말합니다."

명원은 조정이 왜 그렇게 세상 돌아가는 사정에 깜깜한지 의아해했다. 그러자 양 서방이 대답했다.

"양반들이야 등 따시고 배부르다보니 세상 돌아가는 일에 신경 쓸 겨 를이 없지요. 한양의 양반들은 백성들이 장사에만 신경 쓰고 농사를 게을리 한다고 걱정하는데, 아, 조선에서 땅 가진 사람이 몇이나 됩니까? 농사지을 땅이 없어 빈둥거리는 사람이 많은데, 장사도 못하게 하는 건 백성에게 굶어 죽으라는 것 아닙니까? 지금 한양 관리들의 세상 인식은 200년 전 그대로 머물러 있고 변화는커녕 꿈쩍도 않습니다."

"그렇지만 어쨌든 수군은 밀무역을 단속해야 하지 않습니까? 밀무역 단속은 어떻게 합니까?"

영학의 질문에 잠자코 있던 윤창수가 대답했다.

"현장을 잡더라도 웬만하면 못 본 체합니다. 괜히 나서 싸우다 칼이라도 맞으면 우리만 서럽지요. 그런데 미리 상부의 지시가 있거나 무시할 수 없는 발고가 있으면 단속을 해야 합니다."

그러자 최 서방이 덧붙였다.

"지시나 발고가 있는데도 단속을 않으면 직무유기로 목이 달아나는데, 당연히 단속을 해야지요. 물론 그때는 미리 먼저 떠들어서 도망을 가게 할 때가 많지요."

"뇌물을 받을 때도 많겠군요."

명원의 '뇌물'이라는 말에 이학수는 부인했다.

"아, 그건 뇌물이 아니지요. 나라에서는 정병(正兵)들에게 녹봉을 한 푼도 주지 않고, 자신이 알아서 먹고 살라고 하지 않습니까? 우리는 그 명에 따라서 알아서 먹고 살 뿐이지요. 예전에는 보법이 시행되어 두세 명의 보인(保人)이 한 명의 정병 가족들을 먹여 살렸습니다. 그런데 요즘은 방군수포제(放軍收布制)가 유행하는 바람에 지방수령들이 군포(軍布)를 받아 챙기려고 잘 근무하는 정병들을 일부러 집으로 돌려보내지 못해 안달하지요. 그런데도 우리는 복무 대가를 한 푼도 못 받습니다. 나라에서 돈이 없어서 못 준답니다. 그런데 조선에서 군역으로 면포를 바치는 양인 장정이 30만이라는데, 실역을 사는 사람은 기껏해야 2,000명이 될까 말까 합니다. 도대체 백성들이 낸 군포가 어디에 쓰이는지 알 수가 없지요. 그러면서 실역을 하는 우리들에게는 알아서 먹고 살라고 합니다. 그래서 우리는 어촌이나 농가의 밥을 얻어먹을 수밖에 없지요. 그런데 우리야 배를 곯지는 않지만, 고향의 남은 처자식들은 어떻게 삽니까. 사정이 이렇다보니 우리도 밀무역 현장을 발견해도 칼싸움을 벌이는 것보다는 서로 좋은 방도를 찾으려 합니다.”

“그럼 단속공적은 어떻게 올립니까?”

명원의 물음에 최 서방이 답했다.

“얄미운 놈들이야 항상 있지 않습니까? 돈 벌어서 자기 잇속만 차리는 장사치들은 혼쭐을 내야지요.”

양 서방도 동의하며 탄식했다.

“이런 걸 부조리고 부정부패라고 말할지 모르지만, 이것도 다 먹고 살기 위한 수단입니다. 원래 장사나 무역이란 것은 인간이 모여 사는 곳에서는 반드시 일어나는 일 아닙니까? 어디든 부족한 곳이 있으면, 남아도는 곳도 있지요. 장사란 남아도는 곳의 물건을 부족한 곳에 나눠주는 것이지요. 더운 공기가 하늘로 올라가고, 대신 찬 공기가 아래로 내려와 그 자리를 채우는 것처럼 말입니다. 나라와 나라 간의 장사가 무역이고요. 그런데 이걸 법으로 막으면 어떻게 합니까?”

나머지 수군들도 밀무역 단속의 어려움을 털어놓기 시작했다.

"사실 사람들이 "도둑질을 하는 것도 아니고 먹고 살려고 장사 좀 하는데, 왜 못하게 하느냐? 장사를 하면 조선이나 왜나 다 이익인데, 왜 그르느냐"고 따지고 달려들면 어떻게 할 도리가 없습니다."

"왜인들도 필사적입니다. 권세 있는 사람으로부터 투자를 받아 장사 밑천을 준비해서 바다를 건너왔고, 그러다보니 빈손으로 돌아가면 처자식이 굶어 죽는다는 생각에 사생결단으로 달려들기 때문이지요."

이에 영학이 조심스레 물었다.

"요즘 왜가 조선을 쳐들어온다는 소문이 있던데, 전쟁이 나면 수군이 맨 먼저 전투에 나설 텐데 걱정되지 않습니까?"

"당장 먹고 사는 데 급급해서 며칠 후를 기약할 수 없는데, 지금 그런 걱정할 여유가 있습니까?"

양 서방의 대답에 윤창수는 고향에 대한 그리움을 드러냈다.

"전쟁이고 나발이고 군역이나 면해서 고향에나 갔으면 소원이 없겠습니다. 실역을 한지 이제 겨우 2년밖에 안됐는데, 10년 넘도록 수졸 생활을 하는 저 노인네를 보면 앞길이 캄캄합니다요."

"에끼, 인석아, 고향에서 식구들과 함께 배 쫄쫄 굶으면서 손가락 빠는 것보다 한 입이라도 줄이는 게 어디냐? 그리고 혹시 아나? 어쩌다 한 몫 잡을지."

이학수가 핀잔을 주자 양 서방이 한탄했다.

"한 몫은 무슨 한 몫? 수졸 생활하다가 배가 뒤집혀 물에 빠져 뒈지거나 칼침을 안 맞는 것만 해도 천만다행이지……. 그리고 보면 몸 상하지 않고 10년 넘게 복무한 저 분은 정말 복이 많은 분이야. 인태를 봐, 수군으로 복무한 지 이제 겨우 2년 만에 총 맞아 죽을 뻔 했잖아?"

"그러게 말일세. 그런데 그건 그렇고, 오늘 점심 정말 잘 먹었다. 우리가 이렇게 회를 듬뿍 집어서 된장 찍은 마늘을 올리고 상추에 싸서 한입 가득 먹는 걸 보면 왜인들은 부러워서 환장을 하지. 아! 글쎄 왜인들이 좋아하는 스신지 뭔지 보면 손가락만한 생선 한 조각에 밥알 수까지 세어서 올려놓고 먹는단 말이야. 나 같으면 감질나서 못 먹겠어."

이학수는 왜인들의 식습관까지 논하기 시작했고, 최 서방도 거들고 나섰다.

"왜인들은 밥그릇을 손에 올려놓고 먹는데, 조선 사람들은 밥을 상에 놓고 먹잖아요? 왜인들은 개들이나 그릇을 바닥에 내려놓고 먹는다고 하는데 조선인들은 개나 밥그릇에 입을 대고 먹는다고 서로 욕하지 않습니까?"

"왜에서는 그만큼 양식이 귀하니까 그렇지요. 왜국은 거의 전부가 산이라 농사지을 땅이 부족하고, 화산이 많아서 툭하면 폭발하면서 새까만 먼지를 온 세상에 뿌리고, 잊을 만하면 지진이다, 해일이다, 태풍이다, 정말 정신없다더군요. 그리고 보면 왜의 밥그릇은 작아서 손에 들 수 있지만, 우리나라는 밥그릇이 커서 손으로 들기 힘들잖아요? 이게 다 환경이 그렇게 만든 것 아닙니까?"

윤창수의 말에 이학수가 동의했다.

"왜인들도 따뜻한 밥을 좋아하지. 그렇지만 왜에는 도자기 기술이 없어 사발을 쓰지 않고 나무로 그릇을 만들잖아? 나무그릇은 사발에 비해 뜨겁지 않거든. 그러니까 들고 먹는 게 편하지, 뭐. 그런데 밥을 손에 들고 먹거나 바닥에 놓고 먹는 게 뭐가 중요해? 서로 사는 모습이 다르다고 생각하면 아무 것도 아니잖아? 그런데 양반들은 또 이런 걸 엄청 따진단 말이야."

"그래, 맞다, 맞아. 양반들 생각만 좀 바뀌면 우리나라는 정말 살기 좋은 곳이야. 양반들이 정신만 좀 차리면 이렇게 살기 좋은 나라가 없다니까."

양 서방이 말하자 모두 동감한다는 듯 고개를 끄덕였다. 그렇게 긴 이야기가 끝이 나고, 일행은 각자 침묵을 지켰다.

10장 ^장

인
연

인연

　　바닷가에서 배불리 먹고 실컷 떠들다 보니 어느덧 해가 기울고 있었다. 이학수는 이제 돌아가야 어둡기 전에 진에 닿을 수 있다면서 길을 재촉했다.

　　올 때에는 절영도 남쪽을 돌아왔지만 돌아갈 때에는 절영도 북쪽 해안을 따라 가기로 했다. 돌아오는 배에서 증산(甑山)이 뚜렷이 보였다. 증산의 증(甑)은 시루를 말하는데, 시루는 떡을 찔 때 가마솥에 넣는 옹기를 말한다. 그리고 보니 증산의 모습은 꼭 시루를 닮아 있었다. 그런데다 부산포(釜山浦)의 부(釜)는 가마솥이니, 부산포는 가마솥과 떡을 찌는 시루가 함께 있는 곳이 아닌가?

　　150년 전 부산은 '富山'으로 표기되었다고 한다. 富山은 부유하고 풍부한 산이라는 뜻이다. 그런데 왜 부산(富山)을 그대로 쓰지 않고 부산

동래부 •
중산 •
부산포 •
절영도
(영도) •

거제도 •

히타카츠(比田勝) •

대마도(大馬島)

199

(釜山)으로 바꾸었을까? 그냥 막연하게 잘 산다고 하기보다는 가마솥에 떡을 찌는 게 더 좋아보여서 그런 것일까?

부산은 지명만 해도 그렇지만 자연조건이 남다르다고 한다. 바다와 산은 물론 강, 평야, 섬, 온천, 포구를 다 가지고 있다. 그 뿐인가. 장엄한 대륙풍은 백두대간을 타고 남으로 내려와서 부산포에 이르러 해양으로 뻗어 나가고, 거대한 해양풍은 부산포에 이르러 내륙으로 들어와 긴 산맥을 넘어 거침없이 달려가는 곳이 아닌가?

이런 생각을 하면서, 영학은 장차 부산포는 해양과 대륙의 관문으로서 장차 이 나라를 부강하게 만들고, 백성들을 윤택하게 해주는 축복의 디딤돌이 될 것이라는 예감이 들었다.

신 의원은 부산포에는 해운대(海雲臺), 이기대(二妓臺), 신선대(神仙臺), 자성대(子城臺), 몰운대(沒雲臺), 태종대(太宗臺)의 6대(臺)가 있고, 이는 하나 같이 모두 절경이라고 했다. 대(臺)는 사방을 둘러볼 수 있는 주변보다 높고 편평한 땅이며, 그렇기 때문에 군사적 감시 역할을 하는 곳이란다. 그런데 조선의 아름답고 유명한 6곳의 대가 모두 부산포에 있고, 이들은 모두 동해를 바라보고 있다. 이것은 조선과 왜 사이에 그만큼 군사적충돌이 잦았다는 사실을 단적으로 보여주는 것이 아닐까 영학은 생각했다.

신라의 태종 무열왕 김춘추는 왕이 되기 전 백제의 침공으로 사랑하는 딸과 사위를 잃었다. 원한에 사무친 그는 백제를 치기 위해 고구려에 군사적 지원을 요청하러 갔다가 목적을 이루지 못하고 오히려 볼모가 되었다. 그렇지만 그는 '고구려가 되찾기를 원하는 땅을 반환하도록 신라의 왕을 설득하겠다'는 명분을 내세워 탈출에 성공했다.

그 뒤 그는 백제와 동맹을 맺은 왜국으로 가서 백제를 지원하지 말도록 설득하다가 다시 볼모가 되었다. 그렇지만 그는 이번에도 왜인들을 설득하여 신라로 돌아오는 데 성공했다. 두 번이나 타국에서 생을 마칠 뻔한 위기에 처했던 그는 실패에 굴하지 않고 당으로 가서 군사적 지원을 요청했다. 당은 그가 고구려와 왜로부터 퇴짜 맞은 사정을 알고 그의 진심을 믿어 주었고, 이 때문에 신라는 당과 동맹을 맺을 수 있었다.

그 후 그는 백제를 멸망시키고, 신라의 고구려 정벌에 대한 토대를 마련했다. 우리 역사상 신라 태종만큼 국제질서의 흐름을 잘 읽고, 국제관계를 활용하는 안목을 가진 인물이 있을까? 국제관계에 환했던 신라 태종은 왜가 장차 신라의 가장 큰 근심거리가 될 것이라고 보았으며, 신라와 당의 관계가 긴밀할수록 왜의 시기와 질투가 더 커진다는 것도 예상했다. 그래서 그는 틈날 때마다 태종대 앞의 드넓은 바다를 바라보면서 신라와 왜 사이에 평화가 정착됨으로써 백성들의 우환거리가 사라지기를 간절히 기원했다.

그러나 간절한 그의 기원에도 역사 이래로 계속된 왜인들의 대륙에 대한 동경과 욕망은 멈추지 않았다. 태종의 염려와 기원은 아들인 문무왕에게 그대로 이어졌다. 그래서 문무왕은 죽음을 앞두고, '죽어서 바다의 용이 되어 왜적의 침입을 막겠다'며 동해 바다의 바위 아래에 무덤을 만들라는 유언을 남겼다.

용의 가호 때문인지 그로부터 천 년의 세월 동안 왜군들은 대규모로

이 땅을 쳐들어오지 못했다. 그런데 세월이 흘러 용이 노쇠한 탓인지 요즘 들어 왜인들은 공공연하게 대륙침공을 부르짖고 있다. 이런 걸 보면 조선이나 왜는 미우나 고우나 부대끼면서 살아갈 수밖에 없는 인연이 아닐까 영학은 생각했다.

그 인연의 실타래는 제일 먼저 이곳 부산포에서 시작된다. 그 인연의 실타래가 꼬이거나 풀리는 모습에 따라 부산포의 모습도 달라진다. 그리고 부산포에서 시작된 그 실타래는 한반도는 물론이고, 해양과 대륙에 고스란히 영향을 미친다. 따라서 부산포의 평화는 곧 해양과 대륙의 평화이고, 부산포의 혼란은 곧 해양과 대륙의 혼란이 된다.

신 의원은 부산포의 여섯 개 대를 구경하자고 했지만, 영학은 약방에 계속 찾아오는 아픈 사람들을 외면할 수 없어 구경을 다음으로 미루고 환자치료에 전념했다. 이곳에는 뱃사람이 많아서 그런지 외상 환자나 관절을 앓는 사람들이 많았다. 신 의원은 손가락과 손바닥의 힘으로 문지르거나 두드려서 질병을 치료하는 추나요법(推拿療法)이나 안마(按摩)에 능했다. 그의 손놀림은 탁월했다. 허리가 아파 기어왔던 사람도 치료를 받은 지 일각이 되지 않아 허리를 펴고 걸어 나갔다. 침이나 약보다는 손 치료로 환자를 낫게 했다.

영학이 주로 공부한 것은 침과 뜸 그리고 탕약법이었다. 그렇지만 신 의원의 치료법을 보고 난 뒤에는 약이나 침을 쓰지 않고, 인체의 혈행과 기의 순환을 촉진하여 인체의 자연치유 능력으로 치료하는 것이 몸에 훨씬 더 이롭다는 생각을 하게 되었다.

부산포에 온 지 벌써 여드레가 지났고, 스승은 이틀 후 돌아가자고 했다. 영학은 부산포를 떠나기 전에 다시 보자고 한 약속을 떠올리고 그날 밤 가희를 만나러 갔다.

가희, 가슴 설레도록 보고 싶은 여인이었다. 청아하고 단아한 외모와 재기발랄한 눈빛과 언행, 꾀꼬리 같은 목소리, 천상의 선녀 같은 손동작에 얼마나 많은 사내들이 넋을 빼앗겼을까? 그리고 얼마나 많은 양반 사내들이 신분 때문에 구애를 포기하고 입맛을 다셨을까? 가희는 신분에 비해 너무 아름다운 외모와 뛰어난 재능을 갖고 있기에 불행하다. 천지신명은 어찌하여 관비에게 고통이 될 뿐인 아름다운 외모와 뛰어난 재능을 주었을까? 영학은 가희를 생각하면 먼저 안타까운 마음부터 들었다.

날이 어두워질 무렵 영학은 기방의 문 앞에 도착했다. 대문을 들어서기 전 고개를 들어 올려다보니 솟을대문 위쪽에 한 자 폭에 가로 길이가 다섯 자 정도 되고 좌우 양끝의 모양이 둥근 나무간판이 걸려 있었다. 그 나무간판에는 '東萊別莊'이라고 적힌 것이 색등의 불빛으로 보였다. 그 간판을 보고 영학은 비로소 이 집의 간판이 '동래별장'인 것을 알았다.

대문을 들어서니 초저녁부터 손님이 들었는지 방마다 왁자지껄했다. 젊은 중노미 하나가 영학을 알아보고 얼른 인사를 하면서 안으로 안내했다. 영학이 방안에서 뒷짐을 지고 병풍 속의 난을 바라보고 있을 때 월향이 나타났다.

"서방님, 왜 이리 늦게 오셨어요? 가희가 기다리느라 눈이 빠지는 줄 모르고……"

"좀 바빴소. 동료들이 있어서 혼자 빠져 나올 수도 없고……"

"잘 오셨어요. 그런데 서방님이 얼마나 멋지기에 그 도도한 가희가 서방님에게 그렇게 정신을 못 차립니까? 서방님을 기다리느라 종일 대문만 쳐다봅니다."

"허허, 그런가요?"

"이리로 오세요, 가희는 서방님 기다린다고 요즘 술좌석에 코빼기도 내밀지 않습니다."

월향의 말에 영학은 쑥스러웠다. 가슴이 떨려서 아무런 대꾸를 할 수 없었다. 월향은 영학을 뒤채에 있는 가희의 방으로 안내했다.

영학이 방에 들어서니 가희의 얼굴은 기쁨으로 가득했다. 방안에는 개다리소반에 간단한 주안상이 차려져 있었다. 초저녁이라 저녁을 먹지 않았다고 여겼는지 곱게 썬 계란지단과 굴, 김 가루가 고명으로 올라간, 떡국이 담긴 놋그릇에서 김이 모락모락 피어오르고 있었다. 영학은 방안에 들어가자마자 가희의 두 손을 덥석 잡았고, 가희는 행복감에 눈빛을 반짝였다.

"며칠 전 한 젊은이의 목숨을 구하셨다는 이야기를 들었습니다. 정말 장한 일을 하셨습니다."

"그걸 어떻게 알았소?"

"동래가 큰 고을이긴 하나 사람들이 붙박이로 살다보니 소문이 빠릅니다. 사람의 몸에서 총알을 빼낸 것은 정말 대단한 일이지요."

"수술은 신 의원과 스승님이 했고, 나는 시키는 대로 했을 뿐입니다."

"그것도 알고 있습니다. 신 의원과 스승님도 그런 수술을 해본 경험이 한 번도 없고 눈이 흐릿하고 손이 떨려서 서방님에게 수술을 맡긴 것도 알고요."

"그나저나 너무 보고 싶었소."

말이 끝나기도 전에 영학은 그녀를 껴안았다. 그리고 허겁지겁 그녀의 입술을 빨면서 손으로 저고리의 매듭을 풀었다. 가희도 거부하지 않았다. 오히려 영학의 손놀림에 거침이 없도록 몸을 들면서, 살짝 옆으로 틀어주었다. 그러면서 그녀의 손은 부지런히 움직이며, 영학의 얼굴과 목덜미와 어깨를 거쳐 등을 쓰다듬어 내려갔다.

한참 서로의 몸을 음미하다가 영학은 잠시 가희를 떼어 놓은 뒤 벽장에서 이불을 꺼내 바닥에 깔았다. 가희는 엉덩이를 방바닥에 붙인 채 앉은걸음으로 다가가 호롱불을 끈 뒤 서둘러 몸에 붙은 치마저고리를 벗어 던졌다. 바깥채에서는 거문고와 피리소리가 막 찾아든 밤과 손발을 맞추어 뒤채를 가려주고 있었다. 하룻밤 쌓은 만리장성이었건만 벌써 둘의 몸과 마음은 누가 보더라도 천생 배필처럼 조화와 선율을 이루었다.

땀에 젖어 번들거리는 둘의 몸은 어둠 속에서도 빛이 났다. 아직 일경(一更, 밤 7시에서 9시 사이)이 지나지 않은 초저녁이었다. 가희는 마치 간난 아이를 씻기고 닦듯 명주수건으로 영학의 몸을 정성스럽게 닦았다. 둘은 허기를 느끼고, 일어나서 겉옷을 입었다. 가희는 부시로 호롱불의 심지에 불을 붙였다. 갑자기 방안이 밝아지자 가희의 흰목덜미가 영학의 눈을 부시게 했다.

영학은 개다리소반의 떡국을 떠서 입에 넣고, 다시 숟가락으로 떡국을 떠서 가희의 입에 넣어주었다. 이보다 맛있는 떡국이 이 세상에 있을까? 순하고 달콤한 머루주를 반주로 입술을 적셨다. 그러다 찬찬히 영학의 얼굴을 바라보고 있던 가희가 입을 열었다.

"서방님, 제 소원 하나 들어주시겠어요?"

"무슨 소원인들 못 들어 주겠소. 소원이 무엇이오?"

"내일 저랑 범어사 나들이를 갈 수 있을까요?"

"범어사 나들이? 못 갈 게 뭐 있소. 범어사에서 무슨 소원을 빌고 싶소?"

"솔직히 말씀드리겠습니다. 내일 범어사에 가거든 서방님과의 인연은 이승에서는 맺어질 수 없지만, 다음 생에는 제가 깨끗한 몸으로 떳떳하게 서방님을 받아들이게 해 달라고 부처님께 빌고 싶습니다."

"이승에서는 왜 안 된다는 말이오? 그리고 당신은 깨끗하고 떳떳하오. 절대 더럽혀지지 않았소."

"그렇지 않습니다. 저는 관비의 몸입니다. 조선에서 노비는 인격이 없습니다. 면천을 할 수 있지만, 제가 면천하는 방법은 벼슬아치의 첩이 되는 길 말고는 없습니다. 그런데 서방님은 벼슬을 해서는 안 됩니다. 실력이야 충분하지만, 서방님의 맑은 성품과 세상에 대한 안목은 수많은 사람들의 시기와 모함을 받게 될 것입니다. 일찍이 조광조 선생께서는 꿀이 발린 나뭇잎 하나 때문에 역적으로 몰려 목숨을 잃었고, 이이 선생은 동인들의 인신공격에 시달리다 한창 일할 나이에 화병으로 돌아가셨습니다. 세월이 갈수록 당쟁은 더 치열하고 과격해집니다. 그렇기 때문에 서방님이 벼슬에 나가시면 그 곧은 성품 때문에 화를 입게 되어 자신은 물론 일가, 친척들까지 망칠 수 있습니다."

그 말을 들은 영학이 되물었다.

"좋소. 그 말은 내 어릴 때 할머니로부터도 들었던 말이니 그렇다 치고, 당신이 왜 더럽다고 생각하오? 당신이 지금까지 여인으로서 마음이 동하여 사내와 몸을 섞은 적이 나 말고 또 있었소? 그대가 남자를 받아들인 건 마음이 아니라 법이 강제하니까 그런 것 아니오?"

가희는 영학의 말에 감동했다. 그러나 현실은 영학의 인식과 같지 않다는 생각에서 참담한 심정으로 말했다.

"제가 마음으로 사내를 받아들였다면 부끄럽지 않지요. 사랑해서 몸을 허락하였다면 그것은 당연한 과거지사라고 당당하게 말할 수 있습니다. 그렇지만 마음과 상관없이 욕정에 사로잡힌 수컷의 배설물을 받아들이는 것은 여인에게 씻을 수 없는 치욕입니다. 그것은 몸은 물론 영혼을 더럽히는 것입니다. 욕정에 사로잡혀 짐승마냥 달려드는 늙은 수컷에게 몸을 바쳐야 하는 제가 정말 싫습니다. 그래서 저는 제 자신조차 사랑하지 않습니다. 이런 제가 어떻게 감히 서방님을 사랑합니까? 저는 서방님을 사랑할 자격도 없고, 앞으로도 그럴 자신이 없습니다. 그렇기 때문에 저는 이승에서 서방님과의 만남을 천지신명의 큰 은혜로 생각하고, 더 이상 속세의 인연에 연연하지 않고 열심히 덕을 쌓겠습니다. 다음 생에서는 깨끗한 몸으로 태어나서 서방님과 평생 끊이지 않는 인연의 매듭을 짓고 싶습니다."

"그럼, 이승에서는 앞으로 만나지도 못한다는 말이오?"

"그렇지 않습니다. 서방님은 저를 진정한 여인으로 태어나게 해주셨습니다. 그래서 결코 서방님을 잊을 수 없습니다. 그렇지만 이 개차반 같은 세상에서 억지로 인연을 맺는 것보다는 차라리 다음 생에서 좋은 인연으로 맺어지고 싶은 게 제 욕심입니다."

"그대의 말이 무엇을 뜻하는지 참 이해하기 어렵소. 아무튼 내일 절에 가서 기도나 합시다. 나는 그대가 어떻게 기도하든 개의치 않고 지금부터 그대는 내 여인이오."

"저는 이미 서방님의 여자입니다. 다만, 세속적인 법이나 제도에 얽매이고 싶지 않을 뿐입니다. 이것이 제 마음의 표시이자 제 자존심이라 여겨 주십시오."

둘은 이야기를 그치고 다시 술잔에 술을 따랐다. 영학은 가슴이 시리고 아팠다. 가희의 말은 결국 사내의 장래에 짐이 되고 싶지 않다는 뜻이라고 생각했다. 영학은 현재의 능력과 지위로서는 아무리 애를 써도 가희를 자신의 여인으로 만들 수 없다고 판단했다. 그러면서도 그녀에게 내 여인이 되어 달라고 말하는 것은 저 가여운 여인에게 희생만 요구하는 것인지도 모르는 일이었다. 그렇다면 가희의 결단을 존중해서 따라야 하지 않을까 생각했다.

영학이 이런 생각을 하고 있을 때 가희가 뜻밖의 말을 꺼냈다.

"서방님은 두향이란 여인을 아십니까?"

"그 여인이 누구요?"

"두향이란 여인은 퇴계 이황 선생을 사랑했던 단양 관아의 관비였습니다.”

“아, 그럼 이황 선생도 관비를 첩으로 두었습니까? 그건 처음 듣는 말인데…”

“퇴계 선생은 첩을 두지 않았습니다. 다만, 첫째 부인과 둘째 부인이 병으로 죽은 뒤 오랫동안 혼자 살다가 47세에 단양군수를 할 때 두향이란 여인에게 마음을 뺏겼습니다.”

“아무리 도덕적인 어른이라고 하나 그건 조선의 풍습으로 볼 때 당연히 있을 수 있는 일 아닙니까?”

“이황 선생이 두향에게 잠자리 시중을 들도록 한 건 사회적으로 아무런 문제가 되지 않습니다. 다만, 선생이 두향을 진정으로 사랑했던 게 문제였습니다.”

“그게 어떻게 문제가 된단 말이오? 사내가 여인을 취하는 건 아무런 문제가 되지 않지만 마음을 주면 안 된다는 말이오?”

“그렇습니다. 조선의 양반은 관비의 몸만 취해야지 관비에게 마음을 주어서는 아니 됩니다.”

그 말을 들은 영학은 도대체 이해가 되지 않았다. 가희는 천천히 말을 이어나갔다.

“이황 선생은 두향과 함께 글을 논하고, 매화를 찬미하며, 시를 지었습니다. 두향을 몸종이 아닌 인생의 반려자로 대했습니다.”

가희의 말에 영학은 어이없다는 표정으로 퉁명스럽게 물었다.

“그게 무슨 문제요?”

“조선에서는 대죄입니다. 당시 선생에게는 아내가 없었습니다. 그런데 선생이 두향을 아내처럼 존중하고 인격적으로 대하는 것을 보고 다른 양반들이 문제를 제기했습니다."

"무슨 문제를 제기했소?"

"조선의 국법은 양천통혼을 금하고 있습니다. 이를 어기면 강제이혼 후 변경지방으로 쫓아 버리지요. 다른 양반들이 이황 선생에게 양천 통혼금법을 어겼다고 시비를 걸고 나왔습니다."

"허, 세상에 그런 억지가 어디 있소?"

"그게 왜 억지입니까? 그건 반상의 구별이라는 근본 법도를 어긴 것입니다. 실제로 이 문제는 조정 중신들 사이에서 심각하게 논의되었습니다."

"그래서 어떻게 되었소?"

"제자들이 기어코 이황 선생과 두향을 떼어 놓았습니다. 이황 선생의 형이 충청감사로 발령 났을 때 '형제가 같은 관향에 근무할 수 없다'는 구실로 이황 선생을 풍기군수로 발령 나게 했지요. 그 뒤 이황 선생은 짐도 꾸리지 못하고, 두향이 선물한 매화 화분 하나 들고 쫓기듯 풍기로 갔습니다."

"그럼 그 뒤에는 둘이 만나지 못했습니까?"

"당연히 못 만났지요. 이황 선생의 제자들이 철저하게 두향을 제지하였습니다. 그래서 이황 선생은 뜰에 심은 매화를 보고 시로서 그녀에 대한 그리움을 달랬답니다."

"그 뒤 두향은 어떻게 되었습니까?"

"이황 선생이 돌아가신 것을 알고 문상하러 안동에 갔지만 문전박대를 받고 쫓겨났지요. 그로부터 1년 후 그녀는 충주호수에 몸을 던져 오욕의 삶을 마쳤습니다."

"그녀야말로 조선의 사대부들이 추앙하는 열녀가 아니오?"

"열녀? 그건 양반가의 아내들에게 해당하는 말이지요. 18세의 관비가 47세의 지방수령에게 9개월간 몸과 마음을 바쳤고, 그 정을 못 잊어 평생을 수절하다 결국 님을 따라 목숨을 버린 것은 열녀가 아니고 관비의 분수를 망각한 주제넘은 짓이랍니다. 그나마 왕이 신임하는 관리이자 대학자의 사랑을 받은 몸이라 다른 관리들이 감히 수청을 들라는 명을 내리지 못하는 바람에 정조를 지킨 것만 해도 큰 다행이지요."

영학은 말문이 막혔다. 아니, 더 이상 말을 하기 싫었다. 그리고 왠지 아까 가희가 했던 말이 이해가 되는 듯하면서, 서글프고 미안한 마음이 자리를 잡았다. 그러한 침묵도 잠시, 가희의 고운 어깨와 젖가슴의 윤곽을 보자 가눌 수 없는 본능이 솟구쳐 올랐다. 이글거리는 영학의 눈빛을 본 가희 역시 속내를 감추지 않고 기다렸다는 듯이 단내를 풍기면서 몸을 던졌다.

자시(子時, 밤 11시에서 1시 사이)가 되어서야 가희와 떨어진 영학은 내일 아침 사시(巳時, 오전 9시에서 11시 사이)부터 오시(午時, 오전 11시에서 1시 사이) 사이에 범어사의 대웅전에서 만나기로 약속을 하고, 동래별장을 나왔다.

영학의 발걸음은 가볍다 못해 날아가는 듯했다. 사랑하는 여인의 사랑을 받는다는 행복감이란 이렇게도 사람을 열락에 들뜨게 하는 것인가? 걸어가는 동안 자신이 마치 꽃의 단물을 실컷 빨아먹고 춤추며 날아가는 나비처럼 느껴졌다.

다음날 영학은 사시가 지나자마자 범어사의 대웅전에 도착했다. 조금 일찍 왔다고 생각했지만 가희는 벌써 도착해서 대웅전에서 108배를 거의 끝내가고 있었다. 월향도 함께 있었다. 고운 저고리와 짙은 원색의 치마를 입고 동작 하나하나마다 지극정성을 바쳐 절을 하는 두 여인의 모습은 옥황상제 앞의 선녀를 연상케 했다.

대웅전의 중앙에 위치한 석가여래는 물론, 석가모니께서 성불하기 전 정광여래(錠光如來)가 모습을 바꾸고 나타나 석가에게 부처가 될 것을 미리 알린 과거불(過去佛)인 갈라보살(竭羅菩薩)과, 미래에 성불하여 부처가 될 미래불(未來佛)인 미륵보살(彌勒菩薩)도 두 여인의 경건한 예배에 흐뭇한 미소를 보내고 있었다.

영학은 대웅전 중앙의 석가모니와 오른쪽의 갈라보살과 왼쪽의 미륵보살을 보고서야 어젯밤에 가희가 했던 말이 어느 정도 이해가 되었다. 가희의 말은 '금생의 인연은 만난 것만으로도 고맙고 소중하게 여기고, 더 이상 욕심내지 말고 금생에서 부지런히 덕을 쌓아서, 후생에서 아름답고 축복받는 인연을 맺자'는 것이었으리라. 되짚어 보면 보잘 것 없는 한 사내와의 만남을 영원한 인연으로 여길 만큼 저 여인의 사랑은 깊고도 컸다. 이를 깨달은 영학은 갑자기 콧날이 시큰해지면서 눈자위가 붉어졌다.

그러다 영학은 우연히 그곳에 있는 한 스님으로부터 범어사에 얽힌 사연을 듣게 되었다. 그 이야기를 들으니 가희가 했던 말이 더욱 실감 났다. 가희의 꿈은 진심일 뿐 아니라 억압받고 당하며 살아가는 이 나라 백성들 모두가 염원하는 방식이었다.

고려가 멸망하고 조선이 건국되면서 융성하던 불교는 쇠퇴하기 시작했다. 조선의 배불숭유(排佛崇儒)정책으로 불교계의 고통은 실로 엄청났다. 원래 범어사는 소유한 논에서 얻는 쌀이 10,000석이 넘고, 노비가 100여 명에, 스님들이 생활하는 요사채의 방만 해도 360개나 되었다.

그런데 불과 20여 년 전 불교의 부흥을 시도했던 문정왕후가 죽자 그 반동으로 불교는 극심한 탄압을 받게 되었는데, 그 과정에서 가장 큰 피해를 본 절이 범어사였다. 문정왕후는 어린 왕을 대리하여 섭정을 하면서 보우(普雨)대사를 신임하였고, 보우는 문정왕후의 지지에 힘입어 중을 뽑는 승과(僧科)를 부활하는 등 불교부흥과 국가혁신에 힘썼다. 그러나 조선의 양반들은 그들의 특권을 위협하는 중을 결코 가만두지 않았다.

문정왕후가 죽자마자 유신들은 임금을 흔들어 보우를 제주도로 귀양을 보낸 뒤, 제주목사 변협에게 지령을 내려 기어코 그를 죽였다. 승과는 당장 폐지되었고, 선찰대본산(禪刹大本山)인 범어사는 부역과 세금 폭탄을 맞았다. 소유한 땅도 절반 이상을 뺏겼다.

관에서는 절반의 땅을 남기는 대신 쌀, 보리, 밀, 호박, 무, 배추, 간장, 된장, 삼베, 무명, 두건, 보료, 방석, 가죽신, 짚신, 붓, 벼루, 종이 따위의 온갖 농작물과 수공업품에 각종 세금과 부역, 공납을 매겼는데, 철마다 부과된 공납의 수가 40종에 달했다.

그러다보니 승려들은 불경공부는커녕 세금과 공납을 내고 부역에 종사하느라 밤잠을 줄이고 뼈 빠지게 일을 해야 했다. 그러나 범어사의 스님들은 대놓고 불평도 할 수 없었다. 불평을 했다가는 잔뜩 벼르고 있는 양반들에게 얼씨구나 하고 산문을 폐쇄할 구실을 주기 때문이다.

그래서 범어사의 스님들은 후일을 도모했다. 몇몇 스님은 "금생에 복을 많이 지어서 내생에는 높은 벼슬을 하리라. 그래서 사찰에 부과하는 말도 안 되는 세금과 부역을 없애리라"고 다짐했다. 동래의 길목에 샘을 파서 지나가는 나그네에게 시원한 물을 제공하고, 금정산을 개간하여 참외, 오이, 수박을 심어서 지나는 백성들에게 보시를 했다. 가뭄이나 흉년에는 절에 보관하던 된장이나 간장을 굶주리는 백성들에게 나누어 주었다. 그러면 백성들은 풀이나 나무껍질을 된장이나 간장에 버무려 먹으면서 굶어 죽지 않고 춘궁기를 보낼 수 있었다.

그런 노력이 효험을 발휘한 것일까. 20년이 지난 요즘은 세금이나 부역이 10개 너머 줄어들었다. 스님은 범어사가 국방에 공헌한 공으로 세워진 창건 유래를 생각하면 조선의 관리들이 그렇게까지 범어사를 억압할 이유가 없다며 분통을 터뜨렸다.

1,000년 전 신라의 문무왕은 왜구들이 수만의 대군을 이끌고 신라를 쳐들어온다는 소식을 듣고 걱정으로 밤잠을 이룰 수 없었다. 그런데 의상대사가 문무왕의 근심을 덜어주었다. 의상은 금장암 아래에서 77일간 화엄경을 왼 후 3,000명의 결사대를 이끌고 왜군과의 전투에

돌입했다.

왜군은 순교를 각오하고 싸우는 승병들의 기에 질려 결국 물러났다. 이를 기뻐한 문무왕은 의상스님을 예공대사(銳公大師)로 임명하여 범어사를 짓게 하고 토지와 노비를 하사하였다. 그 뒤로부터 범어사는 1,000년이 넘는 긴 세월 동안 관의 탐학과 무수한 외침에 시달렸던 백성들에게 정신적 안식처가 되었다. 조선에 오는 왜인들도 이 절에서 바다에 평화가 깃들기를 빌었다. 영학은 조선의 양반들이 이런 유서 깊은 절을 왜 없애지 못해 안달하는지 화가 났지만 대놓고 내색하기에도 미안한 마음이 들었다.

스님과의 담소를 마친 후 영학은 대웅전으로 들어갔다. 가희와 월향은 108배를 마치고, 명상에 잠겨 있었다. 영학도 부처님에게 세 번 절을 한 후 가희 곁에 앉아 명상에 들어갔다. 그러나 머릿속에는 부처가 아니라 사랑하는 여인의 향기만 가득하여 정신이 아득했다.

11장

이앙법

移秧法

移秧法

이
앙
법

　　가희는 명상을 그치고 일어나 살며시 영학의 손을 잡았다
가 놓은 후 법당 밖으로 나갔다. 영학은 그 의미를 알아차리고 얼른 따
라 나갔다. 뜨거워지기 시작한 5월 하순의 햇볕이 맑고 푸른 하늘 위에
서 사람들의 눈을 부시게 했다. 둘은 범어사 경내를 산책하다가 공양시
간에 맞춰 향적전(香積殿)으로 갔다.

　　점심공양을 마친 후 영학은 가희와 함께 대웅전 뒤뜰을 걸었다. 서로
손을 잡고 자연스레 깍지를 끼었다. 그리고서는 뒤뜰과 바로 연결된 소
나무를 헤치고 숲속으로 들어갔다. 불과 몇 발짝 들어온 것이었지만 짙
은 숲이 외부의 시선을 감춰주고 있었다. 숲속에서 편평한 바위를 발견
한 영학은 그 위에 앉았고, 가희는 영학의 무릎 위에 앉으면서 두 팔로
영학의 목을 감쌌다.

영학은 가희의 옷고름을 풀고 속적삼을 위로 밀어올린 후 탐스럽게 드러난 가희의 젖가슴을 빨았다. 가희는 흐뭇한 미소를 지으면서 손으로 영학의 머리를 만지작거렸다. 그러다 가희는 영학에게 물었다.

"제가 부처님께 무슨 소원을 빌었는지 아세요?"

"어젯밤에 이야기했잖소."

"어젯밤에 서방님이 가고 난 뒤 변덕이 생겼어요."

"무슨 변덕?"

"그냥 말 안 할래요. 부끄러워요."

"아니, 말 안하는 게 어디 있소? 빨리 말해 보오."

영학은 왼팔로 가희를 꼭 끌어당기고, 혀로 젖꼭지를 애무하며 오른손으로 가희의 옆구리를 간질였다. 가희는 자지러질듯 몸을 비틀며 멈추라며 앙탈을 부렸지만 영학의 손을 멈추게 할 수는 없었다.

가희가 요동을 치자 허벅지 위에 놓인 그녀의 엉덩이가 출렁거렸고, 이 때문에 영학의 사타구니가 불끈 솟아올랐다. 영학은 왼손으로 가희의 허리를 감싼 채 치마 밑으로 손을 넣어 속고쟁이를 아래로 벗겨 내렸다. 그리고 벗긴 고쟁이를 자신의 엉덩이 밑에 깐 뒤, 바지를 무릎 아래로 내렸다. 그리고 곧장 가희의 몸을 앞으로 끌어당겨 벌겋게 달아오른 남성을 가희의 몸 안으로 천천히 밀어 넣었다.

가희는 양손으로 영학의 등을 감싸고, 엷은 미소와 함께 희미한 신음을 내뱉으면서, 몸을 아래 위로 천천히 움직였다. 아무 말도 할 수 없었다. 아니, 아무 말도 생각나지 않았다. 포근하고 따뜻한 감촉이 짜릿한 전율과 함께 온몸으로 퍼져나갔다. 영학은 양손으로 가희의 허리를 껴안고 가희의 젖가슴을 입으로 물었다. 가희는 영학이 물고 있는 젖가슴이 입에서 떨어질까봐 조심스럽게 천천히 움직였다.

그러다 가희는 도저히 참을 수가 없어 입을 벌리고 고개를 젖혀 하늘을 바라보면서 짧고 낮은 탄식을 토했다. 시간이 지나자 영학은 엉덩이에 닿은 바위의 딱딱함을 느꼈고, 엉덩이를 살짝 들어 올려 위치를 바꿨다.

영학의 불편함을 눈치 챈 가희는 서너 걸음 옆의 나무 밑을 손으로 가리켰다. 그곳에는 갈비가 수북하게 쌓여 있었다. 가희가 수북이 쌓인 갈비 위로 가서 먼저 누웠다. 그리고 누운 채 치마의 고름을 풀어 펼치니 겹옷의 짙푸른 치마는 둘만을 위한 원앙금침이 되었다. 앞섶이 풀어 헤쳐진 초록의 저고리와 아래에 깔린 푸른 치마가 짙은 소나무 숲의 푸름과 묘하게 어우러졌다.

드러난 두 사람의 속살과 갈색의 소나무 등걸도 자연 속에서 하나인 듯 어울렸다. 지지배배 재잘거리던 산새들은 더 이상 두 눈 뜨고 못 보겠다는 듯 날개를 퍼덕거리며 다른 곳으로 날아가버렸다.

열락의 시간이 지난 후 영학은 하늘을 바라보고 대자로 드러누웠다. 한낮의 태양은 소나무 숲에 가려 겨우 얼굴만 내밀고 있었다. 영학은 문득 뇌쇄적(惱殺的)이라는 단어를 떠올렸다. 뇌쇄적이라는 말은 성적인 매력으로 이성을 애가 타 죽도록 괴롭힌다는 뜻이다. 그런데 이 여인은 성적인 매력뿐만 아니라 지적인 매력과 함께 세심하고 따뜻한 배려까지 보태어 영학의 애간장을 녹이고 있었다.

영학은 내일이면 하동으로 떠난다. 그런데 이 여인은 더 이상 이승에서의 나와의 인연에 연연하지 않겠다고 한다. 그렇다면 과연 내가 이 여인을 잊을 수 있을까? 결코 쉽지 않을 것이다. 지금 심정으로 이 여인을 내 여인으로 만들기 위해서라면 어떤 일이라도 다할 수 있다. 필요하다면 과거를 봐서 벼슬을 차지하면 될 것 아닌가?

벼슬을 해서 첩으로 맞아들이고, 자식을 낳고 그 뒤부터는 어쭙잖은 신념이니 명분 따위는 내던져버리고 오로지 처첩을 호강시키고 자식들 잘 먹고 잘 살게 하는 걸 인생의 낙으로 삼으면 된다. 이게 모든 양반사대부들의 삶인데, 나라고 뭐 잘났다고 모나게 살 것인가? 나는 이 여인을 붙잡고 싶다. 그런데 이 여인은 다음 생에서나 인연을 기약하자고 한다. 과연 가능할까?

영학이 이런 생각에 빠져 있는 사이, 가희가 영학의 웃옷을 헤치고 손가락으로 젖꼭지를 간질이며 말했다.

"어제 혼자 조용히 생각해봤는데, 제가 서방님을 잊을 자신이 없습니다. 그래서 저도 현세에서 서방님과의 인연을 잇고 싶습니다. 그렇지만 서로의 신분과 현실을 외면할 수는 없지요. 그래서 어떻게 할지 곰곰이 생각했습니다."

"그래, 어떻게 하기로 했소?"

"보통 사람들 같으면, 서방님은 과거공부를 하고, 저는 서방님이 벼슬에 올라 저를 첩으로 맞이해 주기를 기다려야겠지요. 그렇지만 그것은 현실적으로 절대 이루어질 수 없습니다."

영학은 순간 기대에 부풀었다가 김이 빠져 따지듯 물었다.

"왜 안 된다는 것이오?"

영학의 반응에도 불구하고, 가희는 조용하게 말을 이었다.

"서방님이 과거를 준비한다 해도 급제를 한 뒤 저를 첩으로 맞아들이려면 아무리 빨라도 4~5년은 걸리겠지요. 그때는 제가 여자로서의 인생이 황혼기가 됩니다. 또 서방님은 양갓집 규수를 골라 혼인을 하겠지요. 그런데 조강지처 중에서 천한 기생을 첩으로 맞아들이는 것을 반기는 여인은 조선 팔도에 없습니다. 그것보다도 서방님은 벼슬에 나가 백성들의 고혈을 쥐어짜며 재물을 모으는 성품이 절대로 못됩니다."

"지금은 혼자 몸이니 그렇지만, 나도 처첩을 두고 자식이 생기면 세상의 비위를 맞추면서 살지 않겠소?"

"그럴 수도 있겠지요. 그런데 서방님이 그렇게 살다가는 울화통이 도져서 명대로 못 살 것입니다. 이이 선생도 젊을 때 뜻을 세웠지만 동인들로부터 갖은 비난과 모함을 당하다보니 결국 아무 뜻도 이루지 못하고 화병으로 한창 나이에 돌아가셨지 않습니까? 생전 재물에 욕심이 없다보니 처첩들에게 남긴 재산이라고는 책들과 부싯돌 몇 개뿐이라고 합니다. 게다가 자식농사도 제대로 못해 첩이 낳은 딸 하나밖에 세상에 남기지를 못했습니다. 그런데 서방님은 이이 선생보다더 일찍이 세상의 어두운 부분을 속속들이 알아버렸습니다. 사정이이런데 어떻게 서방님이 탐욕스런 권력자들에게 아부하고 충성하겠습니까? 권력자들은 아랫사람을 그냥 키우지 않습니다. 자신의 개를키울 뿐입니다. 짖으라면 짖고, 기라면 기는 충견을 원할 뿐입니다.

때로는 복날에 펄펄 끓는 가마솥에도 들어가야 합니다. 그렇지만 생각이 많으면 절대 개가 될 수 없습니다. 서방님은 이미 많은 것을 알아버렸기 때문에 개가 되기는 틀렸습니다. 오히려 권력자에게 찍혀 쫓겨나거나 울화증으로 제 명을 못 살 게 불을 보듯 뻔합니다."

틀린 말은 아니었지만 인정할 수도 없어, 영학은 퉁명스럽게 되물었다.

"도대체 그러면 나보고 어떻게 하란 말이오?"

"시대에 맞추어 사십시오. 꼭 벼슬을 하는 것이 잘 사는 길입니까? 서방님은 뛰어난 의술을 갖고 있지 않습니까? 그 의술로서 이 나라 백성들을 보살펴 주십시오."

"그러면 그대와의 인연은 어떻게 되오? 조선의 법으로 그대와의 혼인은 안 되고, 의원으로서는 첩을 두기 어려울 뿐만 아니라 첩을 면천시킬 힘도 없소."

"그러니까 저를 면천시키려고 애쓰지 말라는 것입니다."

"어떻게 그럴 수가 있소?"

"그렇지 않습니다. 정은 정일 뿐 제도의 틀에 묶이려고 하지 마십시오."

"아니, 남녀가 정분을 맺고 인연을 이어 나가려면 사내대장부가 책임을 져야지요."

"그건 고루한 생각입니다. 사내나 여인이나 모두 인격이 있고 자기 삶이 있는데, 왜 사내라고 여인의 삶에 책임을 집니까? 서방님과의 인연은 제가 좋아서 시작한 것입니다. 책임을 진다면 제가 질 것입니다."

"아니, 여자의 인격이나 능력을 인정하지 않는 이 나라에서 아녀자가 무엇을 어떻게 책임진다는 말이오?"

"반드시 조선 땅에서 살 필요가 있습니까? 과거 왜인들 수천 명이 부산포에서 살았고, 지금도 수백의 왜인들이 조선에서 살고 있습니다. 거꾸로 왜국에서 사는 조선 사람도 수백입니다. 그리고 왜인들은 여인에게도 인격을 인정합니다. 조선처럼 법에 따라 강제로 사내의 성노리개가 되는 일도 없습니다. 왜에도 기생이 있지만, 그들은 돈을 벌기 위해 스스로 그 길을 선택하지요. 몇 년 전에 죽은 우에스기 겐신(上杉謙信)은 왜에서 오다 노부나가에 필적할 정도로 막강한 무장으로 명성과 권세를 누렸습니다. 그는 의를 중시하고 춤과 한시를 사랑하면서 평생 아내를 두지 않았습니다. 양자를 맞아 가문을 승계하게 했지요. 그런데 많은 왜인들은 우에스기 겐신이 여자라고 수군거리고 있답니다. 이처럼 왜국에서는 여자들도 능력만 있으면, 인간답게 살 수 있습니다."

영학은 사실 왜국의 사정을 잘 알지 못했다. 그러다보니 가희가 하는 말에 선뜻 동의할 수가 없어 불만스런 표정으로 말했다.

"그건 그렇겠지요. 그런데 왜 왜국 이야기를 하오?"

"여인들이 사내들에게 쉽사리 정을 주지 못하는 것은 자식 때문입니다. 사실 여인에게 자식이 생기면 남정네는 여인의 사랑으로부터 뒤로 밀려나지요. 사내도 부성애를 갖고 있지만 그것은 책임감 때문이고, 여인에게 자식이란 목숨보다 더 소중한 존재랍니다. 여인이 정을 준 남정네와 혼인을 하거나 첩이 되려는 것은 순전히 자식 때문이지요. 그러나 여인은 자신이 낳은 자식을 제대로 키울 수 없다면, 남정네와의 정을 미련 없이 포기할 수 있습니다. 그것이 사내와 다르지요. 저는 서방님과 혼인을 하거나 첩이 될 수 없습니다. 그렇지만 서방님과 인연을 계속 잇고 싶습니다. 그렇다면 나중에 자식이 생길 경우를 고민해야 합니다.”

그 말을 듣고 영학은 수긍이 된다는 듯 목소리를 낮추며 말했다.

“그대는 생각이 깊구려. 솔직히 나도 그 점은 생각하지 못했소. 그렇다면 어떻게 하는 것이 좋겠소?”

“제가 만약 부처님과 천지신명의 가호를 받아 회임을 한다면, 저는 왜국으로 건너가서 거기서 아이를 낳아 키우고 싶습니다. 절대로 제 아이를 노비로 만들 수 없습니다. 왜국에서 도자기를 굽거나 장사를 하면서 자유롭게 살 것입니다. 꼬리치는 수컷이 나타나도 거절할 것이옵니다. 저는 평생 서방님의 여인이니까요.”

영학은 혹시나 자신의 핏줄이 왜인으로 자랄 수도 있다는 사실이 찜찜하여 다시 물었다.

“평소에 그런 생각이 있어서 미리 왜어를 공부한 것이오?”

“서방님 만나기 전에는 이런 생각을 전혀 안했지요. 그때는 ‘어떻게 하면 돈 있고 권세 있는 양반 사내 하나 잡아서 첩 자리 하나 꿰어 찰까’ 궁리했습니다. 그런데 사람의 마음이라는 게 참 웃겨요. 제가 왜 출세할 가망이 없는 서방님에게 홀딱 빠져 버렸는지…. 그렇지만 이게 내 삶에 큰 동기부여가 되겠지요. 그리고 왜어를 알면 신기한 지식을 많이 얻을 수 있습니다."

"어떤 지식 말이오?"

"서방님, 2년 전에 왜의 어린 소년 네 명이 야소교의 대부가 있는 로마라는 나라에 사절로 갔다는 소식을 들어 보았습니까?"

"금시초문이오. 그런데 왜의 소년들이 그 먼 나라까지 갈 수나 있소?"

"명나라의 남쪽에 있는 마카오를 거쳐서 천축국과 아라비아를 거쳐 로마국으로 간답니다. 그 소년들은 가는 김에 아예 몇 년 동안 야소교 신앙을 공부할 각오로 간 것이지요."

"왜와 조선은 600리 밖에 안 되는 가까운 거리에 있는데, 어째 조선은 세상문물에 이렇게 캄캄한지 모르겠소."

영학의 말에 가희는 고개를 들어 시선을 마주치면서 말했다.

"캄캄하기는요. 알만한 백성들은 웬만큼 서양문물에 대해서 알고 있습니다. 그렇지만 양반들이 말을 못하게 하니까 입을 닫고 있을 뿐이지요. 나중에 세월이 흐르면 야소교가 조선에도 전파될 것입니다. 야소교의 교리는 왜보다는 조선의 백성들로부터 훨씬 환영을 받을 것입니다."

영학은 영문을 알 수 없어 물었다.

"그건 무엇 때문에 그렇소?"

"조선의 백성들은 왜나 명나라의 백성들보다 훨씬 강한 차별과 통제를 받고 있습니다. 핍박받고 힘든 백성일수록 신앙에 의지하고, 구세주의 출현을 간절히 바랍니다. 야소교는 사람은 누구든지 천주님의 아들이라는 평등사상을 내세웁니다. 야소교의 평등사상은 현실적이고, 야소교의 천국은 불교의 윤회처럼 복잡하지 않답니다. 그래서 조선은 야소교가 전파될 여건이 아주 좋은 곳이라고 할 수 있지요."

"결국 백성들이 신분제도로 말미암아 차별과 통제를 받으니 신분의 차별을 부정하는 새로운 종교가 들어오면 환영을 한다는 말인데, 그것은 백성들의 입장이고 오히려 양반들의 반대는 더 극심할 것이 아니오?"

"서방님 말씀이 옳습니다. 야소교가 백성들에게는 환영받겠지만 거꾸로 양반들은 절대로 받아들일 수 없습니다. 아마 수많은 목숨이 땅에 떨어지겠지요. 더구나 조선에는 구원을 위한 믿음과 신념을 위해서라면 이승에서의 목숨 따위는 웃으면서 버릴 수 있는 사람들이 너무 많아 걱정입니다."

"야소교가 조선에 오려면 쉽지 않을 것이오. 그러니 지금 미리 걱정할 필요가 있겠소? 그런데 아까 말한 마카오라는 곳은 오문(澳門)을 말하는 것이오?"

"우리글로 쓰면 '마카오'라는 발음을 얼마든지 자유롭게 쓸 수 있는데, 왜 양반들은 오문이라는 한자를 써서 엉뚱하게 부르는지 이해가 안 돼요. 명에서는 '아오먼'이라고 발음한다고 하지만, 왜인이나 포르투갈의 상인들은 '마카오'라고 한다더군요."

"당신은 어떻게 그리 아는 게 많소? 도대체 모르는 것이 있기나 하오? 나도 어릴 때 머리 좋다는 소리 좀 들었는데, 그대에 비하면 난 완전 무식꾼이오."

"어릴 때부터 관아에서 자라면서, 관아의 서고에 있는 책을 닥치는 대로 읽었지요. 게다가 부산포에 살다보니 왜인들을 만나 바깥 세상에 대해 듣는 것이 많았지요. 그렇지만 많이 알면 뭐해요? 식자우환(識字憂患)이라고 조선에서는 똑똑할수록 핍박을 받지 않습니까? 더욱이 여인에게는 더 그렇지요. 그렇지만 서방님 같이 말이 통하는 사람을 만나니 너무 행복하고 좋습니다."

영학은 가희의 말에 맞장구를 쳤다.

"당신 이야기를 들으면, 나도 모르게 빠져든다오. 그건 그렇다 치고 당신이 나와의 인연을 이어가겠다고 하니 너무 기쁘오. 우리에게 아이가 생기면 아이의 장래 문제는 나중에 생각합시다. 좋은 방도가 생길 것이오. 이번에 돌아가면 가을에 추석 지나고 다시 오리다. 그때까지 몸 간수 잘하고, 재미있는 세상이야기나 많이 들어 놓으시오. 그리고 중간에 서신을 보내겠소. 시간 나는 대로 답장 주시오."

"그럼요, 서방님~"

시간이 한참 지나 사람들이 찾을지 모른다고 생각한 둘은 일어나서 옷차림을 정돈했다. 가희의 치마와 저고리에는 솔잎과 나무 부스러기가 잔뜩 묻어 있었다. 영학은 가희를 세우고 옷과 머리카락에 붙어 있는 솔잎과 부스러기를 떼어 냈다.

영학의 손이 스칠 때마다 가희는 목을 움츠리며 진저리를 쳤다. 그 모습이 너무 귀여워 영학은 가희의 목덜미에 입술을 갖다 댔다. 그러다 영학은 충동을 참지 못해 가희를 앞에 있는 굽은 소나무 쪽으로 밀어 붙였고, 가희는 두세 발짝 뒷걸음질을 치다 굽은 나무 등걸에 닿자 몸을 돌려 영학의 입술을 받았다. 그들은 끝도 없는 아늑한 달콤함에 취했다.

가희는 소나무의 굴곡 위에 걸터앉았고, 영학은 자신의 바지춤을 풀고 가희의 속고쟁이를 다시 발밑으로 내렸다. 가희는 몸을 밀착하여 영학을 자신의 몸 속 깊숙이 받아들이면서 한손으로는 영학의 바지가 아래로 흘러내리지 않도록 거머쥐었다. 그렇게 둘은 또다시 정염을 불태웠다.

신시(申時, 오후 3시에서 5시 사이)가 지날 무렵, 멀리서 월향과 중노미로 일하는 젊은이가 찾는 소리가 들렸다. 뜨거운 정염을 식히고 난 후 아쉬움에 서로 떨어지지 않고 있던 둘은 작별의 입맞춤을 나눈 뒤 조심조심 숲속을 걸어 나왔다.

밖으로 나선 후 영학은 뒷짐을 지고 천천히 걸었고, 가희는 한 발짝 뒤에서 고개를 살짝 숙인 채 그 뒤를 따랐다. 요사채 앞에 이르니 월향은 벌써 떠날 채비를 다 해놓고 있었다. 월향은 영학에게 금정산 밑까지 동행하자고 했지만, 가희는 다른 사람 눈도 있으니 이만 여기서 작별을 하자고 하면서 가마에 올랐다. 영학은 그 자리에 우두커니 서서 작별을 맞았다. 가마 안에서 살며시 창을 들어 올린 가희가 아쉬움의 눈웃음을 보냈다.

다음날 새벽 전 노인과 영학, 명원은 귀로에 올랐다. 신 의원은 전 노인에게 약재 값이라며 화살촉 모양의 반냥짜리 금화 1개와 명나라 돈인 영락통보(永樂通寶) 모양으로 만들어진 한 냥짜리 은화 30개를 주었다.

전 노인은 무슨 돈을 이렇게 많이 주느냐고 펄쩍 뛰었다. 그러나 신 의원은 요즘 부산포와 동래 일대에는 금화나 은화가 흔하고, 귀한 약재와 환자를 치료한 공을 생각하면 이 정도 값어치는 되어야 한다며 돈이 든 주머니를 손에 쥐어 주었다. 쌀 오십 가마니를 살 수 있는 큰돈이었다. 전 노인은 계속 사양하기도 어려워 신 의원에게 고맙다고 인사를 한 뒤 주머니의 끈을 졸라 괴나리봇짐 속에 넣었다. 영학은 쌀 50가마니 가치나 되는 큰돈이, 불과 한 움큼밖에 되지 않는다는 것을 보고 화폐의 편리함을 실감했다.

왜는 내전시대에 각 지방의 영주(領主)인 다이묘(大名)들이 서로 경쟁적으로 영토를 넓히고, 물산을 장려하고, 상업을 장려하여 영지 내의 인구를 늘리기 위해 경쟁한다. 일부 다이묘들은 해외무역으로 큰돈을 벌어들인다고 한다.

그런데 물산의 유통이나 해외무역이 번창하기 위해서는 반드시 화폐가 있어야 한다. 그래서 왜국은 은으로 명나라 돈인 영락통보를 자체적으로 만들어 주로 외국과의 교역에 사용하다고 한다. 조선에서는 강력한 해금과 상공업 억제 정책 때문에 금화나 은화는 물론 화폐가 유통되지 않는다. 하지만 이는 겉으로 드러난 현상일 뿐, 부산포와 동래는 물론 남도의 백성들 사이에서는 은밀하게 왜나 명에서 만든 금화나 은화가 흔하게 유통된다고 한다.

영학은 이런 이야기를 듣고 '한 나라 안에서 같이 살면서 사람들의 사는 모습이나 인식이 어찌 이렇게 다를 수 있을까'라는 의문이 들었다. 살아가는 모습도 그렇지만 무엇보다도 사회나 삶에 대한 인식은 양반과 백성들이 근본적으로 다르다. 화폐에 대한 인식만 해도 그렇다. 만약, 한양의 양반들이 남도의 백성들 사이에서 은이 광범위하게 유통된다는 사실을 알게 된다면, 아마 온 나라에 어마어마한 피비린내의 광풍이 몰아칠 것이다. 영학은 생각만 해도 모골이 송연했다.

동래와 부산포를 다녀 온 영학은 하동에서 농번기를 보내고 난 뒤 산으로 가기로 했다. 스승과 명원은 영학의 집에서 하룻밤을 지낸 뒤 아침 일찍 바로 지리산으로 들어갔다. 몇 달 만에 집에 왔지만, 어머니의 건강이 예전보다 많이 좋아진 것 같아 다행이었다. 그런데 요즘 선돌이의 거동이 좀 수상했다. 원래부터 밝고 명랑한 성격이었지만 예전보다 훨씬 더 쾌활하고 밝아졌으며, 아무 일도 아닌데 싱글벙글 웃는 일이 늘어났기 때문이다.

영학은 금방 눈치를 챘다. 길례와 정분이 났음이 틀림없다고 생각했다. 가희와의 사랑 경험이 없었다면 선돌의 변화를 눈치 채지 못했을 것이라고 생각한 영학은 '혹시 나도 선돌이처럼 왠지 실성한 사람처럼 실실 웃음을 흘리고 다니는 것은 아닌가?' 하고 염려를 했다. 그러면서 영학은 곧 선돌에게 확인해봐야겠다고 마음을 먹었다.

5월을 며칠 남겨두지 않은 지금부터 6월 중순까지 백성들은 1년 중 제일 바쁜 나날을 보낸다. 두치마을은 이 시기에 모내기를 한다. 모내기는 직파법에 비해 두 배 이상 수확을 얻을 수 있고, 추수가 끝난 후부터 초여름 모내기를 하기 전까지 논에서 보리나 밀 등의 농사를 짓는 이모작(二毛作)을 가능하게 한다.

두치마을의 사람들은 모내기를 하기 때문에 다른 지역의 농민들보다는 살림살이가 훨씬 나았다. 그러나 이앙법과 이모작은 직파법에 비해 두 배 이상의 수확을 주는 대신 농부들의 정성과 땀을 두 배 이상 요구하는 농사법이었다.

우선 이앙법은 볍씨를 고르고, 발아시키고, 키운 모를 논으로 옮겨 심어야 하기 때문에 그만큼 품이 많이 든다. 그런데다 모내기 때 옮겨 심을 논에 물이 충분하지 않으면 농사를 망칠 위험이 있다. 그런데 조선에는 하늘에서 내려주는 비에 의존해서 농사를 짓는 천수답이 대부분이라, 하동처럼 물이 풍부한 고장이 아니면 모내기나 이모작은 시도하기 어려웠다.

이앙법은 수천 년에 걸쳐 축적된 경험과 지혜를 동원하여 개발한 농법이다. 그런데 관에서는 되도록 이앙법을 사용하지 못하게 했다. 세종 때 편찬된 〈농사직설〉에서 '물이 제대로 공급되지 못하는 지역에서는 모내기가 어렵다'고 지적하고 있기 때문이다. 물론 이 지적이 영 틀린 것은 아니었다.

또 다른 위험도 있었다. 볍씨를 잘못 선정하거나 소독을 제대로 못한 경우에는 벼가 자라면서 병충해로 몽땅 말라 죽을 수도 있는 것이다. 그렇지만 이런 이유로 백성들에게 이앙법을 쓰지 못하도록 하는 것은 그야말로 구더기 무서워 장 못 담그는 격이다. 비가 많이 오지 않는 지역이라면, 개울에 둑을 쌓고 저수지를 만들면 해결될 일이 아닌가?

볍씨를 잘못 고르거나 소독이 제대로 되지 않아 한 논의 벼가 같은 병에 걸려 한꺼번에 죽는 위험은 볍씨 선별이나 소독에 대한 경험과 기술의 개선을 통해 금방 해결할 수 있다. 이앙법에 따르는 이러한 문제점을 감안하더라도 이모작으로 얻는 이점은 컸지만, 조선의 양반들은 그렇게 생각하지 않았다.

양반들로 이루어진 조선의 관리들은 질서유지를 통하여 평화로운 나라를 만드는 것이 그들의 가장 중요한 임무라고 생각했다. 그러나 그들이 생각하는 '질서유지'와 '평화로운 나라'의 개념은 백성들의 생각과 너무 달랐다. 백성들이 보기에 그들이 생각하는 '질서의 유지'는 바로 '질서의 고착화'이고, '평화로운 나라'는 '시끄럽지 않은 나라'이다. 그래서 관리들은 오로지 현상유지를 고수할 뿐 어떠한 변화도 용인하지 않았다.

그런데다 지방의 수령들은 내심 이앙농법에 의한 생산력 증대를 원하지 않았다. 그들의 입장에서 볼 때 생산력의 증대가 있어봤자 중앙으로부터 다음해의 세수목표가 올라가는 골치 아픈 일만 생기기 때문이다. 이 때문에 이앙법은 수백 년 동안 널리 전파되지 못하고 있다. 영학은 이런 현실을 떠올리면서, 그나마 하동에서 이앙농법을 하는 것이 무척 고마운 일이라고 생각했다.

12 장 연정

戀情

연정

戀情

사흘 후 선돌이 막걸리 주전자를 들고 영학의 방으로 찾아왔다. 둘은 술잔을 나누면서 그동안 서로에게 있었던 시시콜콜한 이야기를 나누었다. 그러면서 영학은 새삼 선돌이 믿음직스럽고 고맙게 여겨졌다. 아마 선돌이 없다면 자신이 의술을 배운답시고 마음대로 집을 비운다는 건 꿈도 꾸지 못했을 것이다.

선돌에게도 영학이 믿음직스러운 버팀목 같은 존재였다. 노비를 가족처럼 대해주고, 집안 살림을 몽땅 믿고 맡겨주는 주인이 조선팔도 어디에 또 있을까? 그런데다 영학이 명문가의 후손이라는 배경은 선돌에게 엄청난 힘이 되었다. 양민들은 물론 다른 양반들로부터 부당한 대우를 받기는커녕 일상에서 혜택을 받았기 때문이다. 또 수확의 절반 이상을 관이나 양반지주들에게 바쳐야 하는 양민들과 달리 조세나 부역, 공납에 대한 의무가 전혀 없어서, 비록 몇 마지기에 불과한 농사로도 먹고 사는 데 아무런 지장이 없었다.

하지만 선돌의 가장 큰 문제는 장가를 못 간다는 것이었다. 법적으로 여노(女奴)와 결혼하는 것은 가능하지만 현실적으로 여노의 주인으로부터 결혼승낙을 받는 것은 거의 불가능했다. 어느 누가 자신의 재산을 남에게 그냥 주겠는가? 물론 돈으로 여노를 사올 수도 있다. 그러나 노비 신분에 그만큼의 돈이 있을 리 없었다.

그래서 대개의 노비들은 한 집안 안에서 짝을 맞춘다. 그렇지만 조금이라도 외모가 반반한 여노는 주인의 성노리개가 되는 현실이기에 한 집안의 노비끼리 정분이 나는 일은 드물었다. 사정이 이렇다보니 노비가 가정을 꾸리는 비율은 열 중 둘 셋이 될까 말까 했고, 대다수의 노비들은 평생을 혼자서 늙어갔다.

인간은 누구나 오욕칠정(五慾七情)을 가지는데, 식욕, 물욕, 명예욕, 수면욕, 성욕이라는 오욕과 기쁨(喜), 분노(怒), 슬픔(哀), 즐거움(樂), 사랑(愛), 미움(惡), 욕망(慾)의 칠정으로부터 결코 자유로울 수 없다. 그런데 조선의 노비들은 태어나면서부터 오욕칠정으로부터 철저히 배제되었다.

조선의 양반들이 금과옥조처럼 여기는 주자의 말씀은 사람들에게 철저한 금욕적 삶을 요구한다. 그런데 정작 양반 자신들은 목숨처럼 받드는 주자의 가르침을 하나도 실천하지 않으면서 주자의 주자도 모르는 백성들에게만 강요했다.

이런 사정을 잘 알기에 영학은 선돌이 걱정되었다. 벌써 선돌과 길례

의 연분이 깊어 보였다. 건강한 총각이 좋아하던 처녀의 사랑을 얻는 데
성공했으니, 진심으로 축하할 일이었지만, 조선의 법에 따르면 이는 중대
범죄였다.

영학은 선돌을 안심시키기 위해 일부러 가희와의 만남을 이야기했
고, 자초지종을 들은 선돌은 놀라움을 감추지 못했다.

"도련님의 첫경험은 다른 도련님들에 비하면 늦었죠. 그래도 샌님인
줄 알았던 도련님이 여인을 품었다니 참 대견스럽네요."

선돌의 말에 영학은 쏘아 붙이듯 말했다.

"내가 무슨 샌님이란 말이냐? 그리고 그 여인이 얼마나 나한테 빠졌
는지 아느냐?"

영학의 말에 선돌은 히죽히죽 웃으면서 대답했다.

"아이고, 제가 도련님 모신 지 벌써 10년 세월이 넘었습니다. 어릴
때는 병치레가 잦아 마님께서 얼마나 심려하셨으며, 제가 업고 약방
으로 뛰어간 게 몇 번이나 되는지 아십니까? 그런데 그런 도련님이
이제 어엿한 장부가 되어 그렇게 똑똑하고 야무진 미인을 품에 안았
다니 감축드립니다."

영학은 선돌의 말을 인정할 수밖에 없어 슬그머니 화제를 돌렸다.

"그런데 가희와 민지의 생김새가 무척이나 닮았어."

"그럼 정말 엄청 미인이겠네요."

"나도 처음에 봤을 때 퍼뜩 민지 얼굴이 떠올라서 멈칫했었지. 그런
데 남녀 간의 정분이란 게 마음으로 생각하는 것과 몸을 섞는 건 천

지차이더구나."

"그럼요. 다 조물주가 그렇게 만든 것이지요. 그래서 몸이 멀어지면 마음도 멀어진다고 하지 않습니까? 마음에서 그치는 것이 아니라 몸을 섞어야 진짜 연분이지요. 그렇지만 상대가 기생인데 하루 밤의 놀이라 여겨야 하지 않겠습니까."

영학은 선돌의 말이 귀에 거슬렸다. 그렇지만 현실이 그러니 탓할 수도 없어 못 들은 체하고, 이야기를 이어나갔다.

"기생이라고는 하나 그렇고 똑똑하고 현숙한 여자는 아마 조선팔도에서는 찾아보기 힘들 거다. 나는 여자가 그렇게 학식이 넓고 영리할 줄은 상상을 못했다. 법만 아니면 당장 혼인이라도 하고 싶었으니…. 그건 그렇고 상투도 안 튼 네가 어찌 그리 남녀 간의 연분에 대해서 잘 아느냐? 너 혹시 길례랑 연분 난 것 아니냐?"

"헤헤, 어찌 아셨습니까? 안 그래도 오늘은 말씀드리려고 했는데, 먼저 물어 보시네요. 요즘처럼 행복할 수가 없습니다. 길례도 너무 좋아 하고요."

"그래 축하한다. 허나 조심해야 한다. 도덕적으로는 말도 안 되는 법이지만 조선에는 양천간의 혼인은 엄연히 법으로 금지되어 있다는 것을 알지? 그래서 남들에게 발설하면 절대 안 된다. 나중에 네가 면천할 때까지는 철저히 비밀에 부쳐야 할 게야."

"그 사실을 명심하고 있습니다. 안 그래도 도련님과 상의를 하고 싶었습니다. 제가 면천하는 길은 도련님이 높은 자리에 올라가는 것 말고는 없지 않습니까? 그런데 도련님은 언제 과거를 보실 생각이십니까? 큰 고을 성진 도련님은 내년 식년에 소과 복시까지 꼭 붙는다고 글공부에 매달리고 있답니다. 도련님이 내년 식년에 과거를 보면 대과도 문제없을 것 같은데…"

"에이, 허튼 소리 하지 마라. 책을 손 놓은 지 벌써 몇 년인데. 과거를 본다 하더라도 내년 식년에 소과합격이나 할지 모르겠다. 헌데 그 보다는 스승님의 연세가 내일 모레가 벌써 일흔인데, 스승님 건강하실 때 의술을 하나라도 더 배워야지 않겠느냐? 과거는 그 뒤에 생각해보자."

"그럼, 도련님이 약방이라도 내면 어떻겠습니까? 소인도 약방에서 심부름이나 하면서 도울 수도 있고, 길례도 약방에서 일하게 해주면 좋아할 텐데."

"그것도 좋은 생각이다. 그렇지만 아직 그 말을 꺼낼 때는 아닌 듯하구나. 아직 약방을 낼 정도의 실력이 아니기에…"

"실력이 안 된다고요? 소인이 보기에는 남도에서는 도련님 실력을 따라올 의원이 없습니다."

선돌의 말에 영학은 얼른 손사래를 쳤다.

"그건 아니다. 사람의 생명을 다루는 의술은 보통 공부로는 턱도 없지. 아무튼 나도 열심히 할 테니 너도 집안일에 신경 쓰거라. 좋아하는 여인과 연분 났다고 너무 티내지 말고. 네가 면천을 하려면 아무래도 세월이 좀 있어야 할 테니, 그때까지 사람들의 입방아에 오르는 일이 없도록 해라."

"그럼요, 안 그래도 명심하고 있습니다. 제 팔자는 도련님한테 달려 있으니, 도련님이 잘 돼야 합니다. 어차피 저는 도련님의 덤입니다. 어머니와 집안일은 걱정하지 마십시오."

말투는 부드러웠지만 선돌의 절실한 심정을 이해한 영학은 고개를 끄덕이며 대답했다.

"그래, 고맙다. 열심히 하마. 오늘 밤은 오랜만에 너랑 한 번 취하도록 마셔볼까?"

"아무렴, 좋지요. 도련님이 건강하게 잘 크시고 이제 어른이 되었다니, 너무 좋아서 눈물이 날 지경입니다."

누가 보더라도 둘은 주인과 종이 아닌 어릴 때부터 같이 자란 형제처럼 보였다. 그날 밤 둘은 새벽까지 술잔을 기울이면서 서로의 연인을 침이 튀도록 자랑했다.

다음날 영학은 연인에 대한 그리움을 구구절절이 담은 서신을 써서 선돌에게 맡겼다. 그리고 모내기가 끝나면 잠깐 틈을 내서 동래에 서신을 전해주라고 일렀다.

가희 낭자, 동래를 떠나온 후 하루에도 몇 번씩 되뇌는 이름이지만, 부르면 부를수록 당신에게 꼭 맞는 이름인 것 같소.

나는 동래를 떠나 무사히 하동에 잘 도착했소. 스승님과 명원이는 하동에서 하루를 지내고 산골마을로 들어갔고, 하동에서 오랜만에 어머니를 뵙고 선돌이와 함께 논밭을 둘러봤소. 저녁에는 선돌이와 이야기를 나누면서 즐거운 시간을 보냈소. 그럼에도 당신의 정답고 어여쁜 모습은 한시도 내 가슴속에서 떠나질 않으니, 이런 것이 사모의 정인가 보오.

동래에서는 참 많은 것을 배웠소. 신 의원의 의술은 내게 새로운 의학 세계를 보여주었소. 그 뿐만 아니라 동래에서 세상 돌아가는 새로운 이치를 많이 깨달았소. 우물 안 개구리가 우물 밖으로 나간 기분이랄까? 세상은 넓고 만물이 다양함을 실감하였소. 특히 당신이 일러준 말은 한 아둔한 사내가 앞으로 세상을 살아감에 있어서 교훈으로 삼을 훌륭한 디딤돌이라 생각하오. 무엇보다도 당신은 나에게 인간으로서 누려야 할 진정한 행복과 삶의 환희가 무엇인지를 가르쳐 주었소. 사무치도록 당신을 사모하오.

내일이면 다시 집을 떠나 산골에서 의술공부에 전념할 것이오. 당신을 알고 난 뒤 공부를 재촉하는 마음이 더 간절해진 것이 사실이오. 어쨌든 하루라도 빨리 세상에 소용이 되고 싶소. 그래서 당신과 장래를 함께할 방도를 꼭 만들 생각이오. 얼마든지 좋은 방도가 생기리라 보오.

올 추석을 보내는 대로 곧장 동래를 들르리다. 그때까지 항상 몸조심하고, 건강 챙기시구려. 이만 줄이오리다.

- 당신을 사모하는 영학으로부터

영학은 산으로 들어가기 전에 성진의 집에 들르기로 했다. 올해 처음 집에 왔는데, 들러보지도 않고 바로 떠나면 성진의 가족들이 많이 서운해 할 것이 분명했다. 그리고 민지가 보고 싶기도 했다. 영학은 가희를 사랑하게 되어 민지에게 미안한 마음이 들었지만, 따지고 보면 민지에게 미안할 이유는 없다고 생각했다. 영학이나 민지가 어릴 때부터 서로 좋아하긴 했지만, 아직 아무런 언약도 하지 않은 상태였기 때문이다.

이제 민지의 나이가 열 셋, 혼인하기에는 조금 이른 나이다. 영학이 가희와 연분을 쌓기는 했지만, 어차피 가희와 혼인은 할 수 없는 상황이었고, 혼인을 한다면 영학의 배우자는 민지가 될 것이었다. 어차피 조선의 사회는 여인이 사랑하는 남자를 온전히 차지할 수 없다는 현실을 무시할 수도 없는 노릇이었다. 그래서 영학은 떳떳하지 않을 이유가 없었다.

영학이 성진의 집 대문 안으로 들어서자 갑자기 소란이 일었다. 마당쇠는 물론 머슴들도 다 나와서 구경을 하고, 집안 식구들도 맨발로 뛰쳐나왔다. 민지는 얼굴을 붉히며, 기뻐서 어쩔 줄 몰라 했다. 민지의 표정과 태도에서 영학이 산 속에서 반 년 이상의 세월을 보내는 사이 얼마나 속을 졸였는지가 그대로 드러났다. 영학은 들뜬 민지의 모습을 보자 왠지 가슴이 뭉클해지면서 한편으로 양심의 가책이 밀려듦을 느꼈다.

영학은 안방에서 성진의 부모님에게 인사를 올린 후 성진의 방으로 갔다. 민지는 개다리소반에 곶감을 띄운 수정과와 약과를 수북이 담아왔다. 그리고 방안에 들어오자마자, 투정을 부리며 말했다.

"오라버니, 어찌 그동안 소식도 없이 사람 속을 태우고 그래요?"

그러면서도 얼굴은 안도감으로 가득 했다. 언제 보아도 귀엽고, 사랑스러운 여인이었다. 영학은 자신의 감정을 드러내지 않으려고, 성진에게 일부러 말을 걸었다.

"내년이 식년인데, 공부는 잘 되어가나?"

"글쎄, 공부가 제대로 되어가는 건지 아닌지 종잡을 수가 없네."

"지금은 무슨 책을 읽고 있나?"

"시경(詩經)을 읽고 있네. 시경의 내용이 '낙이불음(樂而不淫) 애이불상(哀而不傷)'이라 '즐겁되 음란하지 않고, 슬프되 마음이 아프지 않다'고 하는데, 전쟁이나 정치의 부패, 백성들의 애정과 애환 따위로 내용이 너무 많아서 그런지 솔직히 실감이 가지 않네."

"시경의 부(賦; 사물에 대한 감상을 직접 서술함), 비(比; 비유), 흥(興; 사물을 빌려 표현함)을 다 이해하려면 사서삼경은 물론이고, 고대의 역사를 꿰뚫고 있어야 하네. 평생을 공부해도 시경의 내용이 가슴이 와 닿기는 쉽지 않지. 그러니 너무 고민하지 말게."

"과거에 붙기 위해 암기에 치중하다 보니, 공부가 더 재미없어."

"그렇지. 건성으로 알고 무조건 외우려 하면 재미도 없고, 암기도 잘되지 않아. 그런데 이해를 하고 머릿속에서 그림을 그려보면 암기가 훨씬 빠르지. 천자문을 보더라도 하늘 천(天), 땅 지(地), 검을 현(玄), 누를 황(黃), 집 우(宇), 집 주(宙), 넓을 홍(洪), 거칠 황(荒)이라고 생각 없이 외우면 재미가 없어. 하늘(天)은 검은(玄)색으로 어둡고 세상의 윗집(宇)을 이루면서 넓기(洪)가 그지없다, 그렇지만 땅(地)은 누른 흙(黃)색이고 세상의 아래 집(宙)을 이루며, 거칠기(荒) 짝이 없다, 이렇게 머릿속에서 그림을 그리면서 이해를 하고 장단을 맞추어 외우면 암기가 훨씬 쉬워지지."

"맞아, 해(日, 일)와 달(月, 월)은 차면(盈, 영) 기울고(昃, 측), 별(辰,

진)은 머물(宿, 숙) 때 줄(列, 열)을 넓게(張, 장) 선다. 추위(寒, 한)가 오면(來, 래) 더위(署, 서)가 가고(往, 왕), 가을(秋, 추)에 추수(收, 수)하면 겨울(冬, 동)에 보관(藏, 장)한다. 이렇게 보면 천자문 안에 세상의 이치가 들어있단 말이야."

민지가 대화에 끼어들었다.

"천자문 외우는 것도 사실은 다 우리말로 소리를 써서 외우는 거잖아? 그럴 바에야 정음을 쓰지, 왜 복잡하게 이중으로 한자를 쓰고, 별도로 우리말로 풀어서 외우고 해야 돼? 우리글은 억지로 외울 필요도 없이 의미가 바로 이해되잖아? 그리고 정음은 자음, 모음을 다 합쳐 스물여덟 글자만 알면 이를 조합해서 어떤 말이든지 다 만들 수 있어. 그런데 한자는 힘들게 천자문을 익혀 봤자 겨우 초보적인 글자를 익히는 데 불과하잖아?"

영학은 민지의 말에 공감했다.

"그거야 그렇지. 그런데 어렵게 배운 한자이니, 본전을 뽑으려고 한자를 쓰려고 하지. 양반들이 하찮은 백성들이나 아녀자들처럼 쉬운 우리글을 쓰려고 하겠어?"

영학의 말에 민지가 통명스럽게 말했다.

"그런 걸 보면 조선의 사내들은 참 못 됐어. 뭐든지 제 맘대로야."

민지의 말에 성진이 통명스럽게 말했다.

"그게 현실인 걸 어쩌겠어. 그건 그렇고 어려운 한자 공부에 감을 잡으려니 너무 힘들고, 얼마나 공부를 해야 하는지 막막한 건 어쩔 수 없는 현실이야. 아, 그런데 얼마 전에 들은 말이 있어. 천자문의 글자가 일

천 자가 아닌가? 그런데 제대로 아는 글자가 2,500자면 소과를 합격할
수 있고, 4,000자면 대과 합격을 할 수 있다네. 이건 한시로 실력을 겨
룬 경험도 있고 학식도 높은 벼슬아치들의 말이니 빈말이 아닐 거야.
지금 자네가 제대로 안다고 자신하는 글자가 얼마나 되나?"

"글쎄, 2,500자는 되겠지."

"그럼, 되었네. 이제 다 됐다 생각하고 조금만 더 열심히 하게."

민지가 다시 대화에 끼어들었다.

"영학 오라버니는 왜 과거를 안 봐? 오라버니 실력이면 소과는 물론
대과합격도 따 놓은 당상인데."

성진도 맞장구를 쳤다.

"맞는 말이야. 자네 내년 식년에 나랑 함께 과거를 보지. 소과 초시를
거친 뒤 함께 나란히 한양에 가서 복시를 보면 얼마나 좋아. 같이 한
양에 가지 않겠나?"

그 말을 듣고 영학은 손사래를 치면서 말했다.

"아니야, 난 공부에 손 놓은 지 벌써 몇 년이라네. 그리고 아직은 과
거를 볼 생각이 없어."

그 말을 듣고 민지가 토라지는 시늉을 하면서 말했다.

"피! 의술을 공부한다고 과거를 안 볼 이유는 없잖아? 문과를 합격하
고 의원이 되면 유의(儒醫)로서 취재를 거쳐 의원이 된 사람보다 훨
씬 더 빨리 출세를 하는데, 오라버니도 그렇게 하면 되잖아? 오라버
니 실력이면, 과거에 떡! 합격하고 내의원이나 전의감에 가서 몇 년
안 지나 나라님의 옥체를 돌보는 어의가 될 수 있을 거야. 그럼 얼마

나 좋아?"

"우와, 어린 애인 줄 알았더니, 우리 아가씨가 모르는 게 없네."

"오라버니, 나 어린 애 아니거든? 이제 시집갈 나이야. 정음은 예전에 익혔고, 천자문도 벌써 뗐어. 세상 물정도 알 만큼은 알아. 오라버니 의학실력에 문과를 합격하면 100년 전에 그 유명했던 어의 전순의 대감처럼 출세할 수 있어."

그 말에 성진이 놀라서 민지에게 되물었다.

"아니, 네가 어찌 전순의 대감을 아느냐?"

"아버지에게 들었어. 아버지가 영학 오라버니가 의술공부한다는 말을 듣고서는, 전순의 대감 이야기를 하면서 고개를 끄덕거렸어."

영학은 쑥스러운 마음에 얼른 말을 이었다.

"좋은 말이기는 하지만 내가 전순의 대감과 비교되는 건 말도 안 돼. 나는 아직 새까만 햇병아리에 불과하거든. 어쨌든 문과에 급제하고 난 뒤 의원이 되는 것도 좋은 방법이니 진지하게 생각해보지."

그 말을 듣고 민지는 좋아서 손뼉을 치며 말했다.

"그렇지? 그렇지? 오라버니는 영리하고 분별이 있으니까 잘 할 거야. 그렇다면 과거를 뒤로 미룰 것 없잖아. 오라버니 실력으로는 지금 공부를 시작해도 내년 과거합격에 문제없을 텐데. 성진이 오빠 공부도 도와주고, 그럼 얼마나 좋아? 우리 오빠는 내년에 소과에 붙고 난 뒤 바로 장가를 가야 돼."

영학은 의외라고 생각해 성진의 얼굴을 살피면서 말했다.

"성진이 자네, 정혼한 여인이 있는 건가?"

"아닐세. 할머니께서 내년에 장가가라고 하도 성화를 부리시기에 소과라도 합격하고 난 뒤에 장가가겠다고 둘러댔을 뿐이야. 사실은 내가 아니고 민지 이 아가씨가 빨리 시집가고 싶어서 내 등을 떠미는 거야."

"피이! 난 시집 안 가. 평생 엄마랑 아빠랑 같이 살 거야."

"속에도 없는 말 하지 마. 너 시집 안 갈 거면 내가 영학 오라버니 딴데 장가가라고 한다. 너 후회 안하지?"

그 말에 민지가 발끈했다.

"치, 거기서 왜 영학 오라버니 이야기가 나와? 안 그래도 영학 오라버니 오랜만에 왔는데 자꾸 그럴 거야? 오늘따라 왜 그래?"

성진도 발끈하는 민지에게 지지 않고 계속 놀려댔다.

"얼굴 빨개지는 것 좀 봐라, 이제 좀 있으면 울겠는데?"

보다 못한 영학이 성진을 말렸다.

"거, 하나 밖에 없는 여동생 좀 그만 좀 괴롭히게나. 스승님 연세도 있고 해서 나는 지금 하나라도 의술을 더 배워야 되니 당분간 딴 데 정신 팔 틈이 없어. 내가 보기에 성진이 자넨 내년에 틀림없이 소과에 합격할거야. 그러니 준비 잘 하고. 나도 언제 과거를 볼지 고민해 보겠네. 그리고 이번에 가면 추석 때나 올 거야. 그때 다시 보기로 하지. 그동안 민지도 잘 지내고."

그러자 민지는 매달리듯 영학에게 말했다.

"오라버니, 그럼 그때 시간 내서 성진이 오라버니랑 함께 지리산 계곡에 단풍놀이 가자. 아직 지리산 계곡을 한 번도 못 가봤어, 응?"

영학은 민지의 말에 내심 반가워하며 승낙했다.

"그럼, 이렇게 예쁜 아가씨가 분부를 내리는데, 어떻게 감히 거절을 해. 당연히 단풍놀이 모시고 가야지. 자, 그럼 이제 그만 일어나 보겠네."

다음날 영학은 이른 새벽에 집을 나섰다. 이번에는 어느 계곡으로 올라갈까 잠깐 고민하다가, 빠른 길로 가기로 마음먹고 곧장 쌍계사 쪽으로 길을 잡았다.

산에서는 여름이 가장 바쁘다. 식물은 초봄에 잎이 돋고, 무르익은 봄이나 초여름에 꽃을 피우고, 여름부터 열매를 맺기 시작한다. 그런데 식용이든 약재든 잎은 잎대로, 줄기는 줄기대로, 꽃은 꽃대로, 열매는 열매대로 다른 효능이 있는데, 여름은 잎이나 줄기, 꽃, 열매를 모두 채취할 수 있는 시기이기도 하다. 동물들도 봄의 생동기를 지나 여름에 활동을 많이 하기 때문에 올무나 덫을 이용한 사냥도 여름이 좋다.

여름으로 푸르게 물든 산을 감상하며 서둘러 산골 마을에 도착하니 그동안 먼 여정에 몸살이 났는지 거동이 활발하지 못했던 스승은, 영학이 도착하자 활기를 되찾기 시작했다.

바쁘게 여름을 보내고 가을이 시작할 무렵, 스승은 영학에게 내년 봄에 약방을 내는 것이 어떻겠느냐는 뜻밖의 말을 꺼냈다. 영학은 내심 그 말이 너무 반가워서 반색을 했다. 스승은 어차피 의방유취는 평생을 공부해도 다 익히기 어려우니, 우선 약방을 내서 병자를 치료하면서 공부를 계속하라고 했다. 거기에다 내년 봄 약방을 낸 후 과거를 준비하라는 말도 덧붙였다.

그렇지 않아도 민지의 말을 잊지 않고 있던 영학은 스승의 말이 떨어지기도 전에 얼른 그렇게 하겠다고 대답했다. 그러면서 영학은 과거에 합격하면 민지와 혼인을 하고, 가희를 첩으로 삼으며, 선돌이도 면천을 시켜서 길례와 어엿한 가정을 꾸리게 해줄 수 있을 것이라는 즐거운 상상을 했다. 또 유의(儒醫)로서 의관이 되면, 아귀다툼 같은 권력투쟁의 소용돌이에도 휘말리지 않을 수 있었다. 그 순간 영학은 미래의 밝은 꿈과 희망으로 가슴이 부풀어 올랐다. 자신처럼 인복(人福)이 많고, 천운을 타고 난 사람이 어디에 또 있을까 하는 생각도 들었다. 그러면서 영학은 스승도 당연히 산을 내려가 고을에서 함께 생활할 것으로 여겨 물었다.

"제가 고을에 약방을 내면, 스승님도 항상 고을에 계셔야 하지 않습니까?"

그러나 스승은 뜻밖의 말을 꺼냈다.

"나는 산을 내려갈 수 없는 몸이다. 그렇지만 수시로 약방을 들를 테니 걱정하지 마라."

그 말에 영학은 펄쩍 뛰면서 말했다.

"스승님께서 곁에서 돌봐주지 않으면 제 실력으로는 환자를 치료하기는커녕 병을 덧낼까 두렵습니다. 그리고 스승님의 연세로 보아 더이상 산속의 생활은 무리입니다. 이제는 저와 함께 산을 내려가셔야 합니다."

그 말을 들은 스승은 한참 동안 어두운 표정으로 영학을 쳐다보면서 아무 말이 없다가 이윽고 입을 떼었다.

"조선의 법에 따라 나는 너의 스승이 될 수 없다. 그리고 내가 네 곁에 있으면 너의 출세에 큰 지장이 될 뿐만 아니라 자칫 너에게 큰 위험이 초래된다. 그러니 고을에서 같이 살 생각은 하지 마라."

그 말에 영학은 발끈하면서 말했다.

"아닙니다. 저는 스승님이 곁에 없으면 약방을 열 수 없습니다. 그리고 스승님은 이미 진정한 저의 스승입니다. 그런데 법에 따라 스승이 될 수 없는 이유가 무엇입니까? 그 이유부터 말씀해 주십시오."

"그 이유는 아직 말하고 싶지 않다. 그건 네가 충분히 실력을 갖추고 내 곁을 떠날 때가 되었다고 판단되면 그때 말해주마."

영학은 안타까운 마음에 속마음을 솔직하게 털어놓았다.

"일찍이 저는 방안에서 어의 전순의 대감의 고신과 사모관대를 본 적이 있습니다. 스승님은 어의 전순의 대감의 후손으로서 그의 의술을 전수받은 분이지만, 피치 못할 사정으로 세상을 등지고 신속에 숨어 사는 것이라고 짐작하고 있었습니다. 그렇지만 그런 사정은 이미 지나간 과거사일 뿐입니다. 제발 이제는 그 과거에서 벗어나시고, 피치 못할 사정이 있다면 제게도 말씀을 좀 해주십시오."

그러나 스승은 끝내 이유를 말하지 않았다. 대신 스승은 내년 봄에 약방을 내고 약방이 자리 잡을 때까지 고을에서 영학과 함께 머물겠다고 약조를 했고, 그 다음 일은 나중에 다시 이야기하자고 했다. 영학은 이러한 약조를 했다는 것만으로도 다행이라고 생각하고, 더 이상 스승의 말에 토를 달지 않았다.

내년 봄에 약방을 내기 위해서는 미리 마땅한 장소를 알아봐야 했다. 그래서 영학은 추석에 산을 내려가서 그때부터 집에서 생활하면서 개업 준비를 하기로 했다. 명원도 함께 산을 내려가기로 했다.

산을 내려가는 것은 산 속에서의 생활을 정리한다는 뜻이었다. 드디어 세상으로 나간다고 생각하니 영학은 설레는 가슴을 진정하기 어려웠다. 그래서 추석을 닷새나 앞두고 서둘러 스승을 모시고 명원과 함께 산을 내려왔다.

집에 오자마자 선돌의 어머니 분이는 자신의 방을 스승에게 내어주었다. 분이는 영학의 어머니 이 씨와 한 방을 쓰고, 명학은 선돌과 같은 방에서 지내도록 했다. 선돌은 갑자기 집안 식구가 늘어난 데다 영학이 고을에 약방을 낸다는 말을 듣고 신이 났다. 게다가 내년부터 과거를 준비하겠다고 하니, 앞으로 자신의 인생이 술술 풀릴 것이라는 즐거운 상상으로 머릿속이 가득 찼다. 이제 얼마 있지 않아 면천도 하고, 길례를 색시로 맞아들일 수 있다니, 이게 꿈인가 생시인가 싶었다.

이윽고 추석이 왔다. 영학은 차례를 지낸 후 곧장 성진의 집으로 갔다. 영학의 계획을 들은 성진의 집안에서는 모두들 기뻐하면서도, 성진의 부모들은 내심 안도의 한숨을 내쉬었다. 딸 민지가 구김살 없고 순수하긴 했지만, 금지옥엽으로 키운 탓인지 속을 감출 줄 모르고 입바른 소리를 잘 했던 터라 딸의 장래에 걱정이 많았었다. 또 성격이 곧다보니 좋고 싫은 게 너무 분명해서 시집보내는 것도 쉽지 않을 것이고, 시집가서도 어지간한 남자에게 순종만 하지 않을 것 같아 염려스러웠다.

그리고 어려서부터 영학을 따르고, 다른 남자에게는 숫제 아무 관심이 없었다. 민지가 열두 살이 된 작년부터 여러 가문에서 혼담이 들어오기 시작했지만, 딸에게는 말도 꺼내지 못했다. 여느 여자 아이들처럼 딸의 의사를 무시하고 혼처를 정했다가는 혀 깨물고 죽겠다고 덤빌까 봐 걱정스럽기도 했다.

성진의 부모는 영학이 가문이나 실력으로 보아 사윗감으로서 흠잡을 데가 없다고 생각했다. 그런데 영학이 과거를 볼 생각은 않고, 산이나 들로 방황을 하는 게 가장 큰 골칫거리였다. 아버지가 벼슬에 있다 모함으로 목숨을 잃은 때문에 충격을 받은 사정은 이해되지만, 모함을 당하는 조선의 벼슬아치들이 어디 한둘인가? 지금 높은 자리에 있는 사람들도 대개 다 한두 번씩은 벼슬에서 쫓겨났다가 사면을 받은 경력이 있고, 설사 벼슬을 살다 죽는 한이 있더라도 조선에서 사람 대접을 받으려면 일단 무조건 벼슬을 해야 했다.

그런데 이제 마음을 바꾸어 과거를 보겠다고 하니 이 얼마나 경사스러운 일인가? 민지는 영학이 너무 고맙고 듬직했다. 그녀는 어려서부터 여인은 무조건 남자에게 복종하고 살아야 한다는 말을 듣고 자랐지만 왠지 그 말에 반감을 가졌다. 그것은 작은 어머니의 존재 때문이었는지도 몰랐다.

아버지는 다른 양반가의 남자들에 비하면 보기 드물게 가정적이라 아내를 위할 줄도 알았고, 자식들에게 자상했다. 그렇지만 사내대장부가 첩을 두지 않는 것은 푼수나 하는 짓이라는 집안 어른들의 질타를 물리치지 못하고 5년 전에 첩을 한 명 들였다. 가난한 살림에 입이라도 하나 줄여야 하는 양민의 딸이었다.

예절과 법도에 따르면 민지는 그 여자를 어머니로 모셔야 했지만, 새 어머니에게 '어머니'라는 말이 입에서 나오지 않았다. 그런데다 어머니가 작은 어머니의 얼굴도 마주치지 않으려고 하는 모습을 보고, 어머니의 눈치를 볼 수밖에 없었다.

아버지는 집안 어른들의 질책에 못 이겨, 불쌍한 여자 하나 구원할 요량으로 마지못해 첩을 들인 것이라고는 하지만, 첩을 들인 후 아버지의 얼굴에는 활력과 생기가 돌았다. 민지는 아버지의 그런 모습이 겉 다르고 속 다른 속물처럼 보여 싫었다.

아버지는 작은 어머니를 둔 뒤부터 선물을 많이 샀다. 그리고 씀씀이도 커졌다. 그런데 그러면 그럴수록 어머니가 아버지에게 짜증을 내는 일이 잦아졌다. 작은 어머니는 어려운 친정식구들을 이유로 틈만 나면 아버지에게 비싼 선물이나 양식을 받아냈다. 그럴 때 공평하고 너그러운 아버지는 어머니에게도 똑같이 선물을 했지만 어머니는 아버지에게 "쓸데없이 곳간을 축내지 마라"고 잔소리를 했다. 아버지는 그럴 때마다 불쾌한 표정을 지으며 작은 어머니 방으로 건너갔고, 어머니는 깊은 한숨을 지었다.

그런 모습을 보면서 민지는 무언가 잘못 되었다는 생각을 했지만, 주변 사람들은 이구동성으로 아버지를 두둔하고, '여자가 질투를 하면 안 된다'면서 은근히 어머니를 비난했다.

그래서 민지는 나중에 남편에게 절대로 첩을 못 들이게 하겠다고 생각했다. 지극정성으로 남편을 섬기면 남편이 딴 여자에게 눈을 돌리지 않을 것이라 여겼다. 그러나 철이 들면서 그런 생각은 세상물정 모르는 순진한 아녀자의 욕심이라는 것을 깨달았다.

그 후 민지는 꼭 자기가 좋아하는 남자와 혼인을 하겠다고 다부지게 마음을 먹었다. 그래야만 여인으로서의 삶이 조금은 덜 억울할 것이라고 생각했다. 물론, 그 생각마저도 결코 이루기 어려운 꿈이라는 것도 잘 알고 있었다. 그래서 민지는 영학이 자신의 충고를 새겨듣고, 내년에 약방을 낸 뒤 과거준비를 하겠다고 결심한 것이 너무 고맙고 기뻤다.

민지는 사내들이란 입으로는 '자신을 알아주는 사람에게 목숨을 바칠 수 있다'고 수없이 나불대지만 막상 행동은 절대로 그렇게 않는다고 여겼다. 인간이 타인으로부터 인정받는다는 것은 참 가슴 벅찬 일이었다. 더욱이 여인이 사랑하는 사내로부터 존재감을 인정받는 때만큼 짜릿한 순간이 있을까? 그래서 민지는 영학을 향한 자신의 연정에 더더욱 확신을 가지게 되었다. 그렇게 되자 왜 그런지 영학의 앞에서는 몸이 더 꼬이면서 애교 섞인 목소리가 절로 나왔다.

"오라버니, 약방은 가까운 곳에 차릴 거지? 내가 매일 가서 돌봐줄게."

13장

옥사

獄事

옥
사

獄
事

    추석 다음날 영학은 가희와의 약속을 지키기 위해 동래로 출발했다. 혼자 가기로 했지만 명원이 어떻게 그 먼 길을 혼자 가려고 하느냐며 한사코 따라 나서고, 선돌이 강권하는 바람에 명원과 동행을 했다.

    둘은 길을 서둘러 이틀 안에 동래에 도착하기로 했다. 그런데 김해의 대저 나루에 도착했을 때 이미 날이 저물어 김해에서 이틀째 밤을 보내고 다음날 아침에 금정산을 넘어 동래에 도착했다.

    영학은 그날부터 바로 환자를 돌보기 시작했다. 약방에 딸린 뒤채에서 명원과 같이 숙식을 하면서, 사흘에 하루 밤만 가희와 같이 보내기로 했다. 그렇지만 마음먹은 것과 달리 급한 환자가 있는 날을 빼고는 거의 매일 밤을 그녀와 함께 보냈다. 하루하루가 보람차고, 꿀처럼 달콤한 나날이었다.

영학은 가희에게도 자신의 장래를 이야기 했다. 그런데 가희는 장래보다는 민지에 대해서 더 꼬치꼬치 물으면서 관심을 가졌다.

"서방님한테 참 잘 어울리는 규수네요. 잘됐다. 나중에 형님으로 잘 모셔야지."

이렇게 말은 했지만, 왠지 가희의 표정이 밝지 않았다. 허나 영학은 가희의 표정을 알아채지 못하고 그저 신이 나서 말을 이어나갔다.

"색시 삼을 민지와, 당신은 참 많이 닮았소."

의기양양한 영학의 말에 가희는 더 이상 대꾸를 않고, 일찍 잠자리에 들자면서 입김으로 호롱불을 껐다. 불이 꺼지자마자 영학은 가희의 어두운 표정을 전혀 알아차리지 못한 채 곁으로 다가갔고, 맑은 가을하늘의 햇볕처럼 따사롭고 아늑한 황홀경에 흐느적거렸다.

동래 약방에서 일하는 동안 영학은 신 의원으로부터 새로운 지식을 배웠다. 신 의원이 약을 짓는 방법은 조금 특이했다. 약재에다 건락가루나 메주가루를 가미하고 이틀이나 사흘을 묵인 후에 탕제를 만들었다. 신 의원은 이를 발효한약이라고 했다.

영학은 건락을 만드는 방법을 눈여겨보았다. 소젖이나 말젖 또는 양젖을 끓인 후 바람이 잘 드는 서늘한 그늘에서 며칠 동안 서서히 말렸다. 그러다 약간 시큼한 맛이 느껴지면, 고운 무명으로 싼 뒤 짜서 물기를 뺐다. 그 뒤 바람과 햇볕이 잘 드는 장소에서 말리면 건락 덩어리가 생겼다.

신 의원은 그 건락 덩어리를 절구에 넣고 빻아서 고운 가루로 만들어 옹기에 보관하다가 필요할 때마다 숟가락으로 떠서 사용했다. 건락을 만드는 방법은 지리산에서 스승이 만들었던 우유 가루 만드는 방법과 비슷했지만, 건락은 그냥 우유 가루가 아니라 발효시킨 우유 가루였다. 그렇지만 메주는 약방에서 별도로 만들지 않고, 이웃 사람들이 만든 메주를 사서 가루로 만들어 사용했다. 약재에다 건락 가루나 메주콩가루를 보태면 이 건락 가루나 메주콩가루가 효소가 되어 약재의 발효를 촉진시킨다. 발효는 음식이나 약이 소화가 잘 되게 하고, 사람의 몸에 흡수가 쉽도록 한다.

신 의원은 약을 조제하는 데 조청을 많이 썼다. 청(淸)이란 자연적으로 만들어진 꿀을 의미한다. 조청(造淸)은 인간이 만드는 꿀인 셈이다. 조청을 만드는 방법은 의외로 간단했다. 보리를 씻어 물 속에 몇 시진 담가 놓은 후 삼베에 싸서 따뜻한 방안에 두고, 수시로 물을 부어주면 보리에서 하얀 실뿌리 같은 싹이 튼다. 이렇게 싹이 튼 보리를 햇볕에 말리고, 절구에 넣고 빻으면 이것이 바로 엿질금이다.

그 후 엿질금을 채로 쳐서 고운 가루는 따로 두고 나머지는 물에 잠시 담가둔 후 손으로 치대어 흰 물을 빼낸다. 이 흰 물에다 꼬들꼬들하게 지은 밥과 따로 떼어 둔 엿질금 가루를 버무려 하루를 삭히면 식혜가 된다. 그리고 이 식혜를 낮은 불에 오래도록 달이면 조청이 되는데, 조청을 오래 달이면 엿이 된다. 달이는 시간이 길수록 양은 줄어들지만 당도(糖度)나 점도(粘度)는 올라간다.

신 의원은 조청에 약재를 가미했다. 몸이 허약한 사람에게는 조청에 겨울 무나 대추, 생강 또는 배를 많이 넣었고, 목이나 기관지가 안 좋은 사람에게는 4년 이상 묵은 도라지 가루를 넣었다. 증상에 따라 사향, 녹용, 웅담 등의 비싼 약재를 넣기도 했다. 어린 아이에게는 묽게 처방하고, 어른에게는 단단한 약을 처방했다.

영학이 동래에 온 지 이레 후 신 의원과 친하게 지낸다는 김상욱이라는 노인이 약방을 방문했다. 그는 50대 초반이었으며, 동래부 관아의 아전으로 일하다 5년 전에 현직을 그만두었다고 한다. 지금은 산관(散官)으로 있으면서 사나흘에 하루씩 관아에 들러 현관(現官)들의 일을 도와주고 있단다.

신 의원은 오랜만에 만난 김상욱을 반기면서 영학과 명원을 소개했다. 그러면서 귀한 손님이 왔으니 동래별장에서 식사를 하자고 했다. 그 말을 들은 명원은 맛있는 음식과 술을 실컷 먹을 수 있다는 생각에 신이 났지만, 영학은 술자리에서 가희를 만나는 게 싫었다. 그렇지만 내색할 수는 없었다.

그날따라 동래별장은 아주 조용했다. 추석이 지난 지 얼마 되지 않아 타향에서 유람 오는 사람들이 별로 없기 때문이란다. 그렇지만 정담을 나누기에는 더할 나위 없이 좋았다.

방에 월향과 가희가 들어 왔다. 월향과 가희는 김상욱을 보자마자 반가워 눈가엔 눈물이 그렁그렁했다. 그런 모습을 보고 영학은 그의 존재가 궁금해졌다.

김상욱은 술자리에서도 아주 점잖게 굴었다. 기녀들에게 대하는 모습이 마치 아버지가 딸을 대하듯 했다.

"그동안 별고 없었느냐?"

김상욱의 말에 가희와 월향이 차례로 인사했다.

"네, 그동안 이방 어르신께서는 만수무강하셨습니까?"

"이방 어르신, 이게 몇 년 만입니까? 어찌 그리도 무심하십니까?"

"아, 나야 잘 지냈지, 무소식이 희소식인 게야. 그리고 여기 오려면 돈이 있어야 오지."

그의 말에 월향이 섭섭한 듯 말했다.

"아니, 어르신한테 누가 돈 받는 답니까? 그냥 친정아버지처럼 보고 싶으니까 그렇지요. 그렇게 말씀 하시면 쇤네 서운하옵니다."

"그래, 네 마음 잘 안다. 그래서 이렇게 왔지 않느냐? 그런데 가희는 왜 우느냐? 내가 오는 게 싫으냐?"

"아니옵니다, 어르신. 갑자기 뵈니 돌아가신 어머니가 생각나서…. 어머니는 어르신 덕분에 장례를 잘 치러서 좋은 곳으로 가셨습니다."

"다 사또께서 분부하신 대로 했을 뿐이다. 사또께서 너를 무척이나 예뻐 하셨지."

기녀들은 술자리에서 노리개가 될 뿐 정신적으로 기댈 언덕이 없었다. 김상욱은 가희를 태어나게 하고서도 아버지 노릇을 할 수 없는 사또를 대신해 가희를 돌보아 준 사람이었다. 그 뿐 아니라 책읽기를 좋아하는 가희의 스승이 되어 글을 가르쳐 주었다.

가희를 세상에 태어나게 한 장본인이 경직(京職)으로 승차하여 한양으로 가 버린 뒤 가희와 가희의 어머니가 기댈 곳이라고는 김상욱뿐이었다. 그 덕분에 가희의 어머니는 관비의 신분임에도 불구하고 죽은 뒤

꽃상여를 탔고, 무덤에 봉분까지 쓸 수 있었다.

허나 김상욱은 양반도, 무지렁이 백성도 아니었다. 관아의 이방(吏房)으로서 지방 수령의 명을 수행하는 6방 아전의 우두머리, 즉 그 고을의 실질적 권력자였다. 수령이야 임기를 채우고 나서 떠나면 그만이었다. 조선의 관제에서 지방의 수령은 지역에 부임해서 그 지방의 실정을 알기도 전에 다른 곳으로 떠나버리곤 했다.

중앙의 권부는 지방수령들이 부임한 지역의 백성들과 가까워지는 것을 내심 원하지 않았다. 그래서 중앙은 지방에 부임하는 수령들에게 처자식은 한양에 두고 홀로 지방에 부임케 했다. 홀로 생활하는 지방수령들의 외로움을 달래기 위해 관비를 부족함 없이 채워주었다. 이러다보니 처자식을 데리고 임지를 나서는 지방수령은 한양 조정에 반감을 가진 것으로 인식되었고, 이는 자식들의 출세에 걸림돌이 될 수 있었다. 이 때문에 아무리 아내와 가족을 사랑하는 사람이라도 지방수령으로 나가는 한 처자식과 거리를 두어야 했다. 지방수령의 임무는 백성들을 잘 다스리는 것이 아니라 중앙의 명령을 잘 수행하는 것이었다. 그렇기 때문에 백성들의 생활을 잘 알고 백성들을 위하는 지방의 수령은 중앙에서 능력을 인정받기 어려웠다. 간혹 백성들의 생활이 어려우니 조세와 부역을 감면하자고 눈치 없이 중앙에 상주하는 지방 수령들이 있기는 했지만 그들의 공직생활은 순탄치 못했고 자리에 오래 붙어 있지도 못했다.

그러다보니 평생을 동래에서 지내면서 백성들의 생활을 속속들이 알고 있는 김상욱에게는 가슴속 울분이 많았다. 그러한 울분은 이야기를 나누는 도중에 저절로 배어 나왔다. 이런 분위기를 감지한 영학이 그에게 물었다.

"올해 초에 이이 선생께서 타계하셨지 않습니까? 선생은 돌아가시기 전에 신분에 구애받음 없이 인재를 등용하고, 국방을 강화하자고 주창하셨습니다. 지금 백성들 사이에서는 왜가 내전을 끝내고 통일을 이루게 되면 조선을 침공할 것이라는 풍문이 돌고 있습니다. 이방 어른께서는 이를 어떻게 보십니까?"

"왜가 통일을 하고 난 뒤 조선을 침략할 것입니다."

"말씀 낮추시지요. 연세도 한참 높으신 어르신이 존대를 하시니 민망합니다."

김상욱은 뻣뻣한 자세를 유지한 채 대꾸했다.

"이 나라 법도에는 반상의 구별이 근본입니다. 그런데 제가 어떻게 양반 도령에게 반말을 합니까? 더욱이 저는 양반을 직접 모시는 아전의 몸입니다."

"여기는 관아가 아니지 않습니까? 그리고 지금은 사적인 자리이고, 소년인 제가 어르신의 지혜를 본받고자 하는 자리 아닙니까?"

그러자 신 의원이 말했다.

"자네, 이방 어른께 억지로 권하지 말게. 수년 전 이방 어른께서 '말을 편하게 하라'는 사또 5촌 조카의 말을 믿고 말을 놓았다가 큰 봉변을 당했네. 세 놈으로부터 몰매를 맞았지. 나이 50이 다 된 사람이 20도 안된 새파란 젊은이들에게 얻어맞고 걷어차여 이가 세 개나 깨지고, 갈비대가 부러졌다네. 정말 큰일 날 뻔했지. 한양에서 놀러 온 사또 친척이라고 근 이레 동안 먹여주고 재워주고, 기생집에서 향응까지 대접했건만 손자뻘 아이들로부터 죽도록 두들겨 맞았지. 그 뒤부터 이방어른께서는 절대로 양반들과는 흉허물을 나누질 않네. 더욱이 영학이 자네는 오늘 어르신과 초면이 아닌가?"

그 말을 듣고 영학은 화가 났다. 그 버릇없는 양반 놈들과 같은 취급을 받는 게 불쾌했다.

"아니, 반상의 구별이라 하더라도, 젊은이가 노인을 공경하는 게 먼저 아닙니까?"

"이 사람아, 지금 조선의 근본 법도는 반상의 구별 아닌가? 현실을 무시하지 말게. 천륜이니 인륜지대사니 하는 말은 그 다음일세. 허긴 뭐가 천륜인지 인륜지대사인지는 나도 잘 모르겠지만."

그 말에 영학은 자세를 누그러뜨리고 말했다.

"음, 잘 알겠습니다. 제가 어르신의 아픔을 몰랐습니다. 그런데 왜 어르신께서는 왜가 조선을 침략할 것이라고 보십니까?"

"지난 역사를 보면 조선 주변의 나라들은 분열 후 통일을 하면 거의 다 조선반도를 침략했습니다. 고대로부터 북방의 선비족, 한, 수, 당, 원, 요, 여진, 달단이 그랬습니다. 명도 왕조가 들어선 후 철령위 문제로 고려와 전쟁상태가 되었지요. 그런데 명과의 전쟁을 위해 출병한 이성계가 말발굽을 돌려 고려왕조를 무너뜨리고 새 왕조를 세우면서, 명나라에 일방적으로 양보를 했기 때문에 전쟁은 일어나지 않았지요. 그 대신 나라 안에서는 숱하게 많은 내홍과 함께 전국에 피비린내가 진동하는 사건이 일어나지 않았습니까? 우리 주변의 나라들은 새로운 왕조를 세운 뒤 내부의 분열을 잠재우고, 대외적으로 힘을 과시하기 위해 매번 경쟁국인 이 반도를 침략했습니다."

"북방에서 그런다고 남방의 왜도 그럴까요?"

"어느 나라든 내부의 갈등을 해소할 수 있는 가장 효과적인 수단은 백성들의 관심을 밖으로 돌리는 것입니다. 그렇지만 왜는 조선을 침략할 동기나 필요성이 북방의 나라보다 더 강합니다."

"왜 그렇습니까?"

"북방의 나라들은 새 왕조가 들어선 후 주로 정치적인 이유로 한반도를 침략했습니다. 그런데 왜는 정치적 이유뿐만 아니라 경제적, 문화적 동기를 강하게 갖고 있습니다. 아니, 정치적인 이유보다 경제나 문화적 이유가 더 크지요. 그런데 경제, 문화적 동기에 의한 전쟁에는 반드시 약탈이 수반됩니다. 그렇기 때문에 전쟁의 양상이 더욱 치열하고 잔인하지요. 과거 왜구의 침입이 이를 말해 주고 있지 않습니까? 그래서 왜구의 침입을 많이 당한 신라는 왜구라면 치를 떨었지요."

"음, 그렇군요. 그러면 왜와 조선의 전쟁은 피할 수 없다는 말씀입니까?"

"어느 나라든 이길 수 없다고 생각하면 전쟁을 일으키지 못하지요. 전쟁에서 지게 되면 전쟁 주체들은 바로 파멸하게 되니까요. 수나라는 한나라의 땅을 차지하자마자 반도에 쳐들어 왔다가 패배한 후 바로 멸망하지 않습니까? 요나라도 고구려에 패하는 바람에 오래 가지 못했고요. 당나라는 한 번 실패하고 난 후 겁을 먹고 있다가 신라와 연합해서 고구려를 쳤지요."

"그런데 왜는 내전을 종식하더라도 국력이 조선만 못하지 않습니까?"

"전체적인 국력은 왜가 조선에 비해 강하다고 말하기 어렵지요. 그렇지만 지금 조선의 돌아가는 사정을 보면 도저히 나라라고 보기 어려울 정도로 난맥상을 보이고 있습니다. 왜는 조선의 이런 사정을 잘 알고 있지요. 그렇지만 조선은 왜에 대해서 아는 게 없습니다."

"좀 더 자세히 이야기해주실 수 없습니까?"

"지금 왜에서는 오다 노부나가의 부하였던 히데요시가 실권을 쥐고 있다고 합니다. 히데요시가 전국을 통일하게 되면 지방의 백 명이 넘는 다이묘들의 무력을 제거해야 합니다. 그리고 백성들에게 자신의 힘을 보여주어야 합니다. 그런데 히데요시의 입장에서 조선 침략은 두 가지 목표를 다 이룰 수 있는 절호의 기회로 보일 수 있습니다. 더욱이 조선을 침략하여 조선의 앞선 문화와 기술, 즉 도자기, 의료, 인쇄, 직조, 선박, 농사에 관련된 기술을 챙기고, 풍부한 농산물을 얻고, 또 조선과 무역을 자유로이 할 수 있다면 왜의 백성들은 전쟁의 참화보다는 전리품에 눈이 멀 것입니다. 그러니 히데요시는 이 기회를 놓치지 않겠지요."

"그렇군요."

"그에 비해 지금 조선은 사분오열되어 있습니다. 양반은 자기들끼리만 떵떵거리고, 백성들은 하나같이 굶어죽는다고 아우성이고, 천민들은 죽지 못해 사는지라 앞날의 희망도 없어 차라리 전쟁이 나서 세상이 확 뒤집히는 꼴을 보고 싶다고 말할 정도입니다. 그럼에도 양반

들은 눈앞의 이익에만 급급하여 서로 싸우기만 합니다. 또한 극단적
인 해금과 쇄국은 다른 나라나 민족들에게 전쟁의 명분을 제공하고
있습니다. 작년에 북방에서 벌어진 니탕개의 난에서 일만이 넘는 기
병이 조선의 국경을 넘었습니다. 만약 서남쪽에 명이 존재하지 않았
다면, 니탕개는 군사를 일으킨 김에 한양으로 쳐들어 왔을지도 모릅
니다. 그런데도 조정은 백성들이 외적에게 도륙당한 사실을 쉬쉬하
고, 이이 선생의 양병론을 인신공격으로 차단해버렸습니다. 안 그래
도 대륙으로 진출하고 싶어서 안달하는 왜가 침공을 하기에 너무 좋
은 여건이 아닙니까?"

"왜 양반들은 이런 사정을 무시하고 서로 싸우기만 합니까?"

"왜적이 쳐들어오는 것은 장래의 먼 일이고, 또 왜적이 쳐들어오면
백성들이 먼저 죽고 자신들이야 죽을 일이 별로 없으니 그렇지요. 하
지만 눈앞의 정적에게 당하면 비참한 죽음과 치욕을 면치 못하니, 우
선 당장의 적부터 처치하려고 하지요."

"권력투쟁은 권력투쟁이고 따로 전쟁 준비를 할 수도 있지 않습니
까?"

"그게 어렵습니다. 그들은 전쟁마저도 권력싸움의 수단으로 사용하
고 있으니까요."

"설마, 그럴리가?"

"전쟁 준비를 하느냐 않느냐의 문제는 정국의 주도권과 직결됩니다.
지난날의 사화(士禍)를 보십시오. 왕 어머니의 장례를 치르면서 어떤
상복을 입고, 장례 기간을 얼마나 하느냐를 결정하는 문제가 정국의

주도권과 직결되었습니다. 그런 사소한 문제도 관철시키는 측은 정권을 쥐고, 밀리는 측은 권력투쟁에서 패배해 죽음을 당하지요. 죽는 것도 모자라 하루아침에 역적이라는 불명예와 함께 집안의 사내는 떼죽음을 당하고, 여자들은 노비로 전락하고 맙니다. 당장 눈앞에 정적인 굶주린 이리떼가 침을 질질 흘리며 아가리를 벌리고 있는데, 자기부터 살아야지 어떻게 나라와 백성을 걱정하겠습니까."

"참 걱정이군요. 나라와 백성들의 운명이 풍전등화인데…."

신 의원이 말했다.

"권력다툼에서는 전쟁이 일어나지 않는다고 주장하는 사람이 유리하지. 왜냐하면 전쟁준비를 하자고 주장하는 쪽은 우선 먹고살기 바쁜 백성들로부터 '안 그래도 먹고 살기 힘든데 무슨 전쟁 준비냐, 백성들에게 더 뽑아낼 게 뭐 있느냐'는 원망을 듣게 되지. 비용을 내려보내야 하는 왕에게도 귀찮은 일이고. 또 힘들게 전쟁준비를 하게 되면 적국에서 이를 알아차리고 전쟁을 포기할 가능성이 크네. 그러면 상대 당파로부터 '일어나지도 않을 전쟁준비로 백성들의 고혈을 빼먹었다'거나 왕으로부터 '혹세무민으로 나라를 어지럽혔다'는 문책을 피할 수 없거든. 그래서 집권자들은 절대 전쟁이 일어난다고 하지 않지. 그게 살길이니까."

"그러다 만약 전쟁이 일어난다면 전쟁준비를 반대한 자들은 어떻게 됩니까?"

"바깥에서 호랑이가 아가리를 벌리고 덤벼들기에, 내부의 이리떼들은 모두 제 살길 찾아서 도망가기에 바빠 잘잘못을 따질 틈이 없네.

그래서 전쟁이 나더라도 전쟁준비를 반대한 자들이 죽을 염려가 없지. 또 이런 사람들은 수완이 좋아서 모든 책임을 왜적에게 돌리고 우선 왜적과 싸우는 데 전념하자고 둘러대면 여전히 권력은 자기들 손 안에 남게 되지. 권력만 쥐고 있으면 전쟁이 나더라도 백성들이 죽지 자신들이 죽겠나? 혹 적의 손에 죽더라도 충신이 되고 열사가 되니 겁낼 게 없지. 그러니 권력싸움에 비하면 전쟁은 그리 두려운 게 아니라네. 물론 백성들은 안중에도 없는 생각이지. 허나 지금 백성들 생각하는 양반이 어디 있겠나?"

"휴우, 어쩌다가 나라가 이 꼴이 되었을꼬…."

영학의 한숨 섞인 말에 김상욱이 대답했다.

"다 사람을 잘 못 쓰기 때문이지요. 조선에서는 실력이 있어도 신분과 연줄이 없으면, 아무리 능력이 뛰어나도 세상에 나올 수가 없지요. 그런데 왜의 경우, 궁핍한 집안 살림에 어머니의 재혼에 걸리적거린다는 이유로 중이 되었다가 떠돌이 행상과 마동(馬童)을 거친 히데요시라는 자는, 눈치와 재간으로 주군의 총애를 받고 기회를 잡아 결국 최고 권력자가 되지 않았습니까? "

잠자코 있던 명원이 물었다.

"그 기회가 뭡니까?"

"하루는 오다가 추운 겨울날 회의를 했지요. 회의를 마치고 나와 밖에 놓인 신발을 신었는데, 글쎄 신발이 따뜻한 겁니다. 그래서 오다가 히데요시에게 "너 이놈, 밖에서 기다리면서 신발을 깔고 앉아 있었구나"라고 질책을 했더니, 히데요시가 "감히 제가 어떻게 주군의 신발을 깔고 앉겠습니까? 밖에 나오실 때 추울까봐 신발을 가슴에 품고 있었습니다."라고 대답했다더군요. 이때부터 오다는 히데요시를 눈여겨보고 있다가 전공을 세울 때마다 계급을 올려 주었습니다. 그런데 인생이라는 게 하루 앞을 보기 힘들지요. 오다가 심복 부하의 배신으로 그렇게 허무하게 죽어 버릴 줄이야 누가 알았겠습니까. 오다가 죽고 나자 히데요시는 주군의 복수를 한다는 명목으로 일어나 졸지에 권력을 잡았지요."

신 의원이 히데요시의 심복에 대해 덧붙였다.

"히데요시의 심복 중 이시다 미쓰나리(石田三成)라는 사람이 있다네. 이 사람도 어릴 때 중이었지. 그런데 이제 막 다이묘가 된 히데요시가 어깨 힘을 잔뜩 넣고 영지를 둘러보다가 그 중을 만난거야. 그래서 그 중에게 "목이 마르니 차를 좀 가져오라"고 했지. 그러자 그 동자승이 처음에는 식은 차를 큰 그릇에 담아 왔고, 그 다음에는 약간 따뜻한 차를 중간 크기의 그릇에 담아 왔다가 다음에는 뜨거운 차를 작은 그릇에 내어 왔다더군. 히데요시가 그 까닭을 물었더니, 그 어린 중은 "처음에 목이 매우 마른 것 같아 금방 마실 수 있는 식은 차를 가져 왔고, 두 번째는 갈증이 좀 가셨을 것이라 보고 갈증을 해소하고 속을 따뜻하게 하기 위해 따뜻한 차를 가져왔고, 나중에는 갈증을 면한 뒤 차 맛을 느끼게 해야겠다고 생각해서 뜨거운 차를 가져왔습니다."고 대답했지. 동자승의 기지와 지혜에 감탄한 히데요시가 수만 석의 녹봉을 주기로 하고 심복으로 기용했다네."

그러자 명원이 말했다.

"우리처럼 가문이나 학벌을 보지 않고 사람의 태도나 마음가짐을 보았군요."

"그렇지. 원래 그 사람의 능력을 보고 쓰면 그 사람은 주인에게 충성을 하지만 가문이나 학벌을 보고 사람을 쓰면 그 사람은 주인이 아닌 가문이나 학벌에 충성하거든."

신 의원은 계속해서 미쓰나리에 대한 이야기를 이어나갔다.

"이시다 미쓰나리의 지혜는 대단했지. 하루는 강가의 갈대밭을 보고 히데요시에게 강가의 갈대밭을 벨 수 있는 권리를 달라고 하자 히데요시는 "강가의 갈대를 무엇에 쓰려고 하느냐, 네 마음대로 해라"고 했다더군. 그러자 이시다는 강 주변의 백성들에게 돈을 내고 갈대를 베어가라고 했어. 왜국에서는 갈대로 지붕을 이거나 집을 만들기도 하거든. 그래서 그는 수만 냥을 모아 히데요시에게 바쳤다는군. 히데요시도 사람 보는 눈은 대단한가봐. 그러니까 비천한 가문 출생임에도 왜의 실권자가 되지 않았겠나?"

"가문이나 학벌을 중시하는 것은 명의 경우도 마찬가지 아닙니까?

영학의 물음에 김상욱이 대답했다.

"조선과 명을 비교하는 것은 맞지 않습니다. 명은 일인의 황제 아래 말과 풍습이 다르고 고유한 법과 역사를 가진 수십 개의 나라가 서로 연합해서 이루어진 결합체입니다. 따라서 명에서는 일개 가문이나 학파가 정국을 주도할 수 있는 조선과 같은 상황을 감히 상상도 할 수 없습니다. 게다가 황제 아래 수십 명의 왕이 상호 견제를 합니다. 이는 북경의 중앙 귀족들도 마찬가지입니다. 그렇기 때문에 소수의 가문이나 학파가 정치와 문화를 과점할 수가 없습니다. 그리고 왕이나 귀족들은 권력싸움에 항상 백성들을 위한다는 명분을 내세우지요. 그래서 명에는 자신의 목숨을 내놓고 잘못하는 황제에게 대드는 신하들이 많습니다. 그렇지만 조선에서 목숨 걸고 왕에게 간언하는 신하는 보기 힘들지요. 반면 가문과 당파를 위해 목숨을 걸고 왕에게 덤비는 신하들은 삼천리 강산에 널렸지요."

들고 있던 신 의원이 해서라는 인물을 예로 들었다.
"명나라의 해서(海瑞)라는 사람은 사치와 방탕에 빠진 무능한 황제인 가정제에게 '미친 짓 그만 하고 정치 똑바로 하라'고 일갈을 했지. 그런데 그는 아내와 이혼하고, 집안의 노비들을 다 풀어 준 뒤 미리 관을 짜서 죽을 준비를 해 놓고 상소를 했다더군. 이에 열 받은 황제가 당장 그를 죽이려고 했지만, 조정의 중신들이 반대하는 바람에 죽이지도 못하고, 분노로 치를 벌벌 떨었다네. 세월이 흘러 황제가 먼저 죽고 난 뒤에 해서는 옥에서 풀려났을 뿐 아니라 역사에 명예로운 이름을 남겼네. 이처럼 명에는 진정으로 백성을 아끼고 사랑하는 신하들이 수없이 많네. 아, 오죽하면, 황제가 신하들의 잔소리에 진저리친 나머지 환관들과 놀고 싶어 하겠나. 명나라는 황제라 하더라도 백성들로부터 명망을 얻은 신하를 함부로 죽이지 못하네. 그만큼 황제나 제후들이 백성들의 눈을 무서워한다네."
"그럼, 지금의 현실로 볼 때 왜가 내란상태를 극복한다면 조선과의 전쟁을 피하기 어렵겠군요."

"꼭 그렇지는 않네. 전쟁이라는 것이 그리 쉽게 일어나나? 지금이라도 왕이나 양반들이 조금만 정신 차리면 전쟁을 막을 수 있을 것이네. 우리나라에 군역으로 면포를 바치는 사람이 장부상으로 30만이라네. 이 30만이 내는 군포의 반의 반만 국방을 위해 써도 수만의 양병은 충분히 가능하지. 그렇지만 이 놈의 군포가 도대체 어디로 새는지 알 수가 없어. 그리고 전쟁이 나면 전공을 세우는 자에게 면천을 시켜준다고 하면 목숨 걸고 적과 맞서 싸울, 건강하고 힘센 노비가 수백만이네. 그래서 나는 왜가 쳐들어 온다하더라도 절대로 왜가 조선을 이기지 못한다고 보지."

김상욱도 신 의원의 말에 동의했다.

"저 또한 끝에 가서 왜가 조선을 이기지는 못한다고 생각합니다. 왜냐하면 조선의 양반들은 속으로 썩어 있으면서 겉으로 위선을 일삼는 속물들이지만 소수에 불과하고, 대다수 조선 백성들이 힘을 합치면 엄청난 저력을 발휘하기 때문입니다. 따라서 전쟁 초기에는 왜군이 승승장구할지 몰라도 시간이 지나면 패전을 거듭할 것입니다. 백성들은 양반들이 허둥대는 꼬락서니를 보고 고소해하면서 수수방관하겠지만, 나중에는 팔이 안으로 굽게 되지요. 그리고 문화나 제도적으로 볼 때도 왜가 내전상태에서 벗어난다 하더라도 조선의 수준을 따라잡으려면 적어도 100년은 걸려야 할 겁니다."

영학이 걱정스런 표정으로 물었다.

"그것은 결국 전쟁이 나더라도 승패는 없고 조선의 백성들만 죽어난다는 것 아닙니까?"

"조선의 백성들만이 아니지요. 바다 건너 이국땅에서 목숨을 잃는 왜군도 다 그 나라의 선량한 백성들입니다. 양국의 수많은 백성들이 아무런 성과 없는 전쟁으로 목숨을 잃거나 불구가 되겠지요. 안타깝지만 우리가 곧 마주해야할 현실입니다."

그러자 신 의원이 말했다.

"그렇지만 나는 아직 전쟁을 막을 기회가 많다고 생각하네. 그리고 내가 보기에 왜가 전국을 통일하는 것도 아마 최소 5년 후가 될 거야. 그 사이에 조선의 조정도 정신을 차리겠지."

신 의원의 말에 김상욱이 매듭을 짓듯 자신 있게 말했다.

"그럴 수도 있겠지요. 조선에는 숨은 인재들이 많습니다. 그런데 국난을 맞아 인재가 나타났을 때 조선의 양반들이 이를 인정하고 받아들여야 하는데, 그렇지 않고 그를 배척한다면 아마 나라를 뒤흔드는 큰 사화나 옥사가 먼저 생길 겁니다. 수년 내 경천동지할 큰 옥사가 일어나지만 않아도 왜가 무모하게 전쟁을 일으키지 못할 겁니다."

14장 ^장

단풍놀이

단
풍
놀
이

술자리에서 열띤 토론이 벌어졌지만, 월향은 따분함을 느꼈다. 그녀는 분위기를 바꾸기 위해 기지개를 켜는 체하면서 화제를 돌렸다.

"아이고, 지금 분위기가 너무 진지합니다. 어르신께서도 오랜만에 오시고 먼 길을 오신 손님들도 계시니 즐거운 자리가 되어야지요. 자, 술잔을 드시지요. 얘, 가희야, 네가 분위기도 바꿀 겸 노래나 한 자락 해라."

그 말을 들은 가희가 얼른 대답했다.

"그럴까요? 무슨 노래를 올릴까요?"

그 말에 신 의원이 찬물을 끼얹듯 오금을 박았다.

"아서라, 어르신께서는 가희 네가 부르는 노래를 듣고 싶지 않아 하신다. 어르신께서 너를 친딸처럼 아끼는데, 어찌 네가 노래하는 모습을 보고 즐거워하겠냐? 그냥, 술이나 마시자. 안 그렇습니까? 이방 어른."

"의원님께 죄송하지만 사실 그렇습니다. 저는 저토록 총명하고 재색을 갖춘 아이가 기녀가 된 게 가슴이 아픕니다. 그래서 일부러 이곳을 외면하고 오지 않았지만, 오늘은 안부가 궁금해서 못이기는 체 따라왔을 뿐입니다."

"어르신, 이 만큼 저를 키워주셨으니 이제 제 앞가림은 제가 합니다. 심려하지 마십시오."

가희의 말에 김상욱은 당치도 않다는 표정을 지었다. 그 모습을 본 영학은 그를 안심시키기 위해 나섰다.

"어르신, 걱정하실 필요 없습니다. 가희는 제가 책임지겠습니다."

영학의 갑작스런 말에 신 의원이 눈을 동그랗게 뜨면서 말했다.

"자네가 어떻게 책임지려고 그래?"

"내년에 제가 약방을 차리고 자리가 잡히는 대로 과거를 보겠습니다. 과거에 붙으면 가희를 첩으로 들이겠습니다."

그 말에 김상욱이 미심쩍은 표정을 지으며 영학에게 물었다.

"그러면 혼인은 누구와 하시려오?"

"어릴 때부터 보아 오던 양반댁 처자가 있습니다. 그 처자도 가희처럼 영민하고 재색을 갖추고 있습니다."

"그 처자는 나이가 몇입니까?"

"내년이면 열 넷입니다."

김상욱이 영학에게 묻는 태도는 마치 딸의 부모가 사윗감을 떠보기 위해 꼬치꼬치 묻는 것처럼 보였다. 신 의원은 이런 분위기가 조금 어색하다고 느꼈는지 일부러 너털웃음을 지으며 말을 꺼냈다.

"그러면 가희는 이제 팔자 고쳤네. 암, 그래야지. 이렇게 똑똑하고 예쁜 규수가 좋은 사내를 만나야지. 축하하네. 허허허!"

그러나 김상욱은 여전히 어두운 표정으로 말했다.

"인생사 의도대로 된다면 얼마나 좋겠습니까? 아마, 그렇게 된다면 가희는 평생 마음고생이 심할 겁니다."

영학은 자신의 말을 인정하지 않는 김상욱에게 반발하듯 대꾸했다.

"아닙니다. 정말 잘할 겁니다. 그리고 가희 말고는 절대 첩을 들이지 않을 작정이고요. 이 자리에서 맹세할 수 있습니다."

그러자 김상욱은 조금 어이없다는 표정으로 말을 이었다.

"도련님은 조선의 여자들이 무엇으로 산다고 생각하십니까?"

"여자들은 좋은 사내를 만나 자식 낳고 사는 게 최고의 행복이지 않습니까?"

"저는 그렇게 생각하지 않습니다. 여자도 인간이라 생각이 있고, 꿈도 있고, 인격이 있습니다. 그렇기 때문에 삶의 목적과 동기가 필요합니다."

영학은 '여자들에게 뭐 그리 거창한 삶의 목적과 동기가 필요하냐'고 은근히 불만이 생겼지만, 겉으로 드러내지 않고 물었다.

"그건 미처 생각해 보지 못했습니다. 여인들이 가지는 삶의 목적이나 동기는 어떤 것입니까?"

"보통의 여염집 여인들은 혼인한 가문의 일원으로서 자식을 잘 키우고 가문의 대를 잇게 한다는 자부심으로 살아갑니다. 그러한 자부심과 사명감 때문에 남편의 외도를 모른 체 외면하면서 참고 살 수 있지요. 그러나 첩은 다릅니다. 첩은 가문의 일원이 될 수 없기 때문에 오직 남편 하나만 보고 살아갑니다. 그리고 자식이 생기면 출세는 못할지언정 밥은 먹고 살게 해야 한다는 마음으로 살아가지요. 그 때문에 첩은 본처로부터 내려지는 온갖 핍박을 참고 견딥니다."

"그건 저도 알고 있습니다."

"도련님께서 벼슬에 올라 첩을 맞이하려면 앞으로 아무리 짧아도 4~5년은 걸릴 것입니다. 그러면 저 아이의 나이는 스물 대여섯 살이 되겠지요. 서른이면 할머니가 될 나이라 여자에게 스물 대여섯 살은 여자로서 쇠퇴기입니다. 그런데 도련님에게는 아직 스무 살도 안 된 예쁘고 똑똑한데다 집안도 좋은 아내가 있습니다. 그때 남자의 마음은 어디로 갈까요? 조강지처는 남자의 마음에서 멀어지더라도 법과 제도에 따라 지위가 보장됩니다. 그러나 첩은 남자의 마음에서 멀어지는 순간 그때부터는 본처는 물론 집안의 종으로부터 홀대를 받습니다. 이는 왕가의 비빈들도 마찬가지이지요."

영학은 그의 말에 동의할 수 없다는 투로 자신 있게 말했다.

"가희에 대한 제 마음은 결코 변하지 않을 것입니다. 저는 맹세를 했습니다. 저의 열정과 마음은 지극히 순수합니다."

그러나 김상욱은 설레설레 고개를 저으며 말했다.

"이성에 대한 감정은 마음대로 할 수 있는 게 아닙니다. 그리고 도련님의 마음이 변하지 않는다 하더라도 집안의 식구나 종들의 마음은 도련님과 같을 수가 없지요. 솔직히 말하면 첩의 행복은 아내가 남편으로부터 홀대를 받을수록 더 커지는 것 아닙니까? 그런데 도련님은 진정으로 사랑하는 여자와 혼인을 하려고 합니다. 그럼 첩에게는 무엇이 남는가요? 자식을 낳더라도 첩의 자식은 아무 것도 할 수 없는 조선에서 첩은 과연 무슨 낙으로 살아야 합니까? 오히려 사람 구실도 못하는 불구 자식을 낳았다는 후회와 번민으로 살지 않겠습니까?"

영학은 그 말을 듣고서야 비로소 자신의 생각이 짧았다고 수긍을 했다.

"미처 그 점은 생각하지 못했습니다. 앞으로 어르신의 말씀 명심하고, 저 사람을 아내 못지않게 아끼겠습니다. 생각해보니 조선의 사회는 철저히 남성 위주이군요."

그러자 신 의원이 말을 이었다.

"어쩌면 그것 때문에 세상이 공평한지도 모르지. 모든 권력과 재물을 다 쥐고 있는 양반들도 결코 행복하게 사는 건 아닐세. 여자의 행복으로 본다면, 한 남자의 사랑을 오롯이 독차지하고 살아가는 양민의 아내가 최고 아닌가? 아무튼 영학이 자네는 앞으로 잘할 거야. 그리고 남녀의 사랑이란 그 자체만으로 숭고한 거야. 그러니 오지도 않은 장래를 미리 걱정할 필요가 있겠나? 어차피 한치 앞을 모르는 것이 인생사인데… 내 경험에 따르면, 단 며칠에 그칠지라도 순수한 사랑은 얼마든지 가치가 있어. 사람들은 짧은 사랑만으로도 진심으로 사랑했다면 평생 가슴 속의 보물로 간직하고 살 수가 있네. 그러니 사랑은 젊은이들이 알아서 하는 것이고, 이제 늙은이 잔소리는 그만 하는게 좋겠네. 자, 다들 술이나 한잔 합시다."

대화를 마친 후 영학은 많은 생각을 했다. 그러나 정리가 되지 않아 혼돈스러웠다. 지금까지 나름대로 사려 깊은 성품을 가졌다고 자부했는데, 이제 보니 자신 역시 여인에 대한 배려라고는 눈곱만치도 없는 옹졸한 양반 사내에 지나지 않는다는 자괴감에 사로잡혔다.

양반들은 백성들이 어리석고 간교하다고 여긴다. 그래서 공부를 많이 한 양반들이 무지렁이 백성들을 교화시켜야 한다고 입버릇처럼 말한다. 그러면서 말과는 달리 그들의 탐욕을 채우기 위해 온갖 비열한 행동을 자행한다.

그렇지만 백성들이 곤궁한 삶을 참고 견디는 것은 어리석어서가 아니고, 인간으로서의 도리를 알기 때문이다. 살아 있는 모든 생명체는 태어나면서부터 죽을 때까지 삶의 대가를 지불해야 한다. 모든 생명은 반드시 모체(母體)의 고통을 대가로 세상에 태어나고, 태어난 후에는 생명유지를 위해서 다른 생명을 먹어야 하기 때문이다. 그러기에 삶이란 본질적으로 슬프고 고통스러운 것이다. 백성들은 이러한 삶의 본질과 섭리를 알고, 참고 견디고 자제할 줄 안다. 그렇지만 양반은 다르다. 그들은 백성들에게 기생하면서도 누리려고 할 뿐 삶의 대가를 치를 줄 모른다.

자연의 섭리에 순응하고 사는 나무들은 1,000년이 넘도록 산다. 비가 내리든, 바람이 불든, 볕이 뜨겁든, 눈보라가 치든 나무들은 처음 뿌리를 내린 그 자리에서 묵묵히 참고 생명을 영위한다. 그렇지만 동굴에서 비바람을 면하고, 그늘에서 뙤약볕을 피하고, 바위틈에서 눈보라를 막는 동물들은 왜 백 년을 살지 못할까? 영학은 이런 것을 보면 주어진 환경 속에서 자연의 섭리에 순응하며 묵묵히 살아가는 것이 어쩌면 가장 현명한 삶인지도 모른다고 생각했다.

축시(丑時, 새벽 1시에서 3시 사이)가 되어서야 술자리가 끝났다. 술을 많이 마시기는 했지만 오랜 시간 동안 이야기를 나누었기 때문에 취기는 별로 오르지 않았다. 영학으로서는 흥미롭고 배울 게 많은 자리였다. 영학은 가희와 같이 밤을 보내고 싶었지만, 보는 눈이 많아 가희에게 내일 온다는 귓속말을 한 뒤 동래별장을 나섰다.

다음날 오전, 약방에 손님들이 찾아왔다. 한 사람은 종기 환자였는데 동래에서 대대로 살아오면서 지역의 터줏대감 노릇을 해 온 박진사 댁 둘째 아들이었다. 또 한 사람은 백부가 한양에서 승지(承旨) 벼슬을 하는 홍 씨 집안의 맏아들이었다. 둘 중 박 씨는 키가 큰 비만형이고 홍 씨는 키가 작고 땅땅한 체구였다. 그러나 둘 다 살은 물러보였다.

영학은 첫눈에 이들은 식탐이 있으며, 육식을 좋아하고, 몸을 움직이기를 싫어하는 습관을 가졌다고 판단했다. 종기는 피부에 발생하는 것이지만 그 원인은 대개 체질적 요인이나 오장육부의 기능장애에 있었다. 국소의 자극이나 외부의 상처에 의한 종기는 상처를 소독하고 약을 발라 주면 쉽게 낫는다. 그렇지만 체질적 요인이나 내장의 장애로 인하여 생긴 종기는 체질을 바꾸거나 내장의 장애를 개선해야만 근본적인 치료가 된다. 이 때문에 체질이나 내장 장애로 인한 종기는 정확한 발병 원인을 찾기가 어렵고, 치료 기간도 오래 걸린다. 또한 종기는 성인이 된 서민들에게는 잘 발병하지 않는다. 서민들은 새벽부터 해질 때까지 농사일을 하고, 밤에는 베틀에 매달리거나 새끼로 짚신을 만드는 등 하루 종일 몸을 움직이기 때문에 기름기가 체내에 과다하게 축적되는 일이 없기 때문이다.

영학은 두 사람의 종기에 송진과 쇠비름풀 진액, 밀을 태워 만든 잿 가루와 홍합가루를 버무려 만든 고약을 처방했다. 송진은 소나무가 껍데기에 상처가 입었을 때 이를 치료하기 위해 줄기로부터 스스로 방출하는 진액이지만 사람의 상처 치료에도 뛰어난 효능을 지니고 있었다.

쇠비름은 들판에 지천으로 늘려 있는 흔하디 흔한 풀이다. 한 여름의 뜨거운 뙤약볕 아래에서 잎이 축 늘어져 있는 것처럼 보이지만, 햇볕이 강하면 강할수록 오히려 더 생기를 띤다. 그런데 두툼한 잎과 줄기 내부에 수분을 가득 저장하고 있어 아무리 심한 가뭄에도 말라죽는 법이 없어 사람의 피부상처와 종기에 좋은 효과를 낸다.

또한 밀을 태운 뒤 남은 재를 곱게 빻아 만든 가루는 상처의 소독과 피부재생을 빠르게 한다. 그리고 홍합가루는 염증을 낮게 하고, 상처에 새 살이 돋게 할 뿐 아니라 피부를 깨끗하게 만드는 데 탁월한 효과를 가진다.

스승의 말에 의하면, 이 고약은 전순의가 어의의 자리에서 물러난 뒤 청송에서 여생을 보낼 때 고안한 약이었다. 그는 이 고약을 발명하여 여러 명의 종기환자들에게 처방한 뒤 치료효과를 보고 땅을 치고 통곡을 하면서, 진작에 이 고약을 썼더라면 종기를 앓던 문종대왕이 그렇게 어이 없이 세상을 뜨는 일은 없었을 것이라며 한탄했다고 한다. 문종의 동생인 세조대왕 또한 평생을 종기로 고통 받는 그런 괴로운 삶을 겪지 않았을 것이라고 했다.

영학은 어의 전순의가 설사 송진과 쇠비름풀, 홍합가루를 버무린 고약을 발명했다 하더라도 이와 같이 흔한 재료로 만든 값싼 약을 감히 임금의 옥체에 바를 수 있었을까 하는 생각을 했다. 하지만 이러한 생각과 달리 영학이 직접 목격한 고약의 효과는 정말 대단했다. 박 씨와 홍 씨, 두 사람의 종기는 3일 만에 통증과 염증 단계를 지나 고름이 무르익는 화농(化膿)이 되었다. 영학은 화농이 되어 터지기 시작한 종기에서 나온 누런 고름을 독주로 소독한 솜으로 닦아 내었다.

그리고 살 속에 있는 고름의 심지는 입으로 빨아내었다. 엉덩이나 등의 종기를 입으로 빨아내는 것은 어렵지 않았지만 겨드랑이에 난 종기의 고름을 빨아내기는 곤욕스러웠다. 명원은 아무 스스럼없이 입으로 고름을 빨아내는 영학을 보고 놀라지 않을 수 없었다. 그러나 신 의원은 영학의 그런 모습을 보고, 아주 흐뭇해했다.

영학은 처음 입으로 고름을 빨아내었을 때의 기억을 잊지 못한다. 가난한 농부의 어린 아들이었다. 목뼈의 중앙에 생긴 종기는 심이 깊어 자칫 목으로 올라가는 신경을 건드릴 수 있었다. 목의 신경과 혈관이 집중된 곳이라 칼을 댈 수가 없어 영학은 스승이 시키는 대로 혀로 종기

구멍을 덮은 살점을 밀어 내면서 있는 힘을 다해 빨았다.

그런데 빨아낸 고름을 삼키지 않으려고 신경을 쓰다 오히려 호흡이 흐트러져 입안에 든 피고름을 그대로 삼키고 말았다. 삼킨 피고름의 일부가 코로 들어가는 바람에 코에서 피고름이 흘러 나왔다. 그때 영학은 피고름 맛을 진하게 느꼈다. 피에서는 쇳가루를 핥는 듯한 싸한 맛이 났고, 고름에서는 약간 짠 맛이 느껴졌지만 맛이 그리 불쾌하진 않았다. 그 후로부터 이상하게도 피고름이 더럽다는 생각이 들지 않았고, 호흡이 안정되어 삼키는 일도 없었다.

영학이 동래에 온지 어느덧 예정된 한 달이 지났다. 그런데 신 의원이 좀 더 있으라고 붙드는 바람에 영학은 못이기는 체하고 보름을 더 지냈다.

아침부터 저녁까지 쉴 틈 없이 병자를 치료하고, 안마로 인해 손아귀에 힘줄이 돋는 나날이었지만, 즐겁고 보람찬 나날이었다. 밤에는 가희에게 종기환자의 피고름이 아직 입안에 고여 있으니 같이 나누어 먹자고 놀리면서 혀를 내밀면서 짓궂게 굴었다. 그렇지만 가희는 영학의 개구쟁이 짓을 탓하기는커녕 어깨를 토닥거리며 격려했다.

그러는 사이 열흘이라는 시간이 또 훌쩍 지났다. 가을도 깊어 아침에 서리가 내리기 시작했다. 영학은 문득 떠나기 전에 바다가 보고 싶었다. 신 의원은 잠시 틈을 내어 가희와 함께 황령산의 봉수대를 가보라고 했다. 동래부에서 황령산의 봉수대까지는 10리도 안 되는 가까운 곳이지만 군사적 요충지라 일반인의 접근이 차단되어 있었기 때문에 이

방 김상욱과 동행하기로 했다.

다음날 오후 영학은 가희, 김상욱, 명원과 함께 산에 올랐다. 암갈색 바지에 평복을 차려 입고 머리에 푸른 두건을 쓴 가희는 날렵한 미소년처럼 보였다. 동래부에서 바로 눈앞에 보이는 황령산은 한달음에 올라갈 수 있을 것처럼 가까이 있었다. 그런데 막상 산자락에 이르자 제법 가파른 골짜기가 사람들의 숨을 가쁘게 했다.

황령산의 봉수대는 봉화의 출발점으로 적이 나타나면, 낮에는 연기로, 밤에는 화염으로 신호를 만들어 후방에 알리는 곳이다. 평상시에는 한 개의 봉화에 불을 붙이고, 멀리 적선이 나타나면 두 개, 가까이 오면 세 개, 적이 상륙하면 네 개, 적과 아군이 싸우면 다섯 개의 봉화에 불을 붙여 북으로 신호를 보낸다.

천 년의 세월 동안 동해를 건너오는 왜인의 침범이 끊이지 않았기에 예로부터 황령산의 봉수대는 국방상 매우 중요시되었다. 그래서 황령산에 상주하는 병력은 감고 1명에 별장이 10명, 나졸이 100명이나 됐다. 봉수대에 근무하는 사람들을 연대(煙臺)지기라 부르며 연대지기는 산 위에서 비바람을 맞으며 생활했다. 어쩌다 주의를 게을리하여 봉수대의 불이 꺼지는 사태가 발생하면 근무자들은 장(杖) 100대를 맞은 후 유배를 당했다. 그리고 통신을 게을리하거나 헛봉화를 올리면 참형에 처할 수도 있었다.

그런데도 헛봉화로 전국의 봉수망을 마비시키는 일이 끊이지 않았다. 어선을 적선으로 오인하거나 정체불명의 배가 접근하는 것처럼 보이다가 갑자기 방향을 돌려 사라지는 바람에 헛봉화를 올릴 때도 있었다. 간혹 백성들 중에서 부부 싸움을 하다가 격분을 참지 못하고 신문고를 울린다며, 봉수대로 뛰어 올라가는 사람들도 있었다. 이런 사고가 생기면 불문곡직 연대지기가 처벌을 받았다.

봉수대에서는 잘 말린 늑대똥이나 개똥, 토끼똥과 싸리나무를 연료로 썼다. 연대지기들은 산꼭대기에서 식량을 구하는 것이 가장 힘들었지만 연료를 구해서 보관하는 일도 보통 고역이 아니었다. 그러다보니 그곳에 상주했던 100명이 넘는 병력 중 대부분은 양식이나 연료를 구하러 밖으로 나갔고, 실제 봉수대에서 번을 서고 있는 인원이라야 낮에는 예닐곱명밖에 되지 않았다. 하지만 밤에는 칠팔십의 군졸들이 연료창고나 풀 더미에서 잠을 잤다.

김상욱은 이런 사정을 잘 알았기에 명원에게 막걸리 한 말과 삶은 돼지고기 다섯 근을 준비시켰다. 연대지기들은 막걸리와 돼지고기를 보고 이게 웬 횡재냐 싶어 눈이 휘둥그레졌다. 김상욱은 현직 이방으로 있을 때는 매달 쌀 세 가마니와 보리쌀 일곱 가마니를 황령산으로 올려 보냈지만 110명의 군졸들이 먹기에는 턱없이 부족한 양이라 항상 미안한 마음이 들었다. 그런데 그마저도 그가 현직에서 물러난 뒤에는 관아의 예산이 부족하다는 이유로 지원이 절반으로 줄었다.

사람들의 접근이 금지된 국방상의 요지라 주변 경관은 아주 좋았다. 해운대와 광안리 바닷가는 물론 이기대와 좌성대, 절영도에 이어 구봉산, 수정산, 구덕산, 백양산과 금정산의 봉우리가 연이어 모두 한눈에 들어왔다.

해가 저물어 구봉산과 백양산 사이로 태양이 내려앉으면서 세상은 온통 황금빛으로 변했다. 어느새 지상의 단풍이 석양을 타고 올라가 하늘을 울긋불긋하게 물들이고 있었다. 이윽고 금빛 바다가 검게 변하고, 산은 윤곽만을 남기고 어둠속으로 숨기 시작했지만, 하늘은 여전히 영롱하게 채색되어 있었다. 영학은 시시각각으로 변하는 이 장엄한 광경과 발아래 펼쳐진 촌락의 풍경을 하염없이 바라보고 있었다. 그때 조용히 다가온 가희는 뒤에서 두 손으로 영학의 배를 감싸면서 살포시 고개를 숙여 얼굴을 영학의 등에 묻었다. 젖가슴의 감촉은 포근하고 따뜻했지만 아쉬운 이별의 슬픔이 잔뜩 묻어 있었다.

그로부터 이틀 후 영학과 명원은 아쉬움을 남기고 하동으로 길을 떠났다. 영학은 내년 봄에 다시 오겠다고 말했지만, 가희는 입을 열면 울음이 터질 것 같아 아무 말 없이 고개만 끄덕거렸다. 영학은 가희의 그런 모습을 보고 가슴이 싸하고 무너져 내리는 듯한 아픔과 함께 왠지 모를 불안감이 엄습함을 느꼈다. 가희는 영학이 떠난 뒤에야 지난달 달거리를 건너뛰었다는 생각이 퍼뜩 머리를 스쳤다. 초경을 시작한 뒤 한번도 빼먹은 적이 없었던 그녀는 자신의 몸에 생긴 변화를 직감했다.

영학과 명원은 부지런히 길을 재촉하여 다음날 해시(亥時, 밤 9시에서 11시 사이) 무렵 하동에 도착하였다. 둘은 피곤했던 탓에 도착하자마자 인사도 하는 둥 마는 둥 하고는 바로 방에 들어가 잠에 곯아 떨어졌다.

둘은 다음날 정오가 지나서야 겨우 일어났다. 하지만 긴 나들이 끝에 긴장이 풀린 탓인지 자꾸만 잠이 쏟아졌다. 어머니나 스승은 둘의 휴식을 방해하지 않으려 발자국 소리도 조심했다. 그러나 선돌은 말을 걸고 싶어 안달이 나 견딜 수가 없었다. 그렇다고 자는 사람들을 깨우지도 못해 방문 앞을 서성거릴 뿐이었다.

사흘 후 영학은 지난 봄에 약속한대로 성진과 함께 민지를 데리고 단풍놀이를 갔다. 지리산 계곡은 민지에게 너무 먼 것 같아 가까운 백운산의 어치계곡으로 가기로 했다. 그런데 민지는 계곡의 입구에서 구경을 하고 그냥 돌아오는 것이 아니라 계곡을 올라가서 구시폭포와 오로대를 구경하겠다고 고집을 부렸다.

어치계곡이 20리에 걸쳐 펼쳐져 있으니 왕복 40리 길이다. 그런데 민지는 첫날은 어치계곡 입구에서 하루를 묵고, 다음날 구시폭포와 오로대를 올랐다가 내려온 후 다시 하루를 묵고, 그 다음날 여유 있게 집으로 돌아오자고 했다. 사내들이야 이틀이든 사흘이든 문제가 없지만, 양반집 규수가 바깥에서 이틀씩 유숙하는 것은 곤란한 문제였다. 그런데 민지는 이미 어머니 허락을 받았고 숙소도 마련했으니 아무 문제없다고 큰소리를 쳤다.

성진은 민지의 고집을 말릴 수 없었다. 그런데다 영학은 민지와 한시라도 더 있고 싶어 은근히 그렇게 하자고 채근했다. 집안의 종들 중에서 가장 힘이 세고 몸이 날랜 천수와 눈치 빠르고 부지런한 계집종 갑순이를 데리고 가면 아무 문제가 없다는 민지의 말이 맞다고 대놓고 거들었다. 그런데 선돌과 명원이 함께 가겠다고 나서는 바람에 인원이 또 늘었다.

백운산은 지리산에 비해 규모는 작지만, 남으로 광양만의 바다를 껴안고 북으로 섬진강을 사이에 두고 지리산과 붙어 있다. 남해의 따뜻하고 습기 찬 바람이 북으로 향하다가 먼저 백운산 자락에 발이 걸려 몸을 기우뚱하면서 비를 뿌린 뒤, 연이어 지리산 자락에 걸려 자빠지면서 몰고 온 비구름을 몽땅 쏟는다.

그 뿐만이 아니다. 내륙의 구름은 남쪽으로 흐르다 지리산 영봉에 붙잡혀 비를 쏟고, 겨우 아껴 둔 물기를 백운산 자락에 걸려 마저 다 쏟아 버린다. 그러다보니 백운산 골짜기에는 사시사철 물이 마르지 않는다. 그리고 광양만의 따뜻한 남쪽 바다와 접하기 때문에 내륙의 산에서는 보기 힘든 온대식물이 많다. 산의 크기에 비하면 백운산에서 자라는 식물의 종류는 지리산보다 더 다양하다.

구시폭포는 구시(구유)를 길게 깔아 놓은 듯한 모양이다. 바위틈으로 쏟아지는 물은 마치 신선한 우유가 바위를 타고 쏟아져 내리는 것 같다. 바위틈의 이끼와 가장자리의 관목 숲, 셀 수조차 없는 다양한 약용식물들이 내뿜는 향기는 사람의 피를 정화하고 몸에 정기를 불어넣는다.

폭포수 아래 수많은 소(沼)들은 수정처럼 맑고 시원한 물을 담고 있다가 정기를 채워서 아래로 흘려보낸다. 이 소들은 떨어지는 폭포수로 인해 만들어진 것이 아니고, 용이 승천하기 위해 도약하면서 생긴 용의 발자국이라 용소(龍沼)라고 부른다. 그렇다면 돌로 만든 구유는 용의 밥통이고, 폭포에서 떨어지는 우유는 용의 양식이며, 수많은 약용식물들이 내뿜는 향기는 용의 숨길인가? 그리고 '정오의 햇빛에도 이슬이 맺히는 곳'이라는 오로대(午露臺)는 용의 쉼터인가?

구시폭포와 오로대에서는 해마다 정월 보름이면 신선들이 모여 한 해의 길흉을 정하고, 보양과 휴식을 취한다고 한다. 신선들이 타고 다니는 천마들도 이 기회를 틈타 바위틈에서 샘솟는 물을 마시며 지난해의 갈증을 깨끗이 씻어 내고, 약초의 향기 속에서 기력을 되살린다고 한다.

길가에는 푸른 소나무 사이로 울긋불긋한 단풍이 숲을 가득 채우고 있었다. 바닥에 깔린 은행잎은 이따금씩 불어오는 바람에 미세한 소용돌이를 일으키며 초행길 나그네에게 길을 알려 주었다.

마을의 촌장격인 차성호가 살고 있는 마을의 이름은 어치마을이다. 어치계곡에서 계곡을 따라 5리 쯤 올라간 곳에 위치해 있었다. 그곳에는 15가구가 살고 있었는데 산골 마을 치고는 사람들의 생활이 그리 궁핍해 보이지 않았다.

어치마을에는 땀 흘리고 일굴 밭이 없었다. 대신 사람들은 매실이나 밤농사를 짓고, 싸리비나 대나무 바구니를 만들고 살았다. 매실은 매화나무의 열매로 신맛이 나 식욕을 돋우며, 음식물, 피, 물에 든 3가지 독(毒)을 해독하고, 피로회복과 체질개선에 탁월한 효능이 있다.

백운산은 일조량이나 강수량뿐만 아니라 습기나 공기가 밤나무가 자라기에 너무 좋다. 그래서 백운산에서 나는 밤은 보통의 밤보다 크기가 두 배에 이르고, 맛도 고소하고 달다. 1,300년 전 역사서인 삼국지 위지동이전에는 마한에서 굵기가 배만한 밤이 난다는 기록이 있는데, 이는 아마 백운산에서 나는 밤일 것이다. 또 한의학에서 밤은 양위건비(養胃健脾), 즉 위를 돋우고 비장을 튼튼하게 하며 소화기능을 촉진한다고 기록되어 있다.

어치마을 사람들은 봄에는 매실, 가을에는 밤을 수확했다. 그런데 매실이나 밤을 팔아 쌀을 구하는 것은 결코 쉬운 일이 아니었다. 20리 넘게 떨어진 하동이나 광양의 장터로 매실이나 밤을 지게에 지고 가보았자 허탕치기 일쑤였다. 상업이 천시되고, 유통이나 화폐가 발달하지 않다보니 쌀이나 보리 따위의 곡식은 나름대로 가격이 형성되어 있지만, 매실이나 밤은 정해진 가격이 없었다. 그러다보니 사람들의 수완에 따라 가격은 천차만별이었고, 어수룩한 산골사람들은 한가마니의 밤으로 쌀 한 말 구하기도 어려웠다.

그런데 어치마을 사람들은 운이 좋았다. 광양과 하동의 양반가에 매실과 밤을 아주 좋은 값에 팔았다. 매실이나 밤 한 말에 쌀 한 말이나 보리 세 말을 값으로 받았다. 더욱이 매년 파는 매실과 밤이 30가마니가 넘었다. 그러다보니 어치마을 사람들은 광양과 하동의 양반가에 파는 매실과 밤만으로도 집집마다 쌀 서너 가마니나 보리 열 가마니의 수입을 올리고 있었다. 게다가 외진 산골이라 관으로부터 조세나 부역을 내라는 독촉을 받지 않았다. 논이나 밭이 없기 때문이기도 하지만, 관에서 외진 산골마을까지는 신경을 쓰지 않기 때문이다.

그런데 알고 보니 어치마을의 매실과 밤을 사들이는 양반가는 광양에 있는 민지의 외갓집과 하동에 사는 민지의 집안 친척들이었고, 민지의 어머니가 가장 큰 고객이었다. 그래서 차정호를 위시한 마을 사람들은 귀한 손님들을 위해 통 크게 염소 한 마리를 잡았고, 그날 밤 차정호의 집 마당에서는 때아닌 잔치가 벌어졌다.

산골사람들은 도회지 사람들을 구경하는 것만 해도 신기한 일인데, 양반들과 함께 밥을 먹는 것은 마을이 생긴 이래 처음이라면서 모두 신기해했다. 울타리도 없는 마당에서 참나무 장작으로 모닥불을 피우고, 사람들은 가을의 정취를 만끽하면서 푸짐하게 향연을 벌였다.

이튿날 어치계곡에 올랐다. 암청색의 바지에 암갈색의 평복을 입고 머리에 진회색 두건을 쓴 민지의 귀엽고 예쁜 모습은 울긋불긋한 단풍잎으로도 도저히 가려지지 않았다. 영학은 몇 발짝 뒤에서 민지를 따라 걸었지만, 사랑스럽고 어여쁜 여인의 토실토실한 엉덩이를 보느라 주변의 단풍은 하나도 눈에 들어오지 않았다.

그렇게 정신없이 구시폭포와 오로대에 올랐고, 마을로 내려오니 벌써 땅거미가 지고 있었다. 사흘째 되는 날 아침에 일찍 떠나려고 했지만 전날 저녁 영학은 민지에게 자랑하고 싶은 마음에 마을 사람들에게 내일 아침에 몸이 아픈 사람들을 치료해주겠다고 약속했다.

아침이 되자 이 작은 마을에서 열일곱 명이나 되는 환자들이 몰렸다. 맥을 짚어보니 내부의 장기나 혈액순환은 다 상태가 좋았다. 대부분 허리와 관절의 이상이나 근육통, 치통환자들이었다.

영학은 증상에 따라 뜸을 뜨고, 침을 놓았다. 그리고 뜸자리를 먹으로 표시한 후 나중에 집에서 그 자리에 매일 쑥뜸을 뜨라고 일러주었다. 또 말린 쑥을 나누어주면서 뜸쑥을 마는 방법과 크기를 가르쳐주고, 눈앞에서 말아보라고 연습을 시켰다.

치통환자는 뜸이나 침으로 치료할 수 없었다. 그래서 영학은 치통이 심할 때 강황의 뿌리나 뿌리와 줄기, 잎이 온전한 고들빼기를 씹어 먹거나 달여 먹고, 아픈 이에 왕소금이나 구운 마늘을 물고 있으라는 처방을 알려 줬다. 아픈 이가 있는 쪽의 귓바퀴 뒤, 볼록 튀어나온 부분을 손으로 문질러 주면 통증이 완화된다고 가르쳐주었다.

열한 살 먹은 여자아이의 중이염은 쳐다보기도 역겨울 정도로 심했다. 귓속에서 고름이 흘러나오는 것은 물론이고 하얀 구더기가 귓속에서 스멀스멀 기어 나오고 있었다. 영학은 가늘게 다듬은 나무의 끝에 솜을 붙이고, 엷은 소금물에 적신 후 고름을 닦아내었다. 그리고 구더기를 한 마리 한 마리씩 집어냈다.

그 다음에는 독주로 담근 매실주를 적신 면봉으로 다시 귓속을 닦았고, 그 뒤 다시 농도가 짙은 소금물로 소독했다. 영학은 보기 안타까운 나머지 부모에게 지금까지 왜 아무 치료를 하지 않았느냐고 화를 냈다. 하지만 여자아이의 부모들은 물론 이 산골 사람들 모두 지금까지 한 번도 의원을 본 적이 없었고, 어디에 의원이 있는지도 알지도 못하니 그들을 나무랄 일도 아니었다. 영학은 150년 전에 편찬된 의학백과사전인 의방유취를 한문이 아닌 정음으로 만들어 백성들에게 보급했다면, 이런 한심한 일은 절대 일어나지 않았을 것이라 생각했다.

치료를 마치고 나니 벌써 점심시간이 되었고, 마을 사람들은 밥을 먹고 가라고 아우성이었다. 영학은 그만 일어나려고 했지만, 민지가 오늘

가면 다시 오기 어렵고, 여기 사람들은 의원을 만날 수가 없으니, 이왕 치료하는 김에 점심을 먹고 오후에 한 번 더 침과 뜸을 놓는 게 어떠냐고 말했다. 치료하던 모습을 구경하던 성진도 그렇게 하는 것이 좋겠다고 동조했다.

그리하여 영학은 점심을 먹고 난 후 사람들에게 한 번 더 치료를 했다. 그렇지만 오후에는 마을 사람들끼리 서로 뜸을 놓게 한 뒤 지켜보다가 서투른 사람에게 시범을 보이는 식으로 치료를 했다. 시침은 혈자리도 중요하지만 침이 들어가는 깊이나 강도도 중요하기 때문에 기를 많이 소모하는 일이었다. 그래서 침을 놓는 영학의 이마와 콧등에는 땀방울이 송골송골 맺혔다.

민지는 주변 사람들의 시선은 아랑곳하지 않고, 비단 손수건을 꺼내 영학의 이마와 콧등에 맺힌 땀을 정성스레 닦았다. 그러면서 민지는 환자의 치료에 열중하는 영학의 모습이 너무 자랑스러워서 괜스레 자기가 으쓱해졌다.

어느덧 땅거미가 내리고 있었다. 일행은 서둘러 길을 떠났다. 섬진강 여울에 놓인 징검다리를 건널 때쯤 날은 완전히 어두워졌고, 민지는 다리가 아프다며 오늘은 두치 마을에서 자고 내일 집으로 가자고 했다. 영학도 그렇게 하고 싶었지만 아무래도 눈치가 보여 성진의 얼굴을 쳐다보았다. 그런데 영학과 얼굴을 마주 친 성진이 이왕 나들이하는 김에 원 없이 바람이나 쐬자고 했다. 그 말이 떨어지자, 다리가 아파 못 걷겠다고 하던 민지가 갑자기 좋아서 팔짝팔짝 뛰기 시작했다. 그 모습을 본 성진은 빙그레 의미심장한 미소를 지었다.

영학은 선돌을 먼저 보내, 집으로 손님이 갈 거라는 기별을 전하라 일렀다. 그리고 성진은 천수에게 소식을 전하라고 따로 집으로 보냈다. 영학의 어머니 이 씨는 어느새 다 큰 처녀가 되어 사립문을 열고 들어서는 민지를 보고 너무 반가운 나머지 두 손을 붙잡고 한동안 놓을 줄 몰랐다.

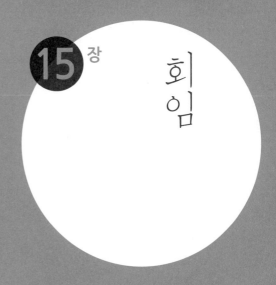

15장

회임

회
임

겨울이 되었다. 한 겨울이면 으레 사람들은 집안에 웅크리고 앉아 삼삼오오 모여 밤새 이야기를 나누면서 보냈다. 어디든 구수하게 이야기를 하는 입담 센 사람이 마을마다 한둘은 있기 마련이라 기나 긴 겨울밤도 지겹지 않았다.

백성들에게 가장 인기 있는 이야기 꺼리는 홍길동이나 임꺽정 이야기다. 홍길동이나 임꺽정 이야기가 나오면 백성들은 바깥의 차가운 바람소리도 잊고 이야기에 몰두했다. 양반의 서자인 홍길동이 정삼품 당상관의 관복으로 변복하고, 수하들을 거느린 채 관아로 뛰어 들어 부패한 관리를 혼찌검내고, 관아의 창고에 쌓인 곡식과 면포를 풀어 굶주리고 헐벗은 백성들에게 나누어주는 대목에서 사람들은 마른 침을 삼키며, 통쾌함을 맛보았다.

경기도 양주의 백정 출신인 임꺽정이 관의 수탈로 살 길이 막힌 백성들이나 천민들을 이끌고 관이나 양반토호들의 집을 습격하여 부패한 관리나 양반에게 "네 놈들이 순박하고 힘없는 백성들을 도적으로 만들지 않았느냐"고 꾸짖을 때 사람들은 "맞아, 맞아. 그렇고 말고"라고 맞장구쳤다.

그렇지만 선돌과 영학은 그 해 겨울을 그렇게 평화롭게 보낼 수 없었다. 동지가 지나 본격적인 눈이 내리기 시작할 때 선돌은 갑자기 잘 먹지도 못하고 음식 냄새만 맡아도 헛구역질을 해대는 길례를 보고 걱정이 되어 영학에게 고민을 털어 놓다가 그녀가 아이를 뱄다는 사실을 알게 되었다.

처녀가 아이를 뱄다는 것이 알려질 경우 관가에 끌려가기도 전에 양반의 눈을 의식한 마을사람들로부터 몰매를 맞고, 씨를 뿌린 놈이 누구냐고 모진 추궁을 당할게 뻔했다. 더욱이 양민 처녀가 노비의 씨를 받은 것이 밝혀질 경우 둘 다 목숨을 부지하기 어려울 것이었다.

길례는 뱃속의 아이를 지우기 위해 짜디 짠 간장을 한 바가지나 들어 마시기도 하고, 바위 위에서 일부러 뛰어 내리기도 했다. 그러나 자연이 내린 생명의 씨앗은 어미의 애타는 속은 아랑곳 않고 어미의 뱃속에서 무럭무럭 자랐다. 그렇게 시간이 흘러 길례의 배는 무명수건으로 칭칭 감아 매어도 감추기 어려운 지경이 되었다.

영학은 선돌과 상의하여 그녀를 절에 피신시키기로 했다. 구례의 화엄사가 적격이었다. 영학은 화엄사의 원로인 허주(虛宙) 스님에게 서신을 써서 선돌에게 건네주었고, 선돌은 편지와 함께 영학이 준 면포 두

필을 어깨에 메고 길례를 데리고 화엄사로 길을 떠났다. 영학은 추운 겨울에 눈길을 가는 것이 걱정스러워 명원을 딸려 보냈다.

또 영학은 길례의 아버지를 불러 구례의 친척 집에 일손이 필요해서 길례를 한 일 년 동안 그리로 보내니 그렇게 알라고 통지했다. 길례의 부모들은 지체 있는 양반 도령의 말을 믿어 의심치 않았고, 오히려 어려운 살림에 입 하나 덜게 되었다며 좋아라 했다.

을유년(서기 1585년) 새해가 왔다. 하동의 큰 고을에 마당이 있는 초가집 두 채를 구해 약방을 차리는 일은 차질 없이 착착 진행되었다. 그렇지만 약방을 열기도 전에 온 고을에 소문이 나서 아픈 사람들이 집으로 찾아오는 바람에 영학은 눈코 뜰 새 없이 바빴다.

초겨울에는 계절이 바뀌는 시기라 그런지 심한 고뿔이 도져 폐렴에 걸린 환자들이 많았다. 한겨울에는 동상에 걸린 사람들이 많았다. 동상 환자에게는 환부를 미지근한 물에 담가 한기를 뺀 후 혈을 찾아 뜸과 침을 놓고, 오소리 기름을 바른 후 콩이 담긴 커다란 옹기 속에 들어가 있도록 했다. 간혹 발가락의 살이 썩어 들어갈 정도로 증세가 심한 동상 환자도 있었는데, 그럴 때에는 썩어서 재생이 불가능한 부위를 잘라내는 외과수술까지 감행했다.

선돌 역시 바빠서 정신을 차릴 수가 없었다. 약방을 차리는 일을 거들고 영학의 환자 치료를 돕는 한편, 마을의 생활이나 풍습에 아직 익숙하지 않은 스승과 명원을 돌보아야 했기 때문이다. 그런데다 절에 있는 길례에게 필요한 것을 갖다 주느라 열흘에 한 번씩 구례를 왕복했다. 그러니 선돌은 잠시도 한가한 틈이 없었다.

그렇지만 선돌은 지금처럼 가슴 뿌듯한 행복을 느껴본 적이 없었다. 세상에 태어나 사랑하는 여인에게 씨를 뿌리고, 그 씨가 착하고 어여쁜 여인의 몸속에서 나날이 건강하게 자라고 있다는 게 너무 신기하고 기뻤다. 가끔 길례의 배에 손을 대면 그 녀석은 꿈틀거림으로 아버지에게 안부를 전했다. 그 순간만큼은 세상 어느 누구라도 부럽지 않았다.

그런데 그 해 겨울이 끝날 무렵 길례는 갑자기 선돌을 냉대하면서 더 이상 찾아 오지마라고 했다. 갑자기 싸늘해진 길례의 태도를 보고 당황한 선돌은 무슨 영문이냐고 물었다. 그러나 길례는 네가 싫어졌으니, 이제 더 이상 오지 말라며 냉정하게 돌아서 버렸다.

선돌은 도저히 믿기질 않아 길례를 쫓아가 소매를 붙잡고 뱃속의 아이가 있는데 어떻게 그렇게 말할 수 있느냐고 질책했다. 그러자 길례는 뱃속의 아이가 어떻게 네 아이며, 노비 놈이 어디 감히 애비라고 나서느냐며 눈을 치켜뜬 채 독하게 쏘아 붙인 후 두말없이 가 버렸다.

선돌은 어안이 벙벙했다. '대체 내가 무슨 잘못을 저질렀나?' 하는 생각이 들어 자초지종을 묻고 싶었지만, 차갑다 못해 독살스럽게 느껴지는 길례의 태도를 보고 더 이상 물어볼 엄두가 나지 않았다. 그래서 선돌은 지금 물어봤자 아무 소용이 없다고 생각하고, 다음에 길례의 기분이 가라앉은 뒤 이야기를 해야겠다고 마음을 먹고 돌아왔다.

양반가의 아내는 지아비에 대한 정절을 지켜야 하는 책무와 함께 반드시 아들을 낳아야 하는 막중한 임무를 가문으로부터 부여받는다. 이

두 가지 의무 중 하나라도 제대로 수행하지 못할 경우 가문의 대를 끊는 대역죄인이 된다.

그래서 양반가의 아내들은 아들을 낳기 위해서라면 어떤 수단과 방법을 마다하지 않았다. 아니 마다할 수가 없었다. 아들을 낳지 못한 양반가의 아내들은 거의 대부분 절에서 백일기도를 올렸는데, 백일기도도 모자라 천일기도로 이어지는 경우도 많았다. 그런데 참 신기하게도 백일기도를 몇 번 올리고 나면 대개의 여인들은 아들을 낳는 데 성공했다. 그러면 문중의 어른들은 부처님의 가호와 조상의 은덕으로 아들을 낳게 되었다고 기뻐하면서, 그때부터 며느리를 떠받들고 살았다.

절의 고승들은 이런 민간의 사정을 잘 알고 있었다. 그래서 법력이 높은 고승들일수록 아들 낳기를 소원하는 양반가 며느리들의 한을 푸는 데 능력을 발휘했다. 믿음을 가지고 열심히 기도하면 손을 천 개나 가진 천수보살이 세상에 몸을 드러내 소원을 이루게 한다고 자신 있게 말했다.

고승들은 지극정성에도 불구하고 소원을 못 이루는 여인에게는 날을 정해 대웅전 뒤쪽의 산신당에서 밤새 절을 하도록 시켰다. 그리고 산신당에 따뜻하게 불을 떼고, 특별한 향을 피웠다. 그 향에는 삼지구엽초를 달인 물과 소똥가루를 섞은 최음제성분이 들어 있었다. 열심히 절을 하다보면 온몸에 힘이 빠지게 되고, 거기에다 따뜻한 방안의 공기와 향내는 여인의 마음을 들뜨게 만들었다. 그럴 때 건장하고 잘생긴 사내가 산신당의 문을 열고 들어서면, 대개의 여인은 소리치면서 저항하기보다는 남의 눈에 띌까 두려워 스스로 얼른 촛불을 껐다.

그럴 수밖에 없는 이유는 조선의 법은 여자가 외간남자와 이야기를 나누거나 한 방에 같이 있었다는 사실만으로도 부정(不貞)을 저질렀다고 간주하기 때문이다. 그리고 부정한 여자로 낙인찍히면 자신은 물론 친정 식구들까지 불명예를 뒤집어쓰고 사회적으로 따돌림을 당했기 때문에 출세는커녕 제대로 살기도 힘들다. 이 때문에 조선의 여인은 겁탈을 당하는 것보다 부정한 여자로 낙인찍히는 것을 두려워한다.

그럼에도 이런 방법이 통하지 않는 경우가 있었다. 여인에게 아예 수태능력이 없는 경우다. 이때는 법적으로 회임을 해선 안 되는 여인이 낳은 아이를 양반가의 며느리가 낳은 것처럼 꾸미는 방법이 많이 사용되었다.

길례가 화엄사에 왔을 때 전주의 유력가인 김 씨 가문의 첫째 며느리가 다섯 번째 백일기도를 하고 있었다. 스님이 보기에 그녀는 불임이었지만, 맏며느리로서 아들을 낳아 가문의 대를 이어야 한다는 집념은 보기에 눈물겨웠다. 김 씨 가문에서는 그 여인의 친정아버지가 중앙정치에 막강한 영향력을 끼치는 사간원의 고관인지라 자식을 못 낳는다는 이유로 이혼을 할 수도 없었다. 그래서 그 집의 시할머니와 시어머니는 집에 있는 며느리의 등을 떠밀어 절에 보냈다.

그러다 그 며느리는 길례를 알게 되었고, 영리한 그녀는 부처님이 주신 기회를 놓치지 않았다. 길례 역시 거절할 이유가 없었다. 뱃속의 아이는 명문가의 장손이 되고, 자신은 유모가 되어 평생 아이가 커가는 모습을 볼 수 있는데, 무엇을 더 망설일 것인가? 길례는 선돌을 진심으로 사랑했다. 그러나 선돌은 천민이었다. 그리고 양민 처녀가 천민 사내의 아이를 배는 것은 대역죄 다음으로 큰 죄를 범하는 것이었다.

여인 혼자의 몸이라면 사랑을 위해서 언제라도 기꺼이 목숨을 내놓을 수 있지만, 길례는 지금 자신의 몸속에서 자라고 있는 생명을 위해서는 몸을 잘 간직해야 했다. 그러나 선돌은 뱃속의 아이의 아버지 자격이 없고, 영학 도령이 벼슬자리에 나가 선돌을 면천시켜 주겠다는 약속을 지킨다 해도, 그때가 언제인지는 아무도 모를 일이었다. 하루 앞을 알 수 없는 것이 인생이며, 또 면천이 된다고 해서 바로 양반이 되는 것도 아니었다. 그렇지만 김 씨 가문은 이 아이를 귀하게 키울 수 있다. 어차피 양반이 아니라면 인간대접 받을 수 없는 세상, 여기서 무엇을 망설일 것인가? 자식을 위해서라면 사랑 따위는 강물에 던져 버릴 수 있는 게 어머니의 마음이다.

선돌은 이런 사정을 알지 못했다. 길례도 자신의 입장을 솔직히 털어놓을 수 없었다. 어느 사내가 자신의 핏줄을 순순히 포기할 것인가? 그리고 발 없는 말이 천리를 간다고, 출생의 비밀은 영원히 지켜져야 하는 지상의 비밀이었다. 옥비의 사건을 보더라도 그랬다. 근 100년 세월이 지난 뒤 드러난 출생의 비밀 때문에 수많은 후손들이 형장을 받아 불구가 되거나 목숨을 잃고, 떵떵거리던 양반이 하루아침에 노비로 전락하여 불방의 외지로 끌려 갔다.

학식이 꽤나 깊은 김 씨 집안의 맏며느리는 길례에게 양사언의 어머니 이야기를 들려주었다. 양사언(楊士彦)은 동생인 양사준과 함께 조선의 대문장가이자 서예가로 꼽는다. 그런데 양사언은 어머니가 첩으로 있을 때 낳은 자식이다. 본처가 죽고 난 뒤 정식으로 아내가 되었지만, 그렇다고 서자가 적자로 바뀌는 것은 아니었다.

그렇지만 양사언의 어머니는 자식의 장래를 위해 출생의 비밀을 숨겼다. 이를 철저히 숨기기 위해서는 자신의 장례식을 1년상이 아닌 3년상으로 치르게 해야 했다. 그런데 본처의 자식인 장남이 새 어머니의 장례를 3년상으로 치를 턱이 없었다. 그래서 고민 끝에 양사언의 어머니는 장남에게 아버지의 3년상을 치를 때 자신의 장례식도 함께 치러 줄 것을 간청한 후 칼로 스스로 목을 찔러 남편 뒤를 따랐다. 밖으로는 양사언의 어머니가 남편을 따라 자진한 것으로 소문이 나서 열녀라는 말을 들었지만, 이 때문에 양사언은 평생 동안 어머니의 희생을 늘 가슴에 새기고 살았다. 그래서 40년 관직생활을 하면서 사사로운 이익을 탐하거나 부정을 저지르지 않았다. 죽을 때도 자신의 유족에게 한 푼의 재산도 남기지 않을 정도로 청렴했다. 또 뛰어난 문장력에도 불구하고 벼슬은 경직(京職)보다는 지방관을 자임하여 일생 동안 8곳의 지방수령을 거쳤다.

그의 마지막 벼슬은 북방의 안변군수였다. 그는 부임하자마자 곧 북방의 여진족이 쳐들어 올 것을 미리 예견하고, 큰 못을 파서 그 속에 말을 먹일 풀을 준비했다. 이 때문에 계미년(서기 1583년) 초 니탕개의 난이 일어났을 때 군대에 마초(馬草)나 식량을 제대로 지원하지 못했다는 이유로 관리와 백성들이 사형을 당하는 고초를 겪은 다른 지방과는 달리 안변지방은 무사했다. 이토록 한 시대를 풍미한 뛰어난 문객이라도 생전에 출생의 비밀이 탄로 났더라면 그의 인생이 어떻게 바뀌었을지는 아무도 모를 일이었다. 양사언의 출생에 관한 이야기를 들은 길례는 다시 한 번 자신의 결정에 확신을 가졌다.

이런 일을 까마득히 모르는 선돌은 열흘 뒤 만사를 제쳐두고 다시 화엄사로 갔다. 토라져 있는 길례를 달래기 위해 보약을 다려 지게에 매고 갔지만, 어찌된 영문인지 길례를 만날 수 없었다. 그는 답답한 마음에 허주 스님을 찾았다. 그러나 허주스님은 세상의 인연은 모든 게 우연이 아닌 필연이며, 헛된 인연에 연연하지 마라는 선문답을 던질 뿐이었다. 선돌은 그냥 돌아올 수 없어서 꼬박 3일 동안 화엄사의 구석구석을 뒤졌지만 길례의 흔적도 찾을 수 없었다.

선돌로부터 사정을 들은 영학은 길례가 아이를 다른 집안에 넘길 것이라고 짐작했다. 필시 아이를 원하는 쪽은 가문의 절손을 피하려는 양반 집안일 거라고 예상했다. 그러나 선돌에게는 그런 짐작을 입 밖에 꺼낼수 없었다. 그래서 영학은 날씨가 풀리면 함께 화엄사로 가보자고만 말했다. 그러다 불현듯 '혹시 가희가 임신한 것은 아닐까?'라는 생각이 퍼뜩 머리를 스쳤다. 영학은 약방을 개업하기 전에 연락을 해봐야겠다고 마음을 먹고 명원에게 서찰을 전하면서 급히 동래를 다녀오라고 시켰다.

마침내 영학은 약방개업 준비를 다 마쳤다. 초가집 두 채 중 앞채는 진료를 하는 곳이고, 뒤채는 영학을 비롯한 일하는 사람들이 거주하는 곳과 약재창고, 장기 치료를 받는 환자들이 묵는 방으로 꾸몄다. 성진의 집과는 5리도 안 되는 거리였다. 민지는 이틀이 멀다하고 갑순이를 데리고 나타나서 약재창고 정리를 도왔다.

영학은 현청과 유향소, 향교를 방문하여 개업 인사를 하고, 약정을 비롯한 고을의 어른들에게도 일일이 인사를 다녔다. 인사를 갈 때 빈손으로 갈 수 없어 귀한 약재나 꿀단지를 들고 갔다. 그렇지만 가는 곳마다 "인명(人命)은 재천(在天)인데, 천한 의원이 무엇을 할 수 있느냐, 사내라면 마땅히 입신출세하여 가문을 일으키고 고장을 발전시켜야지, 해괴하게도 무슨 약방이냐?", "상놈들 병 고쳐주는 그런 하찮은 일은 아랫것들에게 시키고, 과거준비나 해라."는 잔소리를 귀에 못이 박히도록 들어야 했다.

동래로 떠난 지 7일 만에 돌아 온 명원은 뜻밖의 소식을 전했다. 가희가 동래에서 소문도 없이 사라졌으며, 아무도 행방을 모른다는 것이었다. 명원은 동래에 닿는 대로 바로 동래별장으로 갔지만 월향과 동래별장의 중노미로부터 가희가 갑자기 사라진 뒤 어디로 갔는지 행방을 알 수 없다는 말만 들었다고 했다. 명원은 신 의원과 김상욱을 찾아가 보았지만, 그들도 가희의 행방을 몰랐다.

기묘한 일이었다. 공교롭게도 길례가 종적을 감춘 때 가희도 행방을 감춰버린 것이다. 길례야 행방을 감춘 이유가 짐작되지만 가희는 도대체 그 이유를 알 수 없었다. 혹시 가희도 길례처럼 회임을 한 것은 아닐까? 그런 생각에 이르자 예전에 가희가 '회임을 하면 왜국으로 건너가서 그 곳에서 아이를 낳고 살겠다'고 한 말이 떠올랐다. 그렇다면 혹시 가희도 임신을 하고서는 자식을 노비로 키우지 않겠다고 결심하고 바다를 건너 왜국으로 건너간 건 아닐까? 아니면 몇 달 동안 아무 소식도 없는 걸 원망한 나머지 삐쳐서 일부러 종적을 감춘 것은 아닐까? 이런저런 생각에 영학은 만사 제쳐놓고 동래로 가봐야겠다고 마음을 먹었다.

그로부터 사흘 뒤 영학은 명원을 데리고 동래로 갔다. 스승과 어머니에게는 약방을 개업하기 전에 신 의원에게 인사를 하고, 안마술과 추나요법을 좀 더 배우고 오겠다는 핑계를 댔다.

동래에 가보니 명원의 말이 모두 사실이었다. 월향도 가희의 행방을 모른다고 했고, 신 의원이나 김상욱도 마찬가지였다. 어디로 갔는지 짐작도 되지 않는다니 참으로 답답한 노릇이었다.

그렇다고 영학은 드러내놓고 가희를 찾으려 일부러 동래에 왔다고 말하기도 궁색해, 신 의원에게 약방개업에 관해 대충 이야기했다. 그러면서 다음날 동래별장에서 저녁 식사 겸 간단한 술자리를 갖자고 제안했고, 신 의원과 김상욱은 흔쾌히 승낙했다. 대신 김상욱은 자신의 후임자로 동래부의 아전으로 일하는 백찬기라는 사람과 함께 참석하겠다고 했다.

다음날 영학은 약방에서 신 의원이 안마술과 추나요법으로 환자를 치료하는 것을 옆에서 지켜보았다. 신 의원이 환부를 찾아내고 혈을 누르는 손가락의 감각은 신비에 가까웠다. 신 의원은 단순히 혈을 누르는 것이 아니라 혈이 굳었는지 풀렸는지, 차가운지 따뜻한지의 미세한 차이를 손가락의 감각으로 읽었다. 그리고 혈을 눌린 환자의 반응을 통해

오장육부의 상태를 정확하게 진단했다.

그러나 영학은 손가락의 감각으로 혈의 온도차나 유연성의 정도를 알아낸다고는 믿을 수가 없었다. 그러자 신 의원은 환자에게 아무 것도 묻지 않고 단순히 손가락으로 혈을 누르거나 만져보고 환자를 진단한 뒤 그 결과를 붓으로 종이에 적었다. 그러고 나서 영학에게 환자를 진맥하고 환부를 살피고 증상을 물어본 뒤 알아낸 증상과 치료법을 종이에 적어보라고 했다. 놀랍게도 신 의원이 손가락만으로 진단한 내용과 영학이 진맥, 관찰, 문진을 통해 진단한 내용은 서로 엇비슷했다.

신 의원은 감탄한 표정으로 쳐다보는 영학에게 빙그레 웃으며 말했다.

"손가락으로 병을 진단하는 것은 물론이고 손가락으로 기(氣)를 몸속에 주입하거나 빼고, 오장육부의 독을 빼낼 수도 있다네. 사실 이 치료법은 의술이라기보다는 수백 년에 걸쳐 전해오는 무가(武家)의 비법(秘法)이지."

해가 질 무렵 사람들이 동래별장에 모였다. 김상욱이 소개한 백찬기는 작은 키에 호리호리한 체구를 가졌고, 웃을 때는 선한 표정이지만 시선을 바꿀 때 눈매가 날카롭게 느껴지는 40대 중반의 남자였다.

그는 16세 때부터 동래부의 관노로 일을 해오다 수령으로부터 7년 전에 밀무역을 하는 왜인과 조선인을 소탕한 공로를 인정받아 면천을 했다고 한다. 면천된 후에는 형방아전으로 일하다가 2년 전부터 이방으로 재직하고 있다고 한다. 생김새나 전력으로 보아 수완이 보통이 아닌 사람으로 보였다.

일행은 조용하고 구석진 방으로 안내되었다. 방에는 월향과, 연화라는 어린 기생 하나만 들였다. 영학이 가희를 만나기 위해 일부러 먼 길을 왔다는 것을 눈치 챈 월향은 먼저 가희 이야기부터 꺼냈다.

"도련님, 가희가 없어서 서운하시지요? 그렇지만 너무 걱정하지 마십시오. 워낙 똑똑하고 야무진 아이라 어디서든 잘 지낼 것입니다."

"갑자기 아무 소식이 없이 사라져버리니 걱정도 되고 답답하오. 그런데 가희가 언제 이곳을 떠났습니까?"

"달포가량 되었습니다. 설날 아침에 떡국을 먹는 자리에서 갑자기 "언니, 올해는 제게 여러모로 변화가 많을 것 같아요. 설사 내가 없더라도 걱정 말고 건강하게 지내세요."라고 하더군요. 저는 그 말을 듣고도 그냥 농담이라 여기고 대수롭지 않게 듣고 흘러 버렸답니다. 그런데 그로부터 사흘 후 가희는 한밤에 온데간데없이 종적을 감추어 버렸습니다. 사내한테 보쌈을 당해도 며칠이면 소문이 온 동네에 쫙 퍼지는데, 희한하게도 아무도 본 사람도 없고, 소식도 없으니 별일이다 싶네요."

"혹시 가희가 회임을 한 것은 아닌가요?"

"그런 일이 있으면 제게 상의했을 터인데, 그런 말은 없었습니다."

"혹시 바다 건너 왜국으로 간 건 아닐까요?"

"가희가 귀화왜인 몇 사람과 친하기는 합니다. 그리고 부산포의 왜인 중 가희에게 연정을 품고 연서를 보내는 사람도 있긴 합니다. 그렇다고 생활이나 문화가 영 딴판인 왜국으로 갈리 있겠습니까?"

"가희는 왜말을 잘 하기 때문에 왜국에서도 살 수 있겠지요. 그러고 보니 가희가 몇 번 왜국에나 갈까?라는 말을 하기는 했습니다."

"어머, 정말 그랬습니까? 사내도 아닌 계집이 어떻게 왜국에 갈 생각을 했을까?"

그 말에 김상욱이 대답했다.

"수년 전에 조선에 동철을 팔러 온 왜인이 동래 관아에 거래허가를 요청해 놓고 부산포에서 근 한 달을 머문 일이 있었네. 그때 가희가 통역을 맡았는데, 왜인 하나가 가희에게 아주 반했나봐. 내가 듣기로 왜국에는 사농공상의 구별이나 차별이 없고, 대물림하는 노비도 없다고 하네. 혼인한 여인이라도 남편이 죽으면 얼마든지 떳떳하게 다른 남자를 만날 수 있고, 남자가 무능하면 여자가 이혼을 요구할 수 있다고 하니, 왜국은 여자들의 세상이 아닌가?"

그 말을 들은 영학은 가희가 왜국으로 간 게 틀림없으며, 그녀가 자신의 아이를 밴 게 확실하다는 생각도 들었다. 그렇지만 이를 내색하지 않고, 이야기를 계속했다.

"왜국에는 사농공상의 구별은 없지만 무사계급이 있지 않습니까? 무사가 양반 아닙니까?"

그러자 이번엔 백찬기가 대답했다.

"무사와 양반은 완전히 다르지요. 지금까지 100년이 넘는 세월 동안 왜국은 100개가 넘는 소국으로 갈라져 서로 싸웠습니다. 그렇지만 그 싸움은 주로 무사들과 그들을 추종하는 집단의 권력투쟁이고, 다수의 백성들은 그 싸움에 상관하지 않고 생업에 몰두합니다. 무사들은 백성들에게 민폐를 끼치는 것을 아주 큰 불명예로 여기지요. 지방의 통치자인 다이묘(大名)들은 백성들을 자기편으로 끌어들이기 위해 서로 경쟁적으로 상공업을 장려하고 세금을 줄이는 정책을 폈습니다. 그리고 서로 자기네 지방이 살기 좋다고 선전을 하지요. 또한 왜국에는 합법적인 결투제도가 있습니다. 도살장의 백정이라도 칼쓰기에 자신이 있으면, 유명한 무사에게 실력을 겨루자고 도전을 하지요. 그래서 그 도전에서 이기면 하루아침에 유명 인사가 되어 영주의 부름을 받습니다. 그래서 무사들은 주색잡기를 멀리하고, 기름진 음식을 삼가면서 무예를 연마하지 않으면 언제 목이 날아갈지 모르기 때문에 저절로 근검절약이 생활 속에 배어 있답니다.”

그 말에 신 의원이 동조하고 나섰다.

“무사들도 백성들처럼 생업을 가지고 있지요. 그들은 전통가업으로 생계를 잇고, 영주로부터 받은 녹봉을 고스란히 부하들에게 나눠주는 사람도 많답니다. 그렇기 때문에 100여 개가 넘는 소국으로 갈라져 싸우면서도 오히려 백성들의 생활은 부유하고 자유롭다는 소문이 바다 건너 부산포까지 들릴 지경입니다.”

김상욱도 오금을 박듯 말했다.

“그 말에 일리가 있네. 조선은 관이 최우선이고 관이라고 하면 백성들이 무조건 벌벌 떨고 복종해야 하네. 그렇지만 왜의 무사들은 조선의 양반들처럼 권력으로 백성들을 수탈하지 않네. 만약 그렇게 했다가는 바로 불명예와 함께 목이 달아나네.”

신 의원과 김상욱이 동조하자 백찬기는 신이 나서 말을 계속 이었다.

"주나라가 망한 후 춘추전국의 분열시대 때 수많은 왕들이 자기 나라의 힘을 키우기 위해 서로 경쟁하고, 인재를 영입하기 위해 애를 썼지요. 그 덕분에 제자백가(諸子百家)라 할 정도로 수많은 학자와 학파가 나와 서로 경쟁적으로 부국강병과 안민을 연구했습니다. 이때 소를 이용하는 농사법이 개발되고, 외교와 무역 그리고 상공업이 발전하였으며, 변방 제후국의 분발로 나라의 영토가 눈에 띄게 넓어졌지 않습니까?"

김상욱이 덧붙여 말했다.

"그렇지요. 나라가 각 지방으로 나누어 서로 경쟁하는 시대에서는 백성들로부터 인심을 잃는 제후는 바로 몰락하지요. 그러다보니 왕들은 백성들을 무서워합니다. 그런데 조선의 역사에는 각 지방이 나뉘어 경쟁하는 전국(戰國) 시대가 없었습니다. 그런데다 지배계층이 역사나 인문교양에 무식하다보니 국가경영의 철학이 부족한 것 아니겠습니까?"

"꼭 전국시대를 거쳐야 권력자들이 백성을 두려워하는 마음을 가지는 것은 아니지 않습니까?"

영학이 의아한 듯 묻자 백찬기가 대답했다.

"그럴 수도 있지만, 역사적으로 백성과 지방이 발전해야만 나라가 잘된다는 것은 엄연한 역사적 진리라고 생각합니다.

"전국시대야 그렇다 치고, 조선의 양반들은 왜 그렇게 역사나 인문교양에 무식할까요?"

"그야 양반들의 특권고착과 형식적인 과거제도 때문이지요. 조선에서는 과거에 합격하여 관리가 되는 것 말고는 인간답게 살 길이 없습니다. 다른 일은 모두 천업이지요. 게다가 과거에 합격하면 엄청난 특권이 부여됩니다. 그러다보니 양반들은 과거를 독점하기 위해 경쟁률을 낮추려고 형벌 전력을 가진 양반이나 서자 그리고 조상들의 벼슬 경력이 없는 사람들에게 과거응시 자격을 박탈합니다. 그러다보면 집안만 좋으면 바보가 아닌 한 과거에 합격합니다. 게다가 소년등과라도 하게 되면 신동이네, 천재네 하고 마구 추켜세우고, 먹고 입고 자는 것은 물론 계집과 노예까지 넘치도록 가지니 더 이상 무슨 고민이나 노력을 하겠습니까? 또 이런 사람들이 백성들의 생활이나 국가경영을 어떻게 알겠습니까? 백성들 쥐어짜는 것 말고는 할 줄 아는 게 없지요."

영학은 속으로는 공감을 하면서도 관아의 아전으로부터 이런 말을 듣는다는 게 조금 이상하게 느껴졌다. 그래서 진심을 확인하고 싶어 조금 삐딱한 질문을 던졌다.

"아니, 이방 어른께서는 지금 나라의 녹을 먹는 관리가 아닙니까? 그런데 어찌 그렇게 적나라하게 이 나라를 비판하십니까?"

"나라를 비판하는 것이 아니라 양반을 비판하는 것입니다. 그리고 아전에 불과한 제가 무슨 국가의 녹을 먹습니까? 아전은 궂은일이나 욕먹을 일은 다하면서 녹봉은커녕 툭하면 양반한테서 욕을 먹고 멸시를 당합니다. 게다가 백성들로부터 온갖 원망을 다 들어야 합니다. 그렇지만 우리도 쓸개가 있고 자존심이 있지요."

김상욱이 김찬기를 진정시키며 말했다.

"이 사람 흥분하지 말게나. 이 자리에서 울분을 토해봐야 무슨 소용이 있나?"

"아, 어르신이야 속이 넓으신 분이니까 절제가 되지만, 저는 정말 지긋지긋합니다."

"나도 자네 나이 때는 그랬네. 근데 무슨 일이 있었나?"

"당연하지요. 그게 어디 한둘입니까? 제일 짜증나는 건 한양은 물론 전국 각지에서 바다나 온천 구경 한답시고 몰려드는 유람양반들을 접대하는 데 돈이 너무 많이 들어간다는 겁니다. 한양의 고관들은 물론이고 그들의 사촌, 팔촌과 사돈의 사촌, 팔촌은 물론 동문수학했다는 친구들, 급제 동기라는 사람들과 그들의 친구 등등 1년 내내 손님이 끊이질 않습니다. 그들을 소홀히 대접했다가는 부사가 아니라 부사 할애비라도 모가지가 성하지 못하지요. 그러다 보니 관아 창고의 재물은 대부분 유흥과 접대에 쓰이지요. 도대체 무슨 기생 오라버니도 아니고, 아전들은 양반들의 주색잡기 뒤치다꺼리 하느라 정신이 없습니다. 잔치나 선물에 드는 돈이 초량과 황령산, 간비오산에 주둔하는 봉수군은 물론 각 수영(水營)의 병사들, 관내 치안을 맡은 포졸들을 합친 군졸들과 가족들에게 하루 세 끼 밥 먹이고 따뜻한 잠자리를 마련해 줄 수 있는 비용의 두 배가 넘습니다."

그 말에 명원이 놀란 듯 물었다.

"우와! 봉수군이나 수군 병사들과 포졸들만 합쳐도 아마 천 명은 될 터인데. 잔치나 선물비용이 그 많은 군사들과 가족들을 배불리 먹이고 재우는 비용의 2배가 넘습니까?"

"그 뿐인지 아십니까? 감영이나 한양으로 올려 보내는 공물과 조세가 얼마나 되는지 아십니까? 매년 할당되는 공물과 조세를 걷기 위해 가랑이가 찢어질 판인데, 이 놈의 할당량이 해마다 늘어납니다. 정말 미칠 지경입니다. 얼마 전에는 봉수대의 군졸들이 먹을 양식이 떨어졌다는 말을 듣고 사또에게 아뢰려고 했다가, 사또의 사가(私家) 출신 사령놈으로부터 "그런 것쯤은 아전들이 다 알아서 해야지, 보고는 무슨 보고냐"는 타박만 들었습니다. 도대체 뭘 어떻게 하란 말입니까? 봉수대의 감고라는 자는 어제도 봉수대에 올라가서 졸병으로부터 '봉수대 병사들이 먹을 양식이 없다'는 불평을 들을까봐 일부러 선수를 쳐서 병영의 군기태만을 트집 잡아 불쌍한 군졸 세 명에게 곤장을 50대씩 때리게 했습니다. 명색이 감고라는 자가 군졸들 사기 죽이고 병신 만드는 일만 하니, 제 정신 가진 인간이 어떻게 견디겠습니까?"

적나라한 현실 앞에서 방 안의 사람들은 일제히 할 말을 잃고 침묵했다. 그 분위기가 어색했던지 연장자인 김상욱이 조심스럽게 다시 입을 뗐다.

"그게 어제 오늘의 일이 아니지 않는가? 봉수대나 수영의 군졸들도 이미 관아의 지원을 받지 못한다는 것을 알고 있기 때문에 그들도 자구책을 쓰지 않는가?"

김상욱의 말에 백찬기가 약간 상기된 채로 말했다.

"그게 말이나 됩니까? 자구책이라고 해봤자 백성들 등치는 것 말고 뭐 있습니까? 조선팔도에서 군역으로 면포 두 필씩 바치는 장정이 30만이 넘는다는데, 도대체 그 면포가 어디로 다 샙니까? 그게 전부 잘난 양반들의 유흥과 첩질, 계집질에 다 녹는 것 아닙니까? 정말 속에 천불이 납니다. 제가 가희 낭자라면 이런 꼴 저런 꼴 보기 싫어서라도 확 왜국으로 건너가 버리겠습니다."

"그럴 수도 있겠군요. 가희 낭자라면 왜어도 잘 하고, 친한 왜인도 있으니 못 갈 이유가 있습니까? 나도 앞으로 왜말 공부나 할까!"

명원의 말에 김상욱이 다그치듯 말했다.

"쓸데없는 소리 말게. 조선 사람이 조선에서 살아야지. 왜국생활이 얼마나 고달픈 지 알기나 하는가?"

"어르신 말씀이 맞습니다. 저 같으면 죽었으면 죽었지 왜국에서는 못 살지요. 그렇게 보면 가희는 독한 구석이 있습니다."

가희의 편을 들다 월향이 가희를 원망하는 말을 하자, 신 의원이 발끈해서 한마디 했다.

"아니, 월향이 자네도 가희가 왜국으로 갔는지 아닌지는 모르는 일 아닌가? 더욱이 여자의 몸으로 음식이나 기후와 문화가 다른 왜국으로 간다는 게 어디 쉬운 일인가?"

신 의원이 발끈하는 데도 월향은 기죽지 않고 말을 이었다.

"의원님의 말씀도 일리가 있지만, 종적을 감춘 지 벌써 달포가 되었습니다. 지금까지 아무 소식이 없는 것을 보면 왜국으로 건너갔을지도 모릅니다. 하지만 어떤 경우라도 매사에 똑똑하고 심지가 굳은 아이라 별일은 없을 것입니다."

다들 가희의 행방에 대해 열띤 공방을 펼쳤지만, 아무런 소득이 없었다. 대화는 딴 곳으로 흘러 울분과 불만만이 가득했다.

영학은 가희가 했던 말을 곰곰이 되새겼다. 분명히 그녀는 회임을 하게 되면 왜국으로 건너가서 아이를 낳아 기르겠다고 했다. 그런데 월향은 가희가 회임했다는 말을 듣지 못했다고 한다. 그러나 아무리 생각해도 가희가 회임을 하지 않았다면 이렇게 철저하게 종적을 감출 이유가 없었다. 영학은 가희가 워낙 속이 깊어 회임을 하고서도 월향에게 이야기 하지 않았을 것이라 단정했다.

'아! 가엾은 사람, 홀몸도 아니면서 차갑고 어두운 바다를 건너면서 얼마나 무섭고 힘들었을까? 그것도 모르고 나는 또 다른 사랑을 만끽하면서, 장래의 희망에 부풀어 있었구나. 내가 정말 나쁜 놈이다.'

이런 생각에 이른 영학은 불쌍한 가희를 생각하며 자신을 자책했다.